KB039914

흔적을 지워드립니다

특수청소 전문회사 데드모닝

옮긴이 이수은

한국외국어 대학교를 졸업했다. 대학 시절부터 다양한 통번역을 경험하며 번역가의 꿈을 키웠다. 현재 번역 에이전시 엔터스코리아 출판기획 및 일본어 전문 번역가로 활동하고 있다.

옮긴 책으로는《수상한 목욕탕》,《혼자인 밤에 당신과 나누고 싶은 10가지 이야기》등이 있다.

흔적을
지워드립니다

특수청소 전문회사 데드모닝

마에카와 호마레 지음
이수은 옮김

라곰

차례

일러두기

• 우리나라에서는 가족과 이웃 등 사회적으로 단절된 채 홀로 죽음을 맞는 것을 '고독사(孤獨死)'라 쓰지만, 이 소설에서는 원작자의 의도를 살려 감정이 배제된 죽음인 '고립사(孤立死)'로 옮겼습니다.

프롤로그

문이 열리기 전부터 주위에 감도는 죽음의 냄새는 강렬했다. 틈새로 스며 나온 냄새가 집 안에 들어가려는 모든 사람을 물리치고 있다. 고약한 냄새는 순식간에 폐를 탁하게 만들고, 머리를 마비시킨다.

"그럼 들어갈까?"

불쾌한 소리와 함께 문이 열렸다.

어두운 방 안을 들여다보며 조심스레 걸음을 내디딘다. 더욱 짙어지는 고약한 냄새는 며칠 전까지 존재했던 누군가의 삶을 뒤덮고 있었다.

한 걸음 한 걸음이 무겁다. 마치 진흙탕을 걷고 있는 것 같다.

좁고 짧은 복도에 검은 생물체가 날아다니고, 그 잔상이 시야 곳곳에 포물선을 그린다.

그리고 갑작스레 시야에 들어왔다. 생활의 흔적이 나뒹구는 방 한구석의 이불에 붙은 검은 그림자가……

생선 초밥

"초밥이 먹고 싶다. 그래도 참자……."

1.

입고 있는 상복에서 희미하게 향냄새가 났다. 옆자리에는 아무도 앉지 않는다. 남에게 민폐가 되는 정도는 아니지만, 결코 기분 좋은 냄새가 아니다.

곧이어 도쿄역에 도착한다는 안내방송에 나는 천천히 자리에서 일어섰다. 엄마가 채소 주스와 냉동식품을 잔뜩 챙겨준 탓에 짊어진 백팩이 묘하게 어깨를 파고든다.

"이런 건 아무 데나 판다니까."

아무에게도 들리지 않게 혀를 찬 다음, 출구를 향해 걷기 시작했다.

밤바람은 모공이 쪼그라들 듯한 차가움을 머금고 있었다. 오늘 밤은 DVD나 빌려 볼까 하는 생각에 비디오 대여점으로 향했다. 좀비 영화와 에로 영화를 빌려서 잠이 올 때까지 틀어놓고 싶었다. 장례식 날에 좀비 영화라니 좀 생각이 없어 보이나 싶기도 했지만 달리 보고 싶은 작품이 떠오르지 않았다.

카운터에는 남자 점원이 있었다.

'오늘은 마음 편하게 에로 영화를 빌릴 수 있겠다.'

곧바로 매장 안쪽에 있는 성인 코너의 커튼을 젖혔다. 좀비 영화 세 편과 에로 영화 한 편을 손에 들고 계산대로 갔다. 계산하고 있을 때 다시 향냄새가 코끝을 스쳤지만, 어느새 익숙해지고 있었다.

집에 가는 길에 문득 술을 한 잔 마시고 싶다는 생각이 들었다. '맥주라도 마시며 돌아가신 할머니를 추억하는 것도 좋지 않을까.' 생각해보니 생전에 할머니에게 선물을 드린 적이 없었다. 바로 지금, 할머니를 그리며 조용히 건배하지 않으면 방금 빌린 DVD도 볼 수 없을 것만 같았다.

대로의 차량 행렬을 보며 어디로 들어갈까 고민하는데, 문득 예전부터 가보고 싶었던 가게가 떠올랐다. 얼마 전 우연히 본 분위기 좋은 일식집이었다. 지갑을 열어보니 5000엔짜리 지폐가 딱 한 장 들어 있었다. 꽤나 가격대가 높은 곳일 것 같지만, 맥주 한 잔이라면 지갑에 별 타격은 없을 것이다. 게다가 오늘은 지저분한 파카와 청바지 차림이 아니라 나름 양복을 입었으니 그곳에 가기에 딱이다. 검은 넥타이를 풀면서 발길을 돌려 걷기 시작했다.

2.

가게 입구에 '꽃병(花瓶)'이라는 글씨가 적혀 있었다. 고풍스러운 이름이다. 입구의 미닫이문 옆에는 대나무 조명이 은은하게 빛나고 있고, 자그마한 접시에 새하얀 원뿔 모양의 소금이 놓여 있었다.

미닫이문을 여는 순간, 드르륵 경쾌한 소리가 울려 퍼지고, 입맛을 돋우는 조림 냄새가 코끝을 스쳤다. 가게 내부는 카운터 하나에, 4인용 테이블이 세 개뿐인 아담한 공간이었다. 음악은 틀지 않았다. 전골이 보글거리는 소리만 희미하게 들릴 뿐이었다.

"어서 오세요."

카운터 안에서 앞치마를 입은 여자가 말을 걸었다. 30대 초반의 여자는 콧날이 오뚝하고 부드러운 인상의 미인이다.

"한 명이요."

"네, 편한 자리에 앉으세요."

카운터에는 검은 양복의 남자가 혼자 술을 마시고 있었다. 다른 손님은 없었다. 단골인지 그 남자의 모습이 이 가게에 꼭 어울렸다. 나는 남자에게서 세 칸 정도 자리를 띄우고 앉았다.

"뭘 드릴까요?"

여자가 카운터 너머로 미소를 지었다. 긴 젓가락을 들고 여러 개의 반찬을 작은 그릇에 담고 있었다.

"맥주요."

"병맥주밖에 없는데, 괜찮으세요?"

"네."

맥주가 나올 때까지 가게 안을 조심스럽게 둘러보았다. 벽에 메뉴판이 붙어 있었다. 생각보다 저렴하고 가짓수도 많다. 카운터 끝에 놓인 연청색 꽃병에는 이름 모를 꽃 한 송이가 꽂혀 있었다.

여자가 맥주와 잔을 건네주며 묻는다.

"처음이죠? 저희 가게는."

"네. 예전에 이 근처를 지나가다 우연히 봤는데 한번 들어와보고 싶더라고요."

"어머, 정말요. 편히 있다 가요."

잔이 투명한 황금빛으로 채워진다. 그 모습을 보는 동안 순식간에 갈증이 밀려든다. 맥주를 단숨에 들이켜고 나서야 할머니 생각을 하지 않았다는 사실을 깨달았다.

'할머니 미안해. 이런 멋진 가게에 별로 와본 적이 없어서 분

위기에 홀렸나 봐.'

그렇게 속으로 변명을 하고 나서 직접 두 번째 잔을 따른다.

"저기요, 그거 상복이에요?"

주머니에서 휴대전화를 꺼내려는데 옆자리 남자가 말을 걸었다. 남자는 멍한 시선으로 내 가슴팍을 쳐다보고 있었다.

"네, 오늘 할머니 장례식이 있었거든요."

그렇게 대답하고 나서 그가 화를 낼지도 모른다는 생각이 들었다. 상복을 입고 술집에 온다는 것이 몰상식한 행동으로 느껴졌기 때문이다. 그러나 남자는 내 대답을 듣고도 잠자코 있었다.

"똑같네, 나랑."

남자는 희미하게 웃더니 자신의 잔을 입으로 가져갔다. 그러고 보니 남자가 입은 옷도 짙은 검은색이었다. 넥타이도 그렇고.

"장례식이었어요?"

"아니. 나는 항상 상복을 입고 있거든."

농담인지 진담인지 가늠이 되지 않았다. 그래서 대충 웃음으로 얼버무렸다.

"할머님한테 올리는 마음을 담아서 내가 한잔 살게. 같이 안 마실래?"

남자는 부스스한 머리를 쓸어 올렸다. 파마를 했는지 심한 곱슬머리인지 끝부분이 꽤 꾸불거렸다.

"케이스케, 어린 친구한테 그러지 좀 마. 혼자 천천히 마시고 싶을 텐데."

여자가 카운터 너머에서 어이없다는 표정으로 말했다.

그녀의 말대로 낯선 남자를 상대하는 것은 솔직히 귀찮았다. 애초에 한잔만 마실 생각이었고, 옆 의자에 올려둔 봉투 안에선 좀비 영화와 에로 영화가 기다리고 있었다.

"무슨 소리야. 공짜 술보다 맛있는 술이 어디 있다고."

그 말에 고개를 끄덕일 수밖에 없었다.

나는 내심 귀찮다고 생각하면서도 내 병맥주를 들고 남자의 옆자리로 이동했다. 가까이서 보니 남자는 의외로 젊어 보였다.

"여기 청주랑 고등어 초절임 좀더 주라. 아직 맥주 있어?"

"네, 있어요."

함께 마시자더니 남자는 금세 입을 다물고 담배 연기를 내뿜고 있었다. 뭐야 싶었지만 뭔가 얘깃거리를 찾는다.

"아, 저 상복에 소금 안 뿌렸는데 괜찮을까요?"

"그럼, 괜찮지. 장례식이 끝난 뒤에 소금을 뿌리는 건 죽음으로 더럽혀진 내 몸을 씻는다는 의미야. 하지만 죽음은 더러운 게 아니라 모든 인간에게 언젠가는 찾아오는 당연한 현상이야. 그러니까 소금 뿌리지 마. 소금은 수박이나 튀김에 뿌려야지."

그러고는 잔을 입에 가져갔다. 남자의 말이 사실인지 아닌지는 몰라도 일단 내 상복에 개의치 않는 듯한 표정에 마음이 놓였다. 사실 남자도 상복을 입었으니, 불쾌할 게 없겠지.

사장님이 주문한 청주를 가져오자 남자가 말했다.

"사장님 예쁘지? 에츠코라는 이름이 딱 어울려. 이름 따라간다니까."

사장님은 남자의 가벼운 말투에 익숙한지 어이없다는 표정을 지을 뿐이었다.

"할머님이 헤매지 않고 천국에 가실 수 있도록, 헌배!"

"헌배요?"

"고인을 기리고 경의를 표하는 거야. 헌배는 유리잔을 높이 들지 않고, 서로 부딪히지도 않아."

나는 남자의 흉내를 내면서 가볍게 유리잔을 들어 올리고, 할머니의 생전 얼굴을 떠올리려 애썼다. 하지만 뇌리에 떠오르는 것은 영정 속 모습뿐이었다.

"맞다, 이름이 뭐야?"

"아사이 와타루요."

"잘 부탁해. 난 사사가와."

사사가와는 처진 눈매 때문인지 서글서글해 보였다.

"이 가게에 자주 와요?"

"거의 매일 와. 이상한 손님이 오지 않게 감시하고 있거든."

카운터에서 무언가 하고 있던 에츠코 씨가 "또 그 말이다"라며 쓴웃음을 머금었다.

"아까 매일 상복 입는다는 말, 정말이에요?"

"매일 입어. 그래야 익숙해지거든. 뭐든 습관이 되면 별일 아니고."

"사사가와 씨 혹시 장의사예요?"

"아니야. 난 청소일을 하고 있어."

의외의 대답이었다. 매일 상복을 입는 청소부라고? 한 번도 본 적이 없다.

"청소라면, 길거리의 쓰레기 같은 걸 치우는 거예요?"

"살짝 다르지만 정리해서 깨끗하게 만든다는 점에선 비슷해. 내 얘기는 됐고. 아사이는 학생이야?"

아르바이트로 근근이 먹고산다고 말하면 생각 없는 젊은이로 여길지도 모른다. 하지만 어차피 이 남자와 다시 만날 일은 없을 테니, 생각 없는 젊은이로 찍히면 어때 싶었다.

"아르바이트만 해요."

"그렇구나. 나도 그랬는데. 정말 돈이 없을 때는 시식 코너를 돌거나 진짜 심할 때는 잘 모르는 잡초를 끓여 먹은 적도 있었다니까."

사사가와가 독특한 고생담을 풀기 시작했다. 나는 적당히 고개를 끄덕이며 맥주를 입으로 가져갔다. 모르는 사람의 고생담을 듣는 건 정말 시시하다.

"본가는 이 근처야?"

"아니, 도호쿠의 시골 동네예요."

"좋겠다. 도호쿠는 쌀이 맛있잖아. 귀한 토종술도 있고."

"고향은 바닷가라서요. 논도 있긴 하지만, 어업이 제일 발달했어요. 그게 다예요. 진짜 깡촌이거든요. 영화관이나 쇼핑몰도 없고요."

고향의 작은 상점가가 뇌리에 떠오른다. 셔터를 내린 가게가 즐비하고 저녁 7시가 지나면 길고양이조차 보이지 않는다.

"도로에 그냥 소가 지나간다니까요? 빨래랑 건어물을 같이 말려요. 도쿄랑 아예 다르죠."

"운치 있고 좋은데, 왜?"

"사사가와 씨는 안 살아봤으니까 그런 태평한 소리를 할 수 있는 거예요."

"난 그런 곳에서 파도 소리를 들으면서 한적하게 지내고 싶은데."

"한적한 게 아니라 지루함을 졸이고 졸여서 잔뜩 응축시킨 것 같은 동네예요. 어렸을 때부터 그 동네에서 얼마나 도망치고 싶었는데요. 그래서 일단 상경했어요."

일단. 여태껏 이 말을 몇 번이나 했을까. '일단'으로 얼기설기 기운 듯한 인생이다.

"그래? 도쿄에서 뭔가 하고 싶은 일이 있어서 올라온 게 아니구나."

"네. 처음에는 도쿄에 살면 금방 뭔가 찾아낼 거라고 생각했는데……. 요즘엔 그냥저냥 괜찮다 싶어요. 자기 꿈에 대해 열변을 토하는 사람들 좀 별로잖아요. 대충 사는 거죠. 거창한 꿈이나 희망이 없더라도 살 수 있잖아요. 해파리처럼요."

"해파리?"

사사가와가 조용한 목소리로 되물었다. 취기가 올라오기 시작했는지 조금 많이 떠드는 것 같다.

"제 목표는 해파리 같은 삶이에요. 그저 도시를 떠다니는 거죠. 그런 인생도 나쁘지 않은 것 같아요."

"재밌는 친구네."

사사가와는 술잔을 입에 대며 웃고 있었다. 꿈을 가지라든가, 요즘 젊은이는 이래서…… 같은 말을 할 것이라고 예상했기 때문에 김이 빠졌다.

"인생에 대한 지나친 기대는 독이 되는 법이거든요."

약간 고개를 숙이며 유리잔을 가볍게 흔든다.

방금 내뱉은 말은 잡지에서 읽은 영상 크리에이터의 말이었다. 멋있어서 언제 누구한테 써먹으려고 고이 기억에 담아둔 것이다.

"하긴 기대하지 않으면 낙담할 일도 없지. 지나친 희망이 아니라면 큰 절망도 없어."

동의하는 듯한 사사가와의 태도가 의외였다. 모두 조금씩 꿈이나 희망의 방해를 받으며 살아가고 있는지도 모른다.

"그나저나 아사이는 사투리를 안 쓰네."

사사가와의 말에 나는 득의양양하게 대답했다.

"사람들이 얕보지 않게 매일 표준어를 연습했거든요. 이걸로."

나는 상복 주머니에서 항상 가지고 다니는 물건을 꺼냈다. 손바닥 크기에 표면은 무딘 은색의 전자사전이다.

"200자까지 단어를 입력하면 표준어 억양으로 읽어줘요. 예를 들면……."

나는 전자사전에 '맥주가 맛있다'라고 입력했다. 버튼을 누르자 아나운서 같은 목소리가 그 문장을 읽어준다.

"신기하다. 정말로 사람이 말하는 것 같아. 근데 이젠 필요 없겠네."

"오랫동안 가지고 다녀서 그런가, 주머니에 없으면 어색해요."

"줘봐."

내가 전자사전을 건네주자 사사가와는 뭔가를 입력하고 읽기 버튼을 눌렀다.

'돌아가신 할머니는 잘해주셨어?'

귀에 익은 음성이 들렸다. 다시 할머니 얼굴을 애써 떠올려본다. 역시나 영정만 눈에 선하다.

"어렸을 때는 같이 살았거든요. 친할머니인데, 어머니와 사이가 별로 좋지 않아서 요 몇 년은 소원했고요······. 신경을 더 썼으면 좋았을 텐데."

거짓말이다. 부고를 듣기 전까지 할머니 생각은 조금도 나지 않았다. 그저 '잘 지내고 계시겠지' 했을 뿐이다.

"다 그런 거지, 뭐."

"같은 도호쿠에 사시긴 했어요. 완고한 분이라 남한테 신세 지기 싫으셨던지 나중에는 혼자 사셨어요. 그래서 돌아가시고 6일이 지난 후에야 발견되었고······."

살짝 미지근해진 맥주에 입을 댔다. 할머니의 장례식은 가족장으로 치러졌다. 부패가 진행된 탓인지 관은 닫혀 있어 마지막까지 얼굴을 볼 수 없었다.

"장례식을 잘 치러드렸으니까 할머님도 하늘나라에 잘 가시지 않았을까?"

"근데, 희한하게도 할머니의 생전 얼굴이 생각나지 않아요. 아무리 생각해봐도······."

"지금은 돌아가신 충격으로 기억이 잘 나지 않을 뿐이야."

사사가와가 담담하게 말했지만, 나는 조용히 고개를 흔들었다.

"솔직히 내가 지금 어떻게 생각해야 할지도 모르겠어요. 있는 그대로 받아들이기 어려운 것 같고……."

"사람의 감정은 엉킨 실타래처럼 복잡해. 어려운 거지."

"그럴지도 모르지만……. 억지로 슬픈 척이라도 하면 진짜 슬퍼질까요?"

사사가와는 대답하지 않았다. 그가 뿜어낸 담배 연기가 만화 속 말풍선처럼 뭉게뭉게 흘러갔지만, 그 안에서 어떠한 말도 찾을 수 없었다.

3.

가게를 나서며 느낀 것은 맹렬한 메슥거림이었다. 평소에는 마시지도 않는 청주를 사사가와가 주는 대로 받아 마신 것이 문제였다. 관자놀이 언저리의 동맥이 폭주하고 있다.

"괜찮아? 청주를 괜히 줬나?"

사사가와는 나보다 빨리 마셨으면서도 멀쩡한 것 같았다.

"못살아. 자꾸 먹이니까 그렇지. 아사이 군, 택시 불러줄까?"

에츠코 씨의 걱정하는 목소리가 들린다. 나는 마지막 정신줄을 부여잡고 작게 손을 흔들었다.

"집 가까워요……."

"정말 괜찮아? 데려다주라고 할게."

"괜찮아요……. 혼자 갈 수 있어요."

두 사람을 뿌리치고 집으로 가는 방향으로 걷기 시작했다. 나는 똑바로 걷는데 몸이 자꾸 비틀거린다.

'나, 뭐 하는 거지.'

원래 오늘은 도쿄로 올라오지 않고 본가에서 자려고 했다. 그랬다면 가족, 친척들하고 초밥과 술을 맛있게 먹은 다음, 지금쯤 따뜻한 이불 속에 있었을 것이다. 하지만 그럴 수 없었다. 할머니의 영정을 볼 때마다 지금까지 챙겨드리지 못한 사실이 무겁게 가슴을 짓눌러 그 자리가 너무도 불편했기 때문이다.

사람은 언젠가 죽는다. 부자도, 가난뱅이도, 미인도, 못생긴 사람도, 꿈이 있는 사람도, 그렇지 않은 사람도. 당연한 일을 당연하게 마주한 것뿐인데 가슴속에는 거무스름한 무언가가 쌓여 간다. 그런 생각을 하고 있는데 갑자기 구역질이 났다. 휘청거리며 근처 가드레일을 붙잡았다.

"아사이."

느릿느릿한 목소리가 등 뒤에서 들려 천천히 돌아섰다. 조금 떨어진 곳에서 사사가와가 두 손을 크게 흔들고 있다. 자세히 보니 내 DVD 봉투를 손에 들고 있다.

"간 줄 알았어."

사사가와가 다가와 봉투를 내밀었다. 안을 봤나? 방금까지 그렇게 할머니의 죽음을 얘기하던 녀석이 좀비 영화와 에로 영화를 빌렸다는 걸 알면 경멸할 것 같다.

"저 때문에 괜히…… 죄송해요."

봉투를 받자마자 목구멍 안쪽에서부터 시큼한 무언가가 엄청난 속도로 올라온다. 위장이 꿈틀대고 몸을 가누기도 어렵다. 입을 막을 틈도 없이 나는 구토를 했다.

"다 토해. 그래야 좀 나아."

사사가와가 등을 토닥이며 말한다. 얼굴을 겨우 들었지만, 속 깊은 곳에서 우러나오는 불쾌감은 가시지 않았다.

"죄송합니다."

어색함에 고개를 꾸벅 숙이고 그 자리를 뜨려던 순간, 사사가와의 옷자락에 작고 하얀 얼룩이 묻어 있는 것이 보였다.

"아, 소매……."

사사가와가 자신의 소매를 이리저리 바라본다. 거기에는 내 토사물이 묻어 있었다.

"죄송합니다. 세탁해서 드릴게요. 죄송합니다."

"아니야. 이런 거 익숙해."

사사가와는 아무렇지도 않다는 듯이 대답했다. '익숙하다는 건 무슨 소리지.'

"아니에요. 정말 죄송합니다. 세탁해서 돌려드릴게요."

"아니야. 진짜 괜찮아."

"안 돼요. 세탁해서 드릴게요."

세탁소 영업 사원도 이렇게 필사적으로 부탁하진 않을 것이다. 잠시 옥신각신이 이어지고, 마침내 사사가와의 단념한 듯한 목소리가 들렸다.

"그럼 부탁 좀 할까?"

사사가와는 상의 단추를 풀더니 옷을 벗어 건네주었다. 나는 토사물이 묻은 상의를 그저 미안한 마음으로 건네받았다.

"바로 세탁해서 보내드릴게요. 연락처 가르쳐주세요."

"그러면 여기로 보내줄래?"

사사가와는 주머니에서 명함 한 장을 꺼내 건네주었다. 명함을 들여다봤지만, 술기운 탓인지 인쇄된 글자가 흐릿해서 제대로 머리에 들어오지 않는다.

"금방 연락드릴게요. 죄송합니다."

명함을 주머니에 넣고 도망치듯 집으로 향한다.

최악의 귀갓길이다.

4.

두 벌의 상복이 세탁소에서 돌아온 것은 그로부터 사흘이 지난 후였다. 투명한 비닐에 싸인 상복에선 이제 향냄새가 나지 않았다. 사사가와의 상복을 커튼봉에 걸어놓았다. 옷소매는 원래대로 칠흑빛을 되찾았다.

다시 떠올려봐도 그날 밤은 최악이었다. 집에 들어오자마자 바로 이불에 누워 실신하듯 잠이 들었다. 사사가와에게서 받은 명함을 찾는다. 그날 밤, 술에 취해서도 나중에 잃어버리지 않도록 열쇠와 도장을 보관하는 서랍에 넣어두었다.

처음으로 제대로 살펴본 명함에는 '사사가와 케이스케'라는 이름과 함께 '특수청소 전문회사 데드모닝'이라는 글자가 적혀 있었다.

'특수청소가 뭘까? 말 그대로 특수한 장소를 청소한다는 건가. 고층 건물 창문 같은 위험한 장소를?'

명함 뒤에는 사무실 위치가 그려져 있었다. 사무실은 집에서 15분 거리에 있었다.

'점심을 먹으러 나가는 김에 옷을 돌려주면 되겠다.'

명함을 테이블 위에 두고 다시 한번 이불 속으로 파고들었다. 나는 전자사전을 꺼내 평소처럼 짤막한 문장을 입력했다.

'할머니가 죽었다. 향냄새가 사라지지 않는다.'

그 목소리는 조금도 슬프게 들리지 않았다.

집을 나선 것은 점심 시간이 지나서였다. 일단 근처 덮밥집에 들렀다. 밥을 기다리는 동안, 문득 지금 가지고 있는 상복이 정말로 사사가와의 옷이 맞는지 걱정되기 시작했다. 내 상복과 같이 세탁소에 맡겼는데 상복이란 게 디자인도 비슷비슷하고, 우린 체격도 비슷하다. 분명 내 상복에는 가격표가 안주머니에 달려 있었을 것이다.

세탁소 비닐을 걷어 올려 안주머니 쪽을 한번 들여다봤다. 가격표 대신 S·Y라는 이니셜이 보였다. 이상하다. 이름이 '사사가와 케이스케'라면 이니셜은 S·Y가 아닌데 하는 생각이 잠시 들었지만, 내 옷하고 바뀌지 않았다면 문제는 없었다.

배를 채운 다음, 명함을 한 손에 들고 걷기 시작했다. 길가에는 낙엽들이 바람 따라 날아다니며 빙글빙글 돌고 있었다. 바로 얼마 전까지 귀를 막고 싶을 정도로 매미가 울어댔는데 벌써 이런 계절이 되었다.

명함에 표시된 장소에는 낡은 상가 건물이 있었다. 상가의 빛바랜 베이지색 타일 벽은 노인의 피부색 같았고, 엘리베이터도 없었다.

1층 우편함에는 수많은 전단이 빽빽하게 꽂혀 있었다. 우편함 중 하나에 데드모닝이라고 손글씨가 쓰인 박스테이프가 붙어 있었다. 2층으로 올라가려고 건물 계단에 발을 내디뎠을 때, 무언가가 내 발밑을 빠져나가는 기척이 느껴졌다. 그 물체는 익숙한 듯 톡, 톡, 톡 계단을 올라간다. 한 계단씩 올라갈 때마다 긴 꼬리가 메트로놈처럼 좌우로 살랑인다.

"그쪽으로 가면 안 돼."

고양이는 목줄도 없었다. 설마 이런 상가 건물에서 고양이를 기르지는 않겠지. 본가에서 고양이 세 마리를 키웠기 때문에 다루는 것은 익숙했다. 휘파람을 불며 가까이 다가가자 금방이라도 쓰다듬을 수 있을 것 같았던 갈색 고양이는 다시 계단을 뛰어올라갔다.

"안 된다니까."

나도 덩달아 따라간다. 갈색 고양이는 복도를 지나 어느 문 앞으로 가더니 발톱으로 문을 할퀴었다. 그 문에 지저분한 글씨로 데드모닝이라고 쓰인 박스테이프가 붙어 있음을 깨닫는 순간, 천천히 문이 열렸다.

"그렇게 긁으면 금방 문 망가져. 말 자꾸 안 듣지."

문 너머로 얼굴을 내민 사사가와는 어딘지 모르게 전에 만났을 때와 분위기가 달랐다. 꾸불대던 머리는 올백으로 넘겼고, 상복이 아닌 남색 작업복 차림이 산뜻해 보인다. 갈색 고양이는 몇 번이고 사사가와의 다리에 몸을 비볐다.

"세탁한 옷 돌려드리러 왔어요."

내 목소리에 사사가와가 얼굴을 들었다.

"어? 왔구나. 오느라 고생했어. 들어와."

갈색 고양이가 나보다 먼저 문틈으로 몸을 쏙 넣었다.

현관을 지나자 오른쪽에 주방, 왼쪽에 화장실과 욕실이 있어서 일반 아파트처럼 보였다. 주방에는 인스턴트커피 병과 머그잔만 있을 뿐 횅한 모습이었다.

짧은 복도 끝에 있는 방은 어두컴컴했다. 정면에 있는 작은 창문이 살짝 열려 있었지만, 창 밖으로 옆 건물이 바로 보이는 것을 보면 채광을 기대하기는 어려울 듯했다. 금방이라도 곰팡이가 필 듯 눅눅한 공기가 감돌았다. 방 안쪽에는 서류들이 널브러진 큼직한 책상이 있었다.

"엄청 쌀쌀해졌지?"

사사가와의 말에 애매하게 고개를 끄덕인다. 고양이는 옆에 있던 의자에 올라가더니 금세 몸을 말았다.

"이 고양이는 여기서 기르는 거예요?"

"가끔 이렇게 찾아와. 털 상태도 좋고 살집도 있으니까 누가 기르는 것일 수도 있고."

다시 한번 둥글게 몸을 만 고양이에게로 시선을 옮긴다. 확실히 길고양이치고는 지나치게 경계심이 없다.

"이름은 있어요?"

"털이 갈색이고 뽀송뽀송하게 생겨서 카스텔라라고 불러. 그나저나 세탁소에 맡기느라 고생했겠네."

사사가와는 건네받은 상복을 방 안쪽에 있는 책상 위에 올려놓았다. 그곳은 아무리 봐도 윗사람이 앉는 자리처럼 보였다.

"사장님이에요?"

"직함은 그렇지. 사장님이라고 해봐야 나랑 직원 하나 있는 조그만 회사야."

"와, 대단하네요."

사사가와는 다시금 살짝 미소를 짓고 나서 카스텔라의 머리를 쓰다듬었다.

"맞다, 아사이는 아르바이트를 한댔지? 오늘 일은?"

"오늘은 휴일이에요."

"혹시 오늘 한가해? 괜찮으면 좀 도와줄 수 있어? 일당도 오늘 바로 줄게. 기본 6000엔, 일 잘해주면 1만 엔. 어때?"

뜬금없는 권유에 놀랐지만, 오늘 별다른 일정은 없었다.

"청소 아르바이트요?"

"응, 근데 명함에도 나와 있듯이 우리 회사는 특수청소 전문회사거든. 그래서 보통 청소하고는 약간 달라."

사사가와의 말에는 설명이 압도적으로 부족하다. 더러운 곳을 깨끗이 한다. 이것 말고는 '청소'라는 단어에서 연상되는 다른 이미지가 없다.

"높은 건물의 창문을 닦거나 위험한 장소를 청소하는 거예요?"

"약간 달라."

"그럼 어딜 청소하는데요?"

"돌아가신 분들이 살던 곳을 청소하는 거야. 유품 정리를 하기도 하고."

사사가와의 어조는 오늘의 날씨를 말하는 것처럼 담담했지만, 예상치 못한 대답에 나는 앵무새처럼 그 말을 반복할 수밖에 없었다.

"죽은 사람이 살던 곳을 치우는 거예요?"

"맞아. 주로 고립사나 자살인데, 가끔 살인 사건이 났던 곳을 청소하기도 해. 대걸레로 바닥을 닦고 창문을 깨끗이 하는 일반적인 청소랑 달라. 발견이 늦어진 현장은 악취가 나는 곳도 많고,

체액이 말라붙은 곳도 있어. 그런 곳을 청소해야 해. 물론 아사이한테는 유품이나 쓰레기를 치우는 간단한 일을 부탁할까 해. 오늘은 고립사 현장으로 갈 예정이야."

침을 꿀꺽 삼키는 소리가 또렷하게 고막을 울린다. 시신이 있는 방에 발을 들여놓는다니. 보통 사람들은 그런 장면을 마주할 일이 드물 것이다.

"할게요."

물론 보너스로 생기는 수입이 매력적이기도 했지만, 고립사라는 말에 할머니의 얼굴이 떠올랐다. 할머니를 그리는 마음으로 타인의 죽음을 함께 애도하고 싶은 것은 아니다. 그냥 보고 싶어진 것이다. 비슷한 상황으로 죽음을 맞이한 사람의 방을.

"내가 부탁해놓고 이런 말 하기 이상하지만, 괜찮겠어?"

"네, 나름 이런저런 일을 해봐서 괜찮아요."

"다행이다. 그럼 얼른 준비할까?"

작업복을 건네받아 욕실에서 갈아입었다. 작업복은 빳빳하지만 팔을 넣어보니 넉넉한 사이즈였다. 욕실에서 나오자 사사가와는 손가락 끝으로 열쇠를 빙글빙글 돌리며 의자에 앉아 있었다.

"응, 잘 어울리네. 그럼 갈까? 차 빼 올 테니까 건물 앞에서 기다려."

난 혼자 계단을 내려간다. 뒤에서 카스텔라가 따라오는 기척이 느껴졌다.

"너도 같이 갈래?"

카스텔라는 나를 돌아보지도 않고 꼬리를 흔들며 어디론가 사라졌다. 아주 붙임성 없는 고양이다.

5.

건물 앞의 가드레일에 기댔다. 상복을 돌려주러 왔을 뿐인데 일이 커졌다. 지금까지 다양한 아르바이트를 해봤지만, 사망 현장에 가보는 것은 처음이다.

몇 분 지나지 않아 흰색 트럭이 바로 내 앞에 멈춰 섰다. 고향에서 자주 보던 차종이었다. 운전석에서 사사가와가 살짝 손을 들고 있다. 나는 서둘러 문으로 가서 조수석에 올라탔다.

"어때, 이런 고급차 처음 구경하지?"

사사가와가 우스갯소리를 하듯 미소 짓는다. 차 안에는 나지막하게 음악이 흐르고 있었다.

"오늘 현장은 차로 30분도 안 걸릴 거야."

트럭은 연식이 오래된 자동차의 엔진 소리를 주위에 흩뿌리며 나아간다.

"전 뭘 하면 좋을까요?"

"걱정 안 해도 돼. 뭘 할지 내가 다 말해줄 거니까. 그나저나 견딜 수 있으려나?"

"뭘요?"

사사가와는 아주 살짝 음악 소리를 줄이며 말했다.

"이래저래 말이야. 가서 보면 알 거야. 끝까지 도와주면 일당으로 1만 엔 줄게. 힘들면 차에 있어도 괜찮아."

"가서 시신을 보는 거예요?"

"시신은 없어. 경찰이 바로 수습해 가거든. 남은 건 그 사람의 그림자뿐이야."

무슨 말을 하고 싶은 것인지 알 수 없었다. 육체가 사라지면 그 사람의 그림자도 동시에 사라진다. 사사가와는 괜히 나를 겁주려고 하는 것일지도 모른다.

"어제 견적 때문에 그 아파트에 다녀왔는데 상태가 심각했어. 고인이 발견될 때까지 3주가 걸렸어. 날씨가 추워졌다고 해도 부패는 진행됐겠지."

"시신이 있는 방은 어떤 느낌이에요?"

"어떤 느낌이냐면…… 음. 우리가 현장에 들어갈 때는 경찰이 이미 시신을 수습했기 때문에 대면할 일은 없어. 하지만 경찰은 시신만 수습해. 그 사람의 벗겨진 피부나 머리카락, 체액 같은 건 그대로 있어. 나머지는 우리보고 알아서 해달라는 식이지. 그래서 그런 방은 오염이 심한 편이야. 게다가 사람이 죽은 방은 딱 알수 있어. 냄새도 지독하고 공기가 약간 다르거든."

출발하기 전에는 시체가 있는 방에서 청소를 한다고 생각했다. 하지만 경찰이 이미 시신을 수습했다면 크게 두려워하지 않아도 된다. 방금까지 몰려왔던 긴장감이 서서히 희미해졌다.

"심장이 멎고 혈액순환이 정지되면, 한 시간에 약 0.8도씩 체온이 내려가고 두세 시간이면 사후 경직이 시작되지. 그다음에 각막이 탁해지거나 시반(사람이 죽은 후에 피부에 생기는 반점-옮긴이)이 나타나지. 그리고 위액 같은 소화효소로 자가용해(시신이 원래 가지고 있던 다양한 효소들에 의해서 근육과 내장이 저절로 녹아서 분해되는 과정-옮긴이)가 일어나거나 죽은 세포에 박테리아 같은 게 증식하고. 그러면서 부패가 진행돼."

"잘 아시네요."

"그런 편이지. 불교회화에 구상도(九相圖, 시신의 부패되는 단계를 묘사한 일본 불화-옮긴이)라는 게 있어. 시신의 변화를 아홉 단계로 구분한 그림인데 관심 있으면 한번 찾아봐."

그런 고약한 그림을 볼 마음이 들진 않았지만, 나는 일단 고개를 끄덕였다.

사사가와의 이야기를 듣고 죽음이라는 현상을 막연히 머릿속에 그려본다. 누구에게나 똑같이 일어나는 일이지만, 나에게는 현실성 없는 남의 일에 불과했다. 창문 밖으로 낯선 거리의 풍경이 서서히 펼쳐졌다.

"이 노래 알아?"

"지금 나오는 노래요? 모르겠어요."

반복 재생인지 계속 같은 곡이 차 안에 흘렀다. 반복되는 일정한 리듬에 유난히 어두운 보컬의 목소리가 더해진 곡이었다. 흥겹지는 않지만 계속 듣다 보니 점점 귀에 익숙해진다.

"'블루 먼데이'라는 노래야. 보컬이 노래를 한다기보다는 누구한테 편지를 읽어주는 것처럼 들리지 않아? 그게 좋아서."

그 말을 듣고 보니 그런 것도 같았다. 가사는 영어라서 알아들을 수 없었지만, 테크노 비슷한 댄스 비트인데도 분위기는 담담하고 차가운 느낌이었다.

6.

"다 왔어."

사사가와가 말했다. 앞 유리 너머로 노후된 2층짜리 연립주택이 보였다. 외부 계단의 난간이 녹슬어 있는 것을 한눈에 알아볼 수 있었다. 모든 세대의 문 앞에 옛날 세탁기가 놓여 있는데, 아무리 봐도 옷을 깨끗이 빨아주는 도구로는 보이지 않았다.

외부 계단 근처에 한 노인이 서 있었다. 벗어진 머리에 니트 조끼를 입은 노인은 험악한 표정으로 팔짱을 끼고 주위를 살폈다. 뭔가 탐탁지 않은 눈치였다.

"저분이 집주인이야. 오늘도 기분이 별로이신가 보다."

사사가와는 트럭을 세우더니 곧바로 고개를 숙이며 집주인에게 다가간다. 서둘러 뒤를 따랐다.

"아니, 뭐 이리 늦어! 빨리 이 냄새 좀 어떻게 해줘!"

집주인은 우리를 보자마자 큰 소리로 고함을 질렀다. 꽤 화가 났는지 초조하게 한쪽 다리를 탁탁 구르고 있다.

"죄송합니다. 그런데 제가 약속 시간보다 15분 일찍 온 것 같은데요."

사사가와가 침착한 어조로 답해도 집주인의 표정은 변하지 않았다.

"누가 몰라? 동네 주민들도 이 냄새 좀 어떻게 하라고 난리야! 사장도 장사 오래 했으면 알잖아. 좀 말이야! 고객을 1분, 1초라도 빨리 도우려는 마음을 보여줘야지!"

집주인은 더욱 흥분한 듯 일방적으로 언성을 높였다. 사사가와의 말이 맞다면 우리는 약속 시간에 늦지 않았다. 갑자기 이렇게 호통을 들을 줄은 몰랐기 때문에 나는 사사가와 옆에서 꼼짝 않고 서 있을 수밖에 없었다.

"저희가 불편을 드렸네요. 정말 죄송합니다."

"빨리 시작하기나 해. 또 민원 들어오기 전에!"

집주인은 그렇게 소리치더니 초조한 듯 담배에 불을 붙였다.

"네, 알겠습니다. 바로 작업을 시작하겠습니다. 최대한 빨리 마무리하겠습니다."

사사가와는 집주인에게 여벌 열쇠를 받아 트럭 쪽으로 서둘러 돌아갔다. 난 상황을 전혀 이해할 수 없었다.

"어제도 저러셨어."

"진상인데요."

"저 사람 마음도 이해는 가. 고립사한 사람이 나이 든 남자분 인데 가족이 없다는 것 같아. 그대로 둘 수 없으니까 집주인이 대 신 청소하고 비용을 내야 하거든. 언짢을 거야."

"그래도 그렇죠. 사람이 죽었는데."

"남이 죽은 것보다 내 돈이 줄어드는 게 속상하긴 하지."

그런 건가? 이런 생각을 하는 사이에 움직이기 시작한 차는 곧 바로 유료 주차장에 도착했다. 엔진이 멈추자 갑자기 주변이 침 묵에 휩싸였다.

"일단 뒤에 있는 청소 도구를 꺼낼까?"

사사가와의 말에 나는 트럭에서 내려 뒤쪽 짐칸으로 향했다. 짐칸에 덮어놓은 초록색 시트를 걷자 온갖 청소 도구들이 드러났다. 양동이, 고무장갑, 박스테이프, 비닐, 빗자루. 밭에 농약을 뿌릴 때 쓰는 것 같은 노즐이 달린 기계도 있었다.

"이거 다요?"

"응. 몇 번 왕복해야 다 옮길 수 있어."

나는 청소 도구를 최대한 들어 옮겼다. 여기서 아까 그 집까지는 3분도 걸리지 않지만, 체력이 엄청나게 요구된다. 청소 도구를 들고 건물 앞에 도착하자 이미 집주인은 사라지고 없었다.

현장은 외부 계단을 올라가면 나오는 가장 안쪽 방인 것 같다. 우리 둘은 금방이라도 무너져 내릴 것 같은 계단을 한걸음, 한걸음 올라간다.

"으……."

계단을 다 올라간 순간, 나도 모르게 숨을 멈추고 말았다. 형용할 수 없는 고약한 냄새가 진동했기 때문이다.

"냄새가 많이 나네."

사사가와는 아무렇지 않은 듯 안쪽 방을 향해 걷기 시작했다.

"잠깐만요."

단순히 뭔가 썩은 냄새와는 달랐다. 코의 점막이 타는 것 같은, 아주 살짝 달콤한 것 같은, 뇌를 휘젓는 것 같은 희한한 냄새다.

"힘들지? 이게 아무도 모르게 죽은 사람의 냄새야."

방에서 새어 나오는 악취가 너무 역해서 사사가와의 목소리가
아주 멀게 느껴졌다. 아직 바깥이다. 이제부터 집 안으로 들어간
다니 말도 안 된다. 숨을 참으며 문 앞에 선다. 사사가와는 문 앞
에 시트를 깔고 박스테이프로 붙였다.

"이 위에 짐을 올려놔. 트럭에 한 번만 더 갔다 오면 되겠다."

여전히 코를 쥐어뜯고 싶은 고약한 냄새가 풍기고 있었다. 짐
을 시트 위에 내려놓으면서 눈앞의 현관문을 바라본다. 옆집과
하나도 다르지 않은 하얀색 문이었다. 옆에선 지저분한 옛날 세
탁기와 뚜껑도 없는 전기계량기가 침묵하고 있었다.

현관문 앞에 청소 도구를 모두 옮겼을 무렵에는 이마에 땀방
울이 맺혀 있었다. 고개를 들어 하늘을 보니 쾌청한 가을날처럼
구름 한 점 없는 연한 하늘빛이 펼쳐져 있었다. 이 냄새가 아니라
면 심호흡이라도 하고 싶은 날씨였다.

"힘 빠졌어? 아직 시작도 안 했는데."

사사가와가 나를 도발하듯이 말했다.

"이 정도로 뭘요. 금방 적응하죠."

그렇게 말하면서도 나는 어느새 숨을 참고 있었다.

사사가와는 운반해둔 청소 도구 중에서 방호복과 고무장갑 그
리고 고글을 꺼냈다. 반짝이는 검은색 방독 마스크도 시야에 들

어온다.

"비옷을 먼저 입고 고무장갑을 껴. 체액이나 파리가 들어오지 못하도록 소매는 박스테이프로 단단히 막고."

건네받은 박스테이프는 빨간색이었다. 만약을 대비해 피가 안 통할 정도로 박스테이프를 소매에 감는다.

"그렇게 벌레가 많아요?"

"많지. 파리나 구더기가 생기거든. 여름철만큼 심하진 않지만, 사후 3주는 됐으니까……. 근데 어제 견적 보러 왔을 때 살충제를 뿌려놔서 거의 죽었을 거야."

사사가와의 이야기를 듣고 소매에 박스테이프를 한 바퀴 더 감았다. 등줄기에 싸늘한 땀방울이 흘러내린다.

"이제 신발에 비닐 커버를 씌우고, 고글이랑 방독 마스크를 착용하면 끝이야."

고글을 착용하고 방독 마스크로 손을 뻗는다. 마치 게임이나 영화 속의 등장인물이 된 기분이었다. 드디어 제대로 숨을 쉴 수 있겠다.

"그럼 들어갈까?"

사사가와는 두 손을 모으더니 짐 속에서 꽃 한 송이를 꺼냈다. 그리고 현관 앞에 천천히 내려놓았다.

"스위트피 조화야. 유명한 노래(일본 가수 마츠다 세이코의 노래

'붉은 스위트피'로 1980년대에 큰 인기를 끌었다—옮긴이)도 있잖아. 아, 옛날 노래라 잘 모르겠구나."

현관 앞에 놓인 스위트피 조화는 꽃잎이 연분홍빛이었다. 독특한 모양의 꽃잎에 신기한 주름이 잡혀 있었다. 내 정신 상태 때문인지 모르겠지만, 그다지 예뻐 보이진 않았다.

"실례하겠습니다."

무언가 스치는 듯한 불쾌한 소리가 나더니 문이 열렸다. 태풍이라도 오면 금방 날아갈 듯 얄팍한 문이다. 곧바로 콘크리트 현관 바닥이 눈에 들어온다. 후줄근한 지압 신발이 쓸쓸한 모습으로 가지런히 놓여 있었다.

"먼저 주검 청소부터 시작할 거야."

현관 쪽에서 얼굴을 들자 거실로 이어지는 짧은 복도에 검은 점 같은 것이 한 무더기 굴러다니고 있었다. 무수한 파리의 사체였다. 순식간에 온몸에 돋은 소름이 평생 없어지지 않을 것 같았다.

"부패한 냄새를 맡은 파리가 시신에 알을 까려고 오거든. 파리 알은 하루면 부화해서 윙윙거리기 시작해."

눈앞에 펼쳐진 풍경은 일상과는 거리가 멀었다. 무수한 파리가 있다는 사실만으로 평범하기 그지없는 방이 지옥으로 변한 것이다.

"아사이, 쓰레받기와 빗자루. 그리고 70리터짜리 봉투도."

"……네."

"현관 앞에 갖다 놓은 짐을 안에 들여놔."

태연한 사사가와의 모습이 왠지 꺼림칙하다. 어찌어찌 현관 앞으로 나가 사사가와가 부탁한 것들을 가져다준다.

"파리를 밟으면 더 지저분해져서."

사사가와는 집 안의 복도에 뒹구는 파리 사체를 빗자루로 쓸어내 쓰레받기에 담는다. 평소에 늘 하던 익숙한 일인 것처럼 재빨리. 봉투를 벌리고 있는 것은 내 역할이었다. 고개를 돌린 채 순서대로 제거되는 파리의 사체를 곁눈질로 바라봤다. 몇 분 지나지 않아 짧은 복도에서 파리는 모두 사라졌다. 대신 비닐봉투 안에 지옥 같은 광경이 펼쳐졌다.

"다 됐다. 다음은 초기 소독이야. 약품 분무기 줄래?"

사사가와가 가리키는 쪽에 노즐이 달린 기계가 있었다. 손에 들자 묵직했고, 안에서 액체가 흔들리는 느낌이 들었다.

"농약 치는 기계 같네요……."

사사가와는 약품 분무기의 노즐을 천장으로 향하더니 본체의 펌프를 눌렀다. 치익 하는 소리와 함께 약품이 안개처럼 살포된다.

"지금부터 고인이 있었던 곳으로 갈 거야. 괜찮겠어?"

"그럼요. 빨리 정리하시죠."

온 힘을 다해 괜찮은 척했다. 속마음은 당장 집으로 도망치고 싶지만.

사사가와의 등 뒤에 숨듯 따라나선다. 방독 마스크를 쓰고 있어도 악취가 나는 것만 같았다. 사사가와가 소독액을 뿌릴 때마다 이 냄새가 당장 사라지기를, 마음을 다해 기도하게 된다.

현관에서 집 안으로 한 발 들어서자마자 오래된 싱크대가 보였다. 싱크대에는 카레가 말라붙은 흰 접시와 고양이 캐릭터가 그려진 머그잔이 있었다. 싱크대 가장자리에 은색의 빈 용기가 열린 채 방치돼 있었다. 사사가와는 그 위에도 주저 없이 소독액을 살포한다.

"마지막 식사는 인스턴트 카레였나 봐."

"인생의 마지막 식사치고는 너무 시시하네요."

"언제 죽을지는 아무도 모르니까 이런 마지막 식사도 있는 거지."

거실에 발을 들여놓았다. 채광이 좋은 유리창에는 파리가 몇 마리 달라붙어 바깥세상을 차단하고 있었다. 세 평 남짓한 크기. 스산할 정도로 물건이 적었다. 선반이나 장롱 같은 가구조차 없다. 방바닥에 방치된 내복 바지와 재떨이에 널브러진 담배꽁초 몇 개가 유난히 눈에 띈다.

"여기서 돌아가셨어."

사사가와가 내가 보던 쪽의 반대편을 가리켰다. 대충 깔린 이불엔 짙고 옅은 검은 얼룩이 사람의 형태로 남아 있었다. 손, 발, 머리의 형태를 뚜렷이 알아볼 수 있었다. 머리가 있었을 지점의 얼룩은 짙고, 발끝으로 갈수록 연한 커피색으로 변해갔다. 그 얼룩을 보는 것만으로도 이불이 얼마나 무겁고 축축할지 상상이 갔다. 시간이 얼마나 흘러야 사람의 몸에서 이런 색이 배어 나오는 걸까. 이 얼룩은 실체가 존재하지 않는 그림자 같았다.

"인간도 녹는 거야. 그리고 흔적을 남기지."

그 얼룩이 금방이라도 움직일 것만 같아 나는 그 자리에서 뒷걸음질을 쳤다.

"죄송합니다."

정신을 차리고 보니 나는 그렇게 외치면서 빠른 걸음으로 현관을 향하고 있었다. 밖으로 뛰쳐나가 힘차게 외부 계단을 내려간다. 어떻게든 저 집에서 조금이라도 더 멀어지고 싶었다. 어디로 가야 할지 모른 채 달리는데 위가 꿈틀거린다. 방독 마스크를 내리자마자 근처의 배수구를 향해 그대로 토사물이 쏟아져 나왔다.

토사물은 그물 모양의 뚜껑을 통과해 어둠 속으로 사라진다. 입안에서 점심에 먹은 덮밥의 맛이 희미하게 느껴졌다. 나는 현기증을 느끼고는 똑바로 서 있지 못하다가 옆에 있는 담벼락에 걸터앉았다.

"어디서 농땡이를 부려?"

고개를 드니 어느새 아까 그 집주인이 눈앞에 서 있었다.

"아니, 저……."

"정말 민폐야. 빨리 치우라고. 냄새가 말도 못 해. 동네 주민들한테 이상한 말이 돌아서 세입자들이 방이라도 뺀다고 하면 책임질 거야?"

여전히 집주인은 주변을 개의치 않고 마구 호통을 쳤다. 충혈된 눈으로 고막이 찢어질 듯한 커다란 목소리로.

"어르신, 저는 아르바이트생이라서……."

"아르바이트생이든 뭐든! 나는 생판 모르는 사람한테 생돈을 쓰는 판인데! 왜 하필 그 방에서 죽어가지고……. 갈 날이 임박했으면 노숙자라도 돼서 남들한테 폐 끼치지 않는 데서 죽어야지!"

누군가가 죽었는데 이렇게 호통을 치는 인간이 있다는 것이 신기했다. 할머니가 발견됐을 때도 누가 이렇게 치를 떨었으려나.

"들어가 보겠습니다……."

나는 집주인이 아니라 나 자신을 타이르듯 일어섰다. 위는 텅 비었으니 더 이상 토사물은 나오지 않을 것이다. 휴대용 티슈를 뭉쳐서 코에 쑤셔 넣었다. 달팽이 같은 속도로 간신히 문 앞에 섰다. 방독 마스크를 아플 정도로 코와 입에 밀착시키고 문을 열었다.

"갑자기 배가 아파서 화장실에 다녀왔습니다!"

나도 모르게 뻔한 거짓말을 외쳤다. 방독 마스크를 하고 있는 탓에 내 목소리가 아닌 것처럼 들려온다. 잠시 후 거실 쪽에서 사사가와가 얼굴을 내밀었다.

"괜찮아? 속은 어때?"

"이젠 괜찮아요."

"약속한 대로 일당이 1만 엔이 될지도 모르겠는데?"

사사가와는 태평스레 그렇게 말했다. 사사가와의 눈가는 아주 살짝, 술집에서 봤을 때처럼 처져 있었다.

7.

되도록 발밑을 보지 않고 걸었다. 가끔씩 운동화 바닥에 무언가 깔아뭉개지는 느낌이 든다. 파리의 사체일 수도 있고, 내 상상의 범위를 벗어난 무언가일지도 모른다.

"초기 소독은 끝났으니까 동선 확보해서 폐품을 정리하자."

"유품을 정리하는 거예요?"

"맞아. 이분 유품은 모두 폐기 처분이거든. 아까 그 봉투를 세 장 겹쳐서 일반과 재활용으로 분리해 넣으면 돼. 현관하고 싱크대 부탁할게."

"네……."

다행히 이곳에선 그림자 같은 얼룩이 시야에 들어오지 않는다. 자꾸 떠오르는 이상한 생각들을 억누르며 현관 쪽에 있는 살림살이를 비닐봉투에 담는다.

먼저 벽에 세워놓았던 우산을 봉투에 넣는다. 눈에 보이는 살림살이는 모두 지저분했다. 방금 버린 우산도 살이 부러져 있었고, 신발장의 구두는 희한한 모양으로 바닥이 닳아 있었다. 만난 적도 없는 누군가의 삶의 조각을 하나둘 봉투에 집어넣는다. 필요한 것, 필요 없는 것을 가려낼 필요가 없기 때문에 어느새 현관 쪽에 있던 유품은 모두 비닐봉투 안으로 사라졌다.

다음으로 싱크대의 물건들을 정리했다. 싱크대 밑을 열자 오목한 냄비 하나와 손잡이가 거무스름한 프라이팬 하나밖에 없었다. 대신 통조림과 컵라면을 비롯한 인스턴트식품이 잔뜩 보였다. 마치 우리 집의 찬장을 연 듯한 착각이 들었다. 조미료도 하나 없다. 쭉 혼자서 식사를 했다는 사실이 선명하게 보였다.

'이런 거만 먹으면 몸에 안 좋을 텐데…….' 이러다가 나도 몇십 년 뒤에 이렇게 홀로 죽게 될지도 모른다. 엄마가 저번에 쥐여준 채소 주스가 갑자기 마시고 싶어졌다.

"아사이, 잠시만."

거실 쪽에서 사사가와의 목소리가 들렸다. 웬만하면 그 이불 근처에 가고 싶지 않아서 현관 앞에서 대답했다.

"왜요?"

"저 이불 치울 건데 도와줘."

또다시 저 이불과 대치할 때가 다가왔다. 나는 눈을 가늘게 뜨고 납덩이처럼 무거워진 두 발을 힘겹게 앞으로 내디뎠다. 거실에 들어간 나는 그 이불이 시야에 들어오지 않도록 최대한 천장 쪽을 보았다.

"얼굴이 좀 안 좋다. 괜찮아?"

실눈을 뜨고 있는 탓에 아무래도 우거지상이 되었나 보다.

"아직 속이 좀…… 이상한 거라도 먹었나…….."

그런 말을 하면서 아프지도 않은 배를 문질렀다.

"아사이도 느끼고 있겠지만, 여기서 돌아가신 분은 꽤 꼼꼼했던 것 같아. 경험상, 남자 혼자 살면 훨씬 비참한 상황이 많거든. 여긴 내가 방문한 집들 중에 손에 꼽힐 정도로 물건이 없어."

"하긴 난장판도 아니고 물건도 많이 없네요. 돌아가시기 전에 대청소를 하셨나?"

"아까 벽장에서 심박조율기와 관련된 수첩이 나왔어. 심장질환을 앓고 계셨던 것 같아."

"심박조율기?"

"쉽게 말하면 심장이 잘 움직이는지 감시하는 의료기기야. 심장에 시술해서 심박수가 떨어졌을 때 전기자극을 주는 거지."

"아……."

"어쩌면 이분은 죽을 날이 다가오는 걸 알고, 남겨진 사람에게 폐를 끼치지 않도록 최소한의 살림으로 생활하고 있었을지도 몰라. 물론 진실은 이제 알 수 없지만."

사사가와는 그렇게 조용히 말하고는 손뼉을 쳤다.

"자, 이불을 개서 작게 만든 다음 봉투에다 폐기할까."

고무장갑을 꼈음에도 체액이 묻은 이불을 만지려면 상당한 용기가 필요했다. 그보다 나는 그 이불을 똑바로 쳐다볼 수조차 없었다.

"잠시만요."

나는 마음을 가라앉히기 위해 눈을 질끈 감았다. 또다시 시큼함이 목구멍으로 치밀어 오른다.

"왜 그래? 또 배 아파?"

사사가와가 걱정한다. 나는 조심스레 실눈을 떴다.

"이거…… 끝말잇기 하면서 치우지 않을래요?"

나의 뜬금없는 제안에 사사가와가 고개를 갸웃한다. 뭐든 좋으니까 정신을 다른 곳에다 팔고 싶었다.

"갑자기?"

"아니, 그냥요……. 저부터 할게요."

내 맘대로 끝말잇기에 온 의식을 집중했다. 그러는 동안에도 목구멍의 시큼함은 사라지지 않는다.

"이불(후톤)!"

"아사이, 시작하자마자 끝났는데?"(일본의 끝말잇기는 받침이 들어가는 단어가 나오면 끝난다-옮긴이)

사사가와가 웃으면서 민첩하게 움직이기 시작했다. 머릿속이 혼란스럽다. 내가 왜 이런 생면부지인 사람의 집에 있는 걸까?

"끝을 들어줄래?"

사사가와가 시키는 대로 거의 눈을 감은 채 이불을 만졌다. 제대로 보이지 않아서 어디를 어떻게 들고 있는지도 모르겠다. 다만 일반 이불과 확연히 다르다는 것은 알 수 있었다. 고무장갑 너머로도 이상하게 차갑고 축축한 감촉이 느껴졌다.

"으…….."

이불 위에서 흰색 비슷한 무언가가 꿈틀거리는 것이 보였다. 구더기였다. 위에 경련이 올 것 같아서 입을 굳게 다물고 목구멍에 힘을 줬다.

"비닐봉투 좀 펴줄래?"

간신히 접은 이불을 사사가와는 능숙하게 봉투 안에 넣기 시작했다. 나는 고개를 돌리며 봉투 입구를 펼쳤다. 비닐봉투가 바스락대는 소리가 비명처럼 들린다. 온 힘을 다해 고개를 돌렸던 몇 초가 무척이나 길게 느껴졌다.

"끝났어."

이불이 비닐봉투 안에 들어가자 사사가와는 매듭을 박스테이프로 단단히 감았다. 어느새 온몸에 땀이 줄줄 흘러내리고 있었다.

"그, 금방 하네요."

내심 한계에 다다르고 있었다. 어쨌든 이 이불을 치웠다는 사실에 이루 말할 수 없는 안도감을 느꼈다.

이불을 걷어낸 방바닥에도 검은 얼룩이 있었다. 사람의 형태가 아닌 커피를 잔뜩 흘린 것 같은 얼룩이었지만, 그게 사람의 몸에서 나온 것이라는 사실이 떠오르자 몸서리가 쳐진다. 사사가와는 곧 얼룩이 묻은 다다미를 들어내 벽에 세워두고, 마루 밑을 주의 깊게 관찰했다.

"왜 마루 밑을 들여다봐요? 설마 쥐?"

"아니야. 체액은 모래에 물이 스며들듯이 다다미 아래 바닥까지 스며드는 경우가 있거든. 그게 남아 있으면 냄새가 가시지 않을 거야."

"바닥까지 오염됐으면 어떻게 해요?"

"잘라내서 특수한 도구로 코팅하거나 정 힘들면 싹 바꿔야 해. 밖으로 보이는 체액을 제거해봤자 근본을 제거하지 않으면 의미가 없지."

"마루 밑이 조금 더러워도 아무도 눈치 못 챌 것 같은데……."

"이 방에 남아 있는 흔적을 완벽하게 지우는 게 내 일이니까."

사사가와가 마루 밑에 머리를 들이밀고 있는 동안 다시 방을 둘러보았다. 정말 생활에 필요한 최소한의 살림살이밖에 없었다. 취미나 가족의 존재를 보여주는 사진이나 편지도 보이지 않았다. 이 집에서 죽은 사람은 무엇에 기쁨을 느끼고 무엇에 상처를 입으며 살아갔을까. 아무것도 알 수 없었다.

"이 방은 해가 잘 드니까 매일 햇빛이 쨍쨍해서 불편했을 것 같아."

여전히 마루 밑에 머리를 들이민 채 사사가와가 말한다. 이 방은 확실히 볕이 좋다. 데드모닝 사무실에는 없는 태양의 빛이 스며든다.

"이런 평범한 방에서 혼자 무슨 생각을 했을까요……."

"글쎄."

"궁금하지 않아요?"

"일일이 생각에 잠기면 얼룩이 없어지지 않잖아. 아, 바닥에 부패액이 떨어졌네. 아사이, 세제 줄래?"

세워둔 다다미 앞에 세제로 보이는 것이 몇 개 놓여 있었다. 다다미가 시야에 들어오지 않도록 조심스레 접근해 세제를 손에 들고 관찰해보았다. 모두 약국에서 손쉽게 구입할 수 있는 것은 아닌 것 같았다.

"어떤 거요?"

사사가와의 대답을 가로막는 불온한 소리가 들렸다. 놀라서 얼굴을 들자 세워둔 다다미가 미끄러져 떨어지고 있었다. 도망칠 틈도 없다.

"악……."

그렇게 만지고 싶지 않았던 다다미가 내 몸 위로 쓰러졌다. 썩은 것 같은 축축한 다다미가 몸에 닿자 방호복을 입었음에도 순식간에 소름이 돋았다. 일어서려고 했지만 미끄러워서 엎드린 자세에서 움직일 수가 없었다.

"괜찮아?"

사사가와가 내 비명을 듣고 달려와 다다미에서 구조해주었다. 치아가 모두 빠져버린 느낌이 들고 혀가 말랭이처럼 바싹 말랐다.

"다다미가…… 갑자기……."

"미안해. 마루만 신경 쓰다가 제대로 세워놓지 않았나 봐. 다친 데는 없어?"

고개를 끄덕이려던 순간 사타구니가 뜨뜻한 것이 느껴졌다. 조심조심 방호복을 들춰보니 작업복이 사타구니 주위만 진하게 물들어 있었다.

"사사가와 씨……."

"왜 그래? 어디 아파?"

"작업복 여벌 없어요?"

"트럭 안에 있는데, 왜?"

"오줌 쌌어요."

마지막 자존심을 쥐어짜내서 담담한 척 말했다. 그러지 않으면 한심함에 녹아 없어질 것만 같았다.

8.

집 밖으로 나올 때에는 감염 방지를 위해 방호복과 고무장갑을 벗어야 했다. 그래서인지 사용하는 대부분의 물품은 한 번 쓰고 버릴 수 있는 것들이었다.

난 사타구니의 얼룩을 감추며 트럭으로 향했다. 새 작업복으로 갈아입자 다시 그 집으로 돌아가고 싶지 않았다. 조수석에 올라타고 대시보드에 발을 올렸다. 팬티를 입지 않은 탓에 아랫도리가 시원하다. 그냥 집에 가버리고 싶다. 하지만 지갑, 담배, 휴대전화를 전부 데드모닝 사무실에 두고 온 데다 여기가 어딘지도 모른다. 집에 가려야 갈 수 없다.

운전석에 방치된 사사가와의 담배를 한 대 빌려 불을 붙였다. 내 물건을 모두 두고 왔음에도 전자사전은 평소처럼 주머니에 들어 있었다. 담배를 입에 물며 글자를 입력하고 읽기 버튼을 눌렀다.

'나는 겁쟁이도 아니고, 오줌싸개 동상도 아니야.'

전자사전에서 진지하기 그지없는 목소리가 울려 퍼졌다. 요즘에는 대놓고 말할 수 없는 내 안에 쌓인 불만이나 분노를 이 전자사전으로 대신 말하며 스트레스를 해소한다.

앞 유리를 통해 들어오는 햇빛에 졸음이 몰려왔다. 부드러운 햇살을 받고 있자니 서서히 눈꺼풀이 무거워졌다. 사사가와는 현장으로 오기 전에 힘들면 차에서 대기해도 괜찮다고 했다. 내게는 이제 그 방에 돌아갈 기운이 없다. 그리고 난 노팬티다. 무방비도 보통 무방비가 아니다. 나는 하품을 한 번 하고는 따뜻한 오후의 햇살을 느끼며 눈을 감았다.

엔진이 웅웅거리는 시끄러운 소리에 잠에서 깼다. 시간을 확인해보니 한 시간 넘게 잠들었던 것 같다. 모처럼 만끽하던 낮잠을 방해받은 것에 분노하며 밖을 내다보니 옆에 트럭이 정차하고 있었다.

"시끄럽게……."

혀를 한 번 차고는 다시 눈을 감으려는데 창문을 두드리는 소리가 들렸다. 놀라서 시선을 돌려보니 분홍색 작업복을 입은 여자가 노려보듯 나를 응시하고 있었다. 주차에 뭔가 문제가 있었는지도 모른다. 나는 허겁지겁 조수석의 문을 열었다.

"너 데드모닝 아르바이트생이야?"

밖으로 나가자마자 가시 돋친 목소리가 들렸다. 여자는 머리를 노랗게 염색했고, 화장이 화려하다. 양쪽 귀에서 피어싱이 달랑거렸다. 나이는 어려 보였다. 내 또래일지도 모르겠다.

"그런데요……. 무슨 일로?"

"그럼 현장은?"

"네?"

"현장이 어디냐니까? 안내해."

여자의 일방적인 태도에서 설명 따위는 하지 않겠다는 고집이 흘러넘쳤다. 작업복을 입었으니 관계자일 것 같지만, 여자는 자신의 이름조차 말하지 않는다.

"앞으로 좀만 가면 나와요."

"그러니까 안내하라고. 휴대전화 배터리가 나가서 장소를 몰라."

귀찮지만 현장까지 안내할 수밖에 없을 것 같다.

"너 트럭에서 자고 있었지?"

나란히 걷기 시작하자마자 여자가 어이없어하는 목소리로 물었다.

"아니요. 옷 갈아입었어요."

"그래? 스무 명째네. 축하해."

"뭐가요?"

"도중에 도망친 알바생 말이야."

나는 아무런 대꾸도 하지 못하고, 말없이 그 건물로 향했다. 외부 계단 앞에서 나는 여자를 보며 말했다.

"여기로 올라가서 제일 안쪽 방이에요."

"알겠어. 너도 갈 거지? 새 작업복으로 갈아입었잖아."

방금까지 매섭게 노려봤던 여자는 그 순간에만 악마 같은 미소를 지었다. 전부 꿰뚫어보고 있는 것 같아서 짜증이 난다.

"그럼요. 레이디 퍼스트, 먼저 가시죠."

여자는 다시 말없이 나를 노려보더니 먼저 계단을 올라갔다. 어쩌다 일이 이렇게 된 거지? 나는 단지 해파리같이 살고 싶을 뿐인데……. 그런 생각에 잠긴 채 뒤를 따랐다.

문 앞에 이르자 여자는 아무 거리낌 없이 현관문을 열고 큰 소리로 외쳤다.

"사사가와 씨, 수고했어. 현관 앞에 있는 유품 옮길게."

조심조심 집 안으로 들어갔다. 몇 시간 전까지 파리 사체가 뒹굴고 있었다는 것이 믿기지 않을 정도로 깨끗해져 있었다. 냄새도 거의 나지 않는다.

"가에데 씨, 오느라 수고했어. 혼자서 할 수 있겠어?"

거실 쪽에서 사사가와가 얼굴을 내밀었다. 올백 머리가 살짝 흐트러져 있다.

"괜찮아, 괜찮아. 트럭에서 팔자 좋게 낮잠 자던 아르바이트생을 찾아왔으니까."

내가 반박하기 전에 가에데는 복도에 방치된 비닐봉투 네 개를 번쩍 들었다.

"멍하니 서 있지 말고 너도 빨리 들어."

"네…….."

나도 눈에 띈 봉투를 다 들려고 했지만 두 개가 한계였다. 이 여자는 힘이 얼마나 센 거야.

"트럭 짐칸에 실어."

가에데는 피어싱을 달랑거리며 가볍게 계단을 내려갔다. 사사가와를 편하게 대하는 모습을 보니 어려 보이지만, 의외로 베테랑일지 모른다. 가에데의 트럭까지 거리는 얼마 되지 않았지만, 그냥 걷는 것과 유품을 들고 걷는 것은 완전히 다르다. 간신히 트럭에 도착하니 숨이 차고 팔도 저려서 봉투가 파고든 손끝에 둔탁한 통증이 느껴졌다. 가에데는 이미 봉투를 짐칸에 실은 뒤였다.

"넌 왜 두 개밖에 안 가져왔어? 가냘픈 여자인 내가 두 배나 옮기는 게 말이 돼?"

"이게 한계예요."

"한계 같은 소리하네."

난 비닐봉투를 짐칸에 있는 가에데에게 건넸다. 가에데가 가볍게 받아들자 정말로 나 자신이 한심하게 느껴졌다.

"방에 있는 유품들은 얼마나 돼?"

"어, 작은 냉장고랑 오래된 텔레비전. 아마 거실에도 유품이 담긴 봉투가 있을 거예요. 옷장은 없었던 것 같은데……."

"밖에 세탁기가 있던데 그것도? 그거 말고 체액이 묻은 다다미 같은 건 없었어?"

"있었어요. 죄송합니다."

"사과를 왜 해. 속도 좀 내자?"

짐칸에서 내린 가에데를 따라 다시 그 건물로 향했다. 몇 번 더 왕복해야 될까, 어떻게 해야 도망갈 수 있을까 머리를 굴렸지만, 피곤함과 가에데의 강경한 태도 때문에 그럴싸한 변명이 떠오르지 않았다.

다시 집 안으로 들어가자 사사가와가 세제를 뿌리며 복도 벽을 닦고 있었다.

"사사가와 씨, 오늘은 유품이 적지 않아?"

"그러게. 꽤 검소하게 사셨나 봐. 아, 거실에 체액이 묻은 다다미가 있는데 도와줄까?"

"괜찮아. 이 허약한 아르바이트생하고 옮길 테니까. 사사가와 씨는 청소 계속해."

"가에데랑 비교하면 누구나 허약해 보여."

가에데는 영 틀린 말이 아니라는 듯 미소를 짓는다.

"큰 짐은 마지막에 나르고 우선 자질구레한 것부터 가져가자."

가에데의 재촉에 또 비닐봉투를 들고 밖으로 나갔다. 가에데는 혼자서 세탁기를 나르고 있다. 그녀에게 세탁기는 자질구레한 것인 듯했다.

유품을 계속 나르다 보니 어느새 작업복에 땀이 배어 있었다. 나는 가에데가 두 번 왕복할 무렵에야 겨우 트럭에 도착하곤 했다. 가에데가 나를 앞지를 때마다 잔소리를 해댔다.

가에데 덕분에 이제 부패액이 스며든 다다미와 내가 지금 옮길 유품만 남았다. 이 유품을 일부러 늑장을 부리며 옮기면 가에데 혼자서 다다미를 나를 것이다. 저렇게 더러운 다다미가 시야에 들어오는 것만으로도 몸서리가 쳐졌다. 그러니 만진다는 건 상상도 할 수 없다.

나는 마지막으로 남아 있던 비닐봉투를 들고 밖으로 나가 아주 천천히 걸었다. 외부 계단으로 내려가 유품이 담긴 봉투를 땅바닥에 내던지고 크게 기지개를 켰다. 이제 이런 기묘한 아르바이트는 평생 안녕이다.

"야."

목소리가 난 쪽으로 몸을 돌리자 무표정한 가에데가 몇 미터 앞에서 다가오는 모습이 보였다.

"이제 방에 그 다다미만 남았어요."

내가 살갑게 말을 걸어도 대답이 없다. 가에데는 그저 똑바로 나의 눈을 응시하고 있을 뿐이었다.

"너 유품을 왜 집어던지고 그래?"

가에데는 성큼성큼 다가오더니 갑자기 내 멱살을 잡았다. 이마가 닿을 듯한 거리에서 매몰차고 따가운 시선이 날아들었다. 농담이 아니라 발이 몇 센티미터 정도 공중에 뜬 느낌이 들어 숨을 쉴 수가 없었다.

"갑자기 뭔데요?"

"유품을 왜 집어던졌냐고 물어보잖아!"

고막이 터질 듯한 고함 소리였다. 정신을 차리고 보니 나는 그 자리에 털썩 주저앉아 있었다.

"너 그냥 꺼져라."

가에데는 내가 옮기던 비닐봉투를 집어 들더니 다시 발길을 돌려 주차장으로 걸어가려고 했다.

"왜 혼자 난리야……."

가에데가 천천히 돌아본다.

"너 말이야, 여태까지 진지하게 무슨 일에 임해본 적도 없고, 다른 사람한테 진지해져본 적도 없지?"

"네?"

"난 말이야. 낫토랑 정신 빠진 남자가 세상에서 제일 싫어."

가에데는 그렇게 말하고는 걸음을 옮겼다. 가에데에게 붙잡혔던 목덜미가 아리다. 방금 들은 한마디가 천천히 가슴 깊숙이 파고든다.

"낫토하고 동급이네……."

일부러 농담하듯 중얼거려보지만 허무할 뿐이었다. 일어설 기운도 없다. 오늘 하루, 평생 당할 창피를 다 당한 것 같아 이대로 사라지고 싶었다.

"가에데 씨, 보통이 아니지?"

정신을 차리고 보니 사사가와가 근처에 서 있었다. 그는 그 다다미에서 구조해주었을 때처럼 나를 향해 손을 내밀었다.

"쟤 뭐예요?"

"폐기물 수집 운반업자야. 입은 조금 거친데, 바르고 성실한 친구야. 그리고 일을 참 잘해."

"제가 보기엔 화장만 떡칠한 무뚝뚝한 여자예요."

사사가와의 손을 잡고 천천히 일어섰다. 사사가와의 손은 땀으로 축축하고 뜨거웠다.

"저 집에 아사이한테 보여주고 싶은 장소가 있어."

사사가와는 그렇게 말하고 외부 계단을 오르기 시작했다. 다시 그 집에 들어가고 싶지는 않았지만 고개를 푹 숙이고 사사가와의 뒤를 따랐다.

운동화에 커버를 씌우고 실내에 들어갔다. 물건이 모두 사라진 방 안은 섬뜩할 정도로 고요했다. 냄새가 밴 다다미는 검은 비닐이 덮여 있어 얼룩이 보이지 않았다.

"아사이, 여기 구석을 봐."

사사가와가 손짓을 하면서 반대쪽 벽을 가리켰다. 가까이 가서 들여다보니 지렁이가 기어가는 듯한 글씨가 희미하게 적혀 있었다.

"초밥이 먹고 싶다. 그래도 참자……?"

엉겁결에 소리 내어 읽고 말았다. 연필로 쓴 듯한 옅은 글씨는 맥없이 바람에 휙 날아가 버릴 것만 같았다.

"아까 아사이가 여기서 살았던 사람이 혼자 무슨 생각을 했을지 궁금해했잖아."

'초밥이 먹고 싶다. 그래도 참자.' 방을 보면 검소한 생활이었던 것이 분명했다. '그래도 참자', 이 말이 이 사람의 삶을 나타내는 것 같았다.

"초밥을 실컷 먹고 싶었구나……."

"마지막은 카레였지."

그냥 낙서를 보고만 있는데도 손가락 끝에 작은 상처가 난 것 같은 통증이 느껴졌다.

"청소가 끝나면, 이 방에 살던 누군가의 흔적은 사라지고 다른 누군가가 살게 되지."

"뭔가 허무하네요."

"그런가? 계속 반복되는 일이야. 난 이 사람이 어떤 인생을 살아왔는지 몰라. 하지만 이 사람이 마지막으로 남긴 삶의 흔적과 죽음만은 기억할 수 있지."

사사가와는 이 집에 들어와서 처음으로 창문을 열었다. 부드러운 바람이 들어와 볼을 어루만졌다. 그때 현관문 열리는 소리가 나고, 가에데가 들어왔다.

"사사가와 씨, 이제 이 다다미만 옮기면 끝나는 거지?"

가에데는 대놓고 나를 무시하면서 비닐로 덮은 다다미에 다가갔다.

"저 친구랑 같이 옮겨줄래?"

혼자서 다다미를 나르려는 가에데를 사사가와가 살며시 제지했다.

"나 혼자 충분해. 이런 정신 빠진 남자는 유품을 만질 자격도 없어."

"아니야. 이 친구는 오줌을 쌌는데도 끝까지 도와줬어."

사사가와는 나를 감싸려는 생각이었겠지만, 나는 지워버리고 싶은 과거를 폭로당하자 단번에 귓불이 달아올랐다.

"사사가와 씨, 아르바이트생 뽑을 때, 면접을 제대로 봐야 해."

비록 비닐봉투에 들어 있다곤 해도 체액이 스며든 다다미를 만지기는 싫었다. 내가 주저하자 가에데의 차가운 목소리가 들렸다.

"그래서 옮길 거야, 말 거야? 아니면 기저귀 없이 힘들겠어?"

가에데가 바보 취급을 하자 단숨에 머리끝까지 열이 뻗쳤다.

"옮긴다고요!"

나도 모르겠다. 천천히 다다미 끝을 잡았다. 생각보다 가볍지만 이상하게 팔에 힘이 들어갔다. 반대쪽을 잡은 가에데가 내 눈을 똑바로 쳐다보고 있었다.

"누군가의 일부야, 조심히 들어."

방금까지 날카로웠던 목소리와는 다르게 따스한 목소리였다. 그 말은 놀랍게도 내 마음속 깊이 스며들었다. 할머니의 일부도 이렇게 낯선 사람이 옮겼을까. 다다미에 배어 있는 것은 누군가가 살았던 자취다. 그렇게 생각하자 조금 전까지 느꼈던 껄끄러움이 희미해졌다.

트럭의 짐칸에도 최대한 조용히 실었다. 그냥 다다미인데 깨지기 쉬운 유리처럼 다루는 기분이었다.

가에데는 서둘러 트럭 운전석에 올라타더니 창문을 열고 쪽지 한 장을 내밀었다.

"영수증, 사인해줘."

"내가 해도 돼?"

"괜찮아. 빨리 다음 현장에 가야 돼."

난 영수증에 사인을 했다. 트럭 대시보드에는 인형 뽑기 기계에서 뽑은 듯한 인형들이 쭉 놓여 있었고, 백미러에는 고급스러운 디자인의 방향제가 달려 있었다. 가에데가 키를 돌리자 굉음 같은 엔진 소리가 내 고막을 울렸다.

"사사가와 씨한테 간다고 전해줘. 너 비실비실하지만, 마지막에 다다미는 나쁘지 않게 옮겼어."

가에데는 내 대답을 기다리지 않고 요란한 소리를 내면서 출발했다. 가에데가 창문 밖으로 손을 내밀어 나를 향해 몇 번 흔들었다.

"쟤, 뭐지……."

점점 작아지는 트럭을 보며 손을 쫙 폈다가 다시 쥐어본다. 방금 옮긴 다다미의 감촉이 아직 남아 있었다.

9.

"이제 다 됐다."

다시 그 집으로 돌아가자 사사가와는 이마에서 흐르는 땀을 닦고 있었다. 싱크대를 다 닦은 사사가와는 걸레를 비닐봉투 안에 넣고 어깨에 걸쳐둔 타월로 이마의 땀을 닦았다.

"네 시간쯤 걸렸죠?"

"응, 짐이 적어서 일찍 끝났어. 이제 주인아저씨한테 말씀드려야지."

나는 방을 둘러보았다. 바로 몇 시간 전까지 구더기와 파리가 드글거리던 곳으로는 보이지 않았다. 대화를 나눈 적도, 얼굴을 본 적도 없는 누군가의 흔적은 깨끗이 지워져 있었다.

사사가와가 전화로 작업을 마쳤다고 알리자 곧바로 집주인이 나타났다. 그는 노골적으로 코를 벌름거리며 집 안으로 들어왔다.

"아직도 냄새가 좀 나는데."

"벽이랑 바닥에 얼룩이 뱄거든요. 도배를 새로 하거나 다다미를 바꾸면 괜찮아질 거예요."

"그래. 좀 낫네."

집주인은 동네 개처럼 콧구멍을 벌름거리며 방 안을 둘러본 다음, 만족스러운 듯 혼자 고개를 끄덕였다.

"마지막으로 15분만 마무리해도 될까요?"

"그러든지. 근처에 있으니까 열쇠 반납하고 가. 이게 다 뭔 난리야."

집주인은 끝까지 투덜거렸지만 아까처럼 호통을 치지는 않았다.

"마무리가 더 남았어요?"

"마지막으로 하는 게 있거든. 바로 올 테니까 잠깐 기다려줄래?"

사사가와는 빠른 걸음으로 집을 나섰다. 그 뒷모습을 보고 나도 밖에 나갔다. 이제 주위에 부패한 냄새는 나지 않는다. 몇 분간 바깥 바람을 쐬고 나서 다시 현관문을 열었을 때의 기분은 뭐라 설명하기 어려웠다.

처음 들어왔을 때 있던 현관의 신발은 사라지고 없었다. 현관에 서서 집 안을 바라보았다. 창문은 활짝 열려 있었지만 커튼이 없어서 바람이 들어오는지 알 수 없었다. 싱크대의 수도꼭지에서 물방울이 일정한 리듬으로 뚝뚝 떨어지고 있었다. 나는 그 소리에 잠시 귀를 기울였다. 왠지 가슴이 두근거렸다.

수도꼭지가 덜 잠긴 거라면 나중에 집주인에게 무슨 소리를 들을지도 모른다. 수도꼭지를 잠그려고 집 안에 들어가려다 약간 망설였다. 청소할 때는 신발에 보호 커버를 씌웠기 때문에 신발을 신은 채로 집에 들어갔다. 하지만 지금은 보호 커버도 씌우지 않았는데 그냥 신발을 신고 들어가도 되려나…….

나는 잠시 동안 물방울 떨어지는 소리에 다시 귀를 기울이고, 한숨을 한 번 내쉬었다. 결국 운동화를 벗고 복도로 들어갔다. 수도꼭지를 잠그자 끽 소리가 나며, 물방울 떨어지는 소리는 사라졌다.

"나 왔어."

현관문이 열리고 사사가와가 얼굴을 내밀었다. 뛰어왔는지 숨이 가빴다. 손에는 편의점 봉지가 들려 있었다. 그는 내게 보이도록 봉지를 살짝 들었다.

"무슨 일 있어? 왜 그런 데서 멍을 때리고 그래."

"아, 수도꼭지가 안 잠겨 있어서…….""

사사가와는 현관 앞에 방치된 내 운동화를 쳐다봤다.

"신발 벗고 들어갔어?"

"네, 뭐 제 집도 아니고…….""

"그래."

사사가와도 신발을 벗고 집 안에 발을 내디뎠다. 사사가와의 검은 양말에는 작은 구멍이 뚫려 있어서 아주 살짝 웃음이 날 뻔했다.

"아사이는 커피 마셔?"

"네, 좋아해요."

사사가와는 미소 띤 얼굴로 봉지에서 캔커피를 꺼내 나에게 건넸다.

"어디 갔었어요?"

"끝마무리를 사러 갔지."

사사가와는 거실의 한 장소에서 걸음을 멈추었다.

"미안해. 편의점에 이것밖에 없더라고."

사사가와는 낮은 목소리로 그렇게 말하더니 편의점 봉지에서 유부초밥을 꺼냈다. 시선 끝에 자리한 어두운 벽의 그 낙서는 깨끗이 지워져 있었다.

집주인에게 열쇠를 돌려주고 나서 트럭에 올라탔다. 아까 먹은 유부초밥은 커피와 궁합이 아주 별로였다. 하지만 거하게 토하고 아무것도 남지 않은 내 위장은 즐거운 비명을 지르고 있었다.

"오늘 어땠어?"

사사가와가 핸들을 돌리면서 말했다. 차 안에는 잔잔하게 '블루 먼데이'가 반복 재생되고 있었다.

"좀 충격적이었어요. 냄새도, 이불에 묻은 얼룩도…… 전부 다요."

"맞아, 처음에는 힘들지."

"익숙해져요?"

"익숙해진다기보다 내성이 생겨."

"전 힘들 수도 있겠네요……. 사람이 죽더라도 마음은 남는다고 하잖아요. 희한한 미신 같은 건 잘 안 믿는데 뭔지 좀 알 것 같더라고요. 좋은 의미든 나쁜 의미든 죽은 후에 그 사람이 아직도 존재하는 느낌이 든다고 해야 하나."

사사가와는 앞만 보면서 고개를 끄덕이지도 않고 내 말을 들었다. 창밖은 이미 어두컴컴했다.

"죽으면 아무것도 남지 않아. 아사이가 생각하는 간절한 마음 같은 것 말이야. 남는다고 해도 몸뿐이야. 그것도 썩어서 머지않아 사라지지."

"그럴까요?"

"그런 거야. 죽은 사람은 성장할 일도 없고, 새로운 이야기를 만들 일도 없어. 정지된 상태야. 계속 말이지. 죽은 사람을 만날 수 있는 곳이 있다면, 과거뿐이야."

마주 오는 차의 헤드라이트가 살짝 눈부셨다. 사사가와는 죽은 사람에 대해 현실적인 생각을 갖고 있기도 하고, 한편으로는 아까처럼 유부초밥을 사 오기도 한다. 뭔가 신기한 사람이었다. 계속해서 '블루 먼데이'의 담담하고 차가운 멜로디가 흘러나온다.

"죽으면 끝인 거지."

사사가와가 액셀을 밟고 트럭은 노란불이 들어온 교차로를 빠져나갔다. 나는 사사가와의 말에 동의도 반대도 하지 못하고, 환해지기 시작한 거리를 멍하니 바라보았다.

2

흙 묻은 등산화

"버리라고 했잖아.
그걸 집에 가져가면 그 애가 죽은 게 현실이 되잖아……"

1.

"진짜로? 너 대박이다."

다케다가 담배 연기를 뱉으며 눈을 크게 떴다. 아까 나온 닭꼬치에는 손도 대지 않았다.

"코가 찢어지는 줄 알았어. 영화에 나오는 것 같은 방독 마스크를 쓰질 않나, 파리가 한 무더기 죽어 있질 않나."

"소름 돋는다. 그래서 시체는?"

"시체는 경찰이 수습했으니까. 남아 있는 건 그림자뿐이지."

"그림자?"

다케다가 신기해하는 얼굴을 보며, 나도 나흘 전에 이런 표정으로 사사가와를 쳐다봤을지 모르겠다는 생각이 들었다.

"응, 그림자. 이불 위에서 죽은 것 같더라고. 부패액인가? 시신에서 배어 나온 액체가 이불에 사람 형태로 남아 있었어."

"끔찍하다……."

다케다가 얼굴을 찡그린다. 담배 끝부터 타들어간 재가 떨어질 것 같았다.

"근데 별수 없잖아. 그냥 해야지."

"간 큰 거 보소."

"여태까지 스무 명인가? 일하다 도망갔다고는 하던데, 도망갈 정도는 아니었어."

구토와 작은 실례는 물론, 가에데에게 멱살이 잡히고 된통 욕을 들어먹은 일은 당연히 다케다에게 얘기하지 않을 것이다.

"넌 진짜 인생 경험 제대로 한다. 난 취업 준비 때문에 꼼짝도 못 해. 올해는 동아리 스노보드 여행도 못 갈 테고."

다케다는 노래방 아르바이트를 하다 만났다. 동갑내기고 근무 스케줄이 겹치는 경우도 많아 가끔 이렇게 같이 한잔하러 온다.

"대학 재밌어?"

"아니. 어떻게든 사회에 안 나가려고 다들 발버둥치는 곳이야. 올해는 취업 준비하다 끝나겠어. 그나저나 왜 아르바이트 그만뒀냐? 점장님도 깜짝 놀라던데."

일 년 동안 계속하던 노래방 아르바이트를 그만둔 것은 특수청소 현장에 다녀오고 이틀이 지난 후였다. 특수청소를 다녀온 다음 날이 근무였지만, 피곤한 나머지 늦잠을 자고 처음으로 무단결근을 했다. 그 후에 먼저 그만둔다고 말씀드렸다.

"그냥 갑자기 귀찮아져서. 계속 그런 데서 마이크 상태가 별로 다, 음료가 늦게 나온다, 이런 소리에 시달리면서 음치의 노래를 억지로 듣는 게 바보 같잖아."

그렇게 말했지만 진짜 속마음은 달랐다. 그 집을 다녀온 뒤 그림자 같은 얼룩이 뇌리에 박혀 평화로운 환경에서 술 취한 대학생이나 어르신들의 그저 그런 노랫소리를 듣고 있는 것이 불편하게 느껴졌다.

"아, 설마 그 특수청소? 그쪽으로 갈아타려고?"

"뭐, 같이 일하지 않겠냐고 물어보긴 했어……."

사사가와로부터 계속 아르바이트를 하지 않겠냐고 제의를 받은 것은 사실이다. 청소가 끝나고 데드모닝 사무실에 돌아왔을 때, 그는 "어때? 또 아르바이트 하지 않을래? 정기적으로 와주면 좋을 텐데"라고 말했다.

"하긴 시신 청소가 더 자극적이긴 해."

"뭐, 아직 결정한 건 아닌데……."

"해. 또 기묘한 이야기 들려줘. 매일 이력서랑 눈싸움하느라 토 나오게 심심하단 말이야."

"생각해볼게. 나 잠깐 화장실 좀."

화장실로 향하며 '데드모닝' 하고 가슴속으로 반복해본다. 일
도 많이 고되니까 회사 이름이라도 명랑한 편이 이미지에 좋을 것
같다. 내가 사장이라면 플라워 컴퍼니라든가 선샤인 플라워라고
할 것이다. 사람들이 꽃집으로 착각할 것 같기는 하지만.

소변을 보고 세면대에서 손을 씻은 후 평소와 다름없이 주머
니를 만지작거렸다. 역시 전자사전이 없다. 그 현장에 갔을 때는
분명히 있었는데…… 집을 샅샅이 뒤져도 찾을 수가 없었다. 어
디에 떨어뜨렸나? 나는 한숨을 내쉬고는 다시 술집의 떠들썩한
분위기로 돌아갔다.

2.

다음 날, 점심을 대충 먹고는 반납을 깜빡한 DVD를 챙겨 들
고 집을 나섰다. 비디오 대여점 근처 교차로에서 빨간불에 걸렸
다. 주위에는 나 말고 아무도 없다. 평일 오후니 다들 일하러 갔
을 시간이다.

곧 신호가 바뀔 것 같은 순간에 경적 소리가 들려왔다. 갑작스
러운 큰 소리에 놀라 시선을 돌려보았다. 낯익은 트럭이 우렁차

게 엔진 소리를 내고 있었다. 운전석에는 눈에 확 띄는 분홍색 작업복을 입은 여성이 핸들을 잡고 있었다.

"가에데?"

트럭은 교차로를 지나 앞쪽 도로변에 멈췄다.

"너 이런 데서 뭐 해?"

가에데는 조수석으로 몸을 쭉 빼고는 길에 서 있는 나를 내려다보았다.

"뭐 하냐니, DVD 반납하러 가는데."

"보나 마나 에로 DVD겠지 뭐."

정곡을 찔려서 순간 머뭇거렸다. 가에데의 날카로운 시선은 모든 것을 꿰뚫어보는 것만 같다.

"아닌데. 좀비 영화거든."

"됐고. 데드모닝엔 안 가?"

"응. 딱히 갈 일은 없어."

"왜?"

다시 그런 처참한 현장에 가는 것이 무섭다고 대답하면 가에데는 틀림없이 나를 바보 취급할 것이다.

"나도 뭐 할 게 많거든."

"좀 가줘. 데드모닝은 항상 일손이 부족해. 너처럼 비실비실한 애는 일해서 근육을 키우는 게 좋을 거야."

"뭐, 상황 봐서."

"말은 잘해요. 속으론 떨었지? 너같이 한심한 스타일, 진짜 싫다니까."

"안 한심하거든. 일이 많다니까."

"그러셔. 맞다, 사사가와 씨가 네 전자사전 갖고 있더라. 트럭 조수석에 떨어져 있었대. 떨어뜨린 것도 모를 만큼 떨었구나?"

내가 대꾸할 새도 없이 조수석 창문이 닫혔다. 그러곤 경적을 한 번 울리고 달리기 시작했다.

"화장은 떡칠해가지고."

작은 목소리로 구시렁대면서도 전자사전이 발견된 것에 안도했다. 그 사무실에는 파리도, 이불에 얼룩진 사람의 그림자도 없다. 그저 전자사전을 가지러 가는 것이다. 하나도 긴장할 게 없다. 나는 빌린 DVD를 반납하고, 데드모닝 쪽으로 걸어가기 시작했다.

꾀죄죄한 상가 건물에 도착한 나는 아무 생각도 하지 않으려 애쓰며 계단을 올라갔다. 뭔가 생각하면 도저히 못 갈 것만 같았기 때문이다. 데드모닝의 사무실 문에 붙은 테이프는 가장자리가 약간 떨어져 있었다. 거참, 간판 좀 만들지.

인터폰을 힘차게 눌렀다. 갑자기 안쪽에서 발소리가 들리더니 눈앞에서 조용히 문이 열렸다.

"어떻게 오셨나요?"

반쯤 열린 문으로 얼굴을 내민 것은 사사가와가 아니었다. 흰 셔츠 위에 카디건을 걸친 통통한 여자였다. 고기만두 두 개가 양 볼에 붙어 있는 것처럼 볼이 포동포동했다. 그 여자의 팔에 카스텔라가 안겨서 그르렁그르렁 소리를 내고 있었다.

"얼마 전에 사사가와 씨의 권유로 아르바이트를 했던 아사이 라고 합니다. 전자사전을 깜빡 두고 간 것 같아서……."

"아, 그 친구구나. 들어와, 들어와."

통통한 여자는 미소를 지으며 반쯤 열린 문을 활짝 열었다.

"감사합니다. 그럼 실례하겠습니다."

현관에는 여자들이 신는 펌프스 한 컬레가 가지런히 놓여 있었다. 사사가와는 없는지도 모르겠다. 여전히 어둑한 사무실 안에는 인스턴트커피향과 함께 초콜릿 향기 같은 달콤한 냄새가 났다.

"사사가와 군은 지금 견적을 내러 현장에 갔어. 금방 돌아올 테니까 어디 앉아서 기다리면 돼."

"아, 물건을 가지러 온 건데요……."

"또 와줘서 너무 좋다. 아사이 군은 커피 마셔?"

"마시긴 하는데 괜찮아요."

"괜찮아. 사양 말고. 초코칩 쿠키하고 새우과자 중에 뭐가 좋아?”

뭔가 대화가 되지 않는다. 내가 또 거절하는 대답을 하려는데 카스텔라가 발에 꼭 달라붙었다. 지난번에는 나한테 아예 오지도 않았는데……. 머리를 쓰다듬어주길 바라는지 그르렁대며 나를 올려다본다. 어쩔 수 없이 카스텔라를 상대하고 있는데 주방에서 목소리가 들렸다.

“지난번 현장에서 열심히 했다며? 사사가와 군이 칭찬했어.”

“아, 글쎄요…….”

마지막까지 일을 하기는 했다. 하지만 부패한 냄새를 맡고 구토를 했을 뿐만 아니라 바지에 오줌까지 지렸다. 게다가 도중에 빠져나와 졸기도 했다. 다시 떠올려봐도 지시받은 일을 하는 게 고작이었는데 사사가와가 나를 칭찬했다니 의외였다. 통통한 여자는 인스턴트커피 두 잔에 새우과자와 초코칩 쿠키까지 쟁반에 담아 왔다.

“뭘 좋아하는지 몰라서 둘 다 가져왔어. 아사이 군은 단것 좋아하니?”

“아, 있으면 먹는데 좋아하지는 않아요.”

“정말? 맛있는 게 얼마나 많은데, 아깝다.”

통통한 여자는 딱 봐도 과자를 좋아할 것 같다. 야무지게 자기가 먹을 초코칩 쿠키를 더 챙겨 왔다.

"나는 모치즈키라고 해. 반가워. 난 사무실 일을 주로 하기 때문에 사사가와 군이 혼자 현장에 나가느라 고생이 많거든."

"일손이 많이 부족한가 봐요."

이런 일은 참을성이 아주 강하거나 머릿속 나사가 몇 개 풀리지 않은 이상 계속하기 어려울 것이다. 쭉 나한테 붙어 있던 카스텔라가 잽싸게 모치즈키 씨의 무릎에 올라갔다. 아주 약삭빠른 고양이다.

"아사이 군은 바로 채용하겠다고 했으니까 나중에 급여 입금 계좌랑 연락처를 가르쳐주면 돼."

"아, 잠시만요. 전 그냥 잃어버린 전자사전을 가지러 온 거라서요."

"응? 그래?"

모치즈키 씨가 눈을 크게 깜빡거렸다.

"네. 계속 그렇게 말씀드렸는데."

"아쉽다. 사사가와 군이 엄청 속상해하겠다."

"아니에요. 저 같은 사람은 얼마든지 찾을 수 있을 거예요."

내 말에 대답을 하듯 카스텔라가 한 번 울었을 때, 현관 쪽에서 문손잡이를 돌리는 소리가 들렸다.

"왔나 보다."

현관 쪽을 바라보니 작업복 차림인 사사가와가 느릿느릿 신발을 벗고 있었다. 오늘도 개성 강하게 올백으로 넘긴 머리가 기름칠을 한 듯 번들거렸다.

"안녕하세요."

"아, 왔구나. 아르바이트할 마음이 생겼어?"

미소를 지으며 사사가와가 다가왔다. 그리고 근처에 있던 쿠키를 하나 집어 들더니 가장 안쪽에 있는 책상으로 향했다.

"잃어버린 물건을 찾으러 왔대, 아쉽지만."

"그렇구나……. 아사이가 도와주면 좋을 텐데."

벽에 걸린 옷걸이에는 사사가와의 것으로 보이는 상복과 검은 넥타이가 걸려 있었다. 꽃병에서 말한 대로 매일 상복을 입고 생활하는 것이 분명했다. 사사가와는 자신의 책상 서랍에서 익숙한 전자사전을 꺼내 내게 건넸다.

"아끼는 거지? 또 떨어뜨리지 말고."

"감사합니다."

전자사전은 표면이나 액정이 깨끗해진 것 같았다. 자세히 살펴보니 원래 있었던 얼룩과 작은 흠집이 깨끗이 지워져 있었다.

"이거 닦아주셨어요?"

"지저분한 곳만 살짝 닦았어. 괜히 했나?"

"아니요. 감사해요."

책상 위의 전화가 울렸다. 카스텔라가 양쪽 귀를 쫑긋 움직였다.

"네, 데드모닝입니다."

사사가와가 수화기를 향해 표정 하나 바꾸지 않으며 뭐라고 말하기 시작했다. 나는 다시 한번 깨끗해진 전자사전을 쳐다보고, 컵에 담긴 커피를 홀짝였다.

"아사이 군 생일은 언제야?"

쿠키를 다 먹고 새우과자에 손을 뻗던 모치즈키 씨가 느닷없이 물었다.

"4월 4일이요."

"와, 벚꽃이 피는 멋진 계절이네."

모치즈키 씨는 자신의 커피에 엄청난 양의 각설탕을 넣고 천천히 저었다. 당장 내일이라도 당뇨병에 걸리지 않을까 염려될 정도의 양이었다.

"나는 생일은 꼭 챙기거든. 가족, 다른 사람, 사이좋은 사람, 사이 나쁜 사람 상관없이 전부 다. 만약에 같이 일하게 되면 생일에 맛있는 케이크를 만들어줄게. 단거 별로여도 맛있을 거야."

"베이킹 잘하시나 봐요."

"내 체형을 보면 알잖아."

너무 열심히 동의해도 실례인 것 같아서 웃음으로 넘겼다.

"이 일을 하다 보면 매년 얼굴을 보고 생일을 축하하는 게 아주 특별한 일이란 생각이 들거든. 생일은 참 멋지잖아. 한 해를 제대로 살았다는 증거니까.”

올해 생일에 무엇을 했는지 떠올려봤지만 기억이 뚜렷하지 않았다. 수화기를 내려놓은 사사가와는 올백 머리를 한 번 쓸어 넘겼다. 왠지 표정이 굳어 있었다.

“나 다시 현장에 나가야 해.”

“긴급 의뢰야?”

“응. 오늘 중으로 청소해달래.”

잠깐의 침묵 뒤에 모치즈키 씨가 내게 시선을 돌리는 것이 느껴졌다.

“아사이 군, 지금 긴급 의뢰가 들어왔대. 사사가와 군은 방금 사무실에 들어왔는데 또 나가야 하니 힘들겠다. 진짜 안쓰럽지? 괜찮으려나 걱정이야. 고양이 손이라도 빌리고 싶다(바쁠 때 조금이라도 보탬을 줄 수 있는 일손이 필요하다는 뜻의 일본 속담-옮긴이)는 말이 있는데 카스텔라는 도움이 안 되고. 정말 걱정이야. 아사이 군도 그렇게 생각하지?”

국어책을 읽는 듯하면서도 여러 의도가 담긴 말이었다. 나는 말없이 고개만 숙이고 전자사전을 바라보았다. 역시 깨끗해졌다. 딱 한 번만 더 가서 얘깃거리나 만들어 오지 뭐.

“혹시 괜찮으시면 도와드릴까요?”

그 대답을 예상한 것처럼 모치즈키 씨가 작업복을 내밀었다.

작업복으로 갈아입은 후, 트럭에 올라탔다. 사사가와가 시동을 걸자 '블루 먼데이'가 흘러나온다. 솔직히 지금만큼은 더 밝은 곡을 틀었으면 했다.

"오늘도 고립사 현장인가요?"

나의 물음에 사사가와는 앞을 주시한 채 천천히 고개를 저었다.

"20대 남성이 목을 맸대. 이틀 만에 발견되었고. 의뢰인은 고인의 어머님이야. 첫 발견자도 어머님인 것 같아."

"목을 매요?"

"응. 자살이지."

자살하는 사람이 늘고 있다는 뉴스를 본 기억이 떠올랐다. 나에겐 전혀 와 닿지 않는 선택이었다.

"냄새 많이 심해요?"

나는 가장 궁금한 것부터 물었다.

"지난번 현장보다는 나을 거야. 보통 24시간에서 36시간 사이에 부패가 진행되거든. 그렇게 발생한 가스가 전신에 퍼져서 사람이 녹기 시작해. 기온이나 계절에 따라 다르지만."

"사람도 녹는다니, 신기해요."

"사람도 생물이야. 언젠간 흙으로 돌아가는 법이지."

창문으로 보이는 사람들도 언젠가는 다 녹아서 사라지는 것일까. 녹아내린 부패액들이 사방에 넘실대는 광경이 떠오를 것만 같아 황급히 머리를 흔들었다.

"하지만 자살 현장은 고립사 현장과 분위기가 달라."

사사가와가 핸들을 꺾는다. 트럭이 끼익 소리와 함께 흔들리면서 엉덩이가 붕 떴다.

"어떤데요?"

"목을 맨 경우는 전신 근육이 이완되기 때문에 대소변이 흘러나와. 칼로 자해한 경우엔 바닥에 피웅덩이가 생기기도 하고."

"스릴러 영화의 한 장면 같네요."

"그렇게 볼 수도 있지. 그래서 청소할 때 상황에 맞게 효과적인 세제를 사용해. 특별히 배합해서 말이야."

지난번 현장에도 여러 종류의 세제가 준비되어 있었다. 전부 약국에서 손쉽게 살 수 있는 것이 아닌 데다 겉에 상표조차 붙어 있지 않았다.

"나는 개인적으로 자살 현장은 화가 나."

"왜요?"

"그 선택에 이르기까지 무슨 일이 있었는지는 모르겠지만, 스스로 죽음을 선택하는 건 사치야."

사사가와의 표정은 뭔가 아픔을 참는 듯 일그러져 있었다. 다양한 죽음의 현장을 봐온 사사가와에게는 무언가 느껴지는 것이 있을지도 모른다.

"살고 싶어도 죽는 사람들이 많은데 너무 사치스러워."

사사가와는 다시 한번 내뱉듯 말을 잇더니 이윽고 입을 닫았다. 스스로 죽음을 선택하는 것은 정말 사치일까.

3.

가까운 유료 주차장에 트럭을 대고 맨션을 찾았다. 비교적 깨끗한 3층짜리 건물이었다. 주차장에는 근사한 하이브리드 자전거와 대형 스쿠터가 주차되어 있고, 근처에 쓰레기 분리수거장이 있었다. 공동 현관의 화단은 깔끔하게 손질되어 있었다. 1인 가구 전용 맨션으로 보였다.

"유족분한테 연락드릴 테니까 담배나 한 대 피우고 있어."

휴대전화를 귀에 댄 사사가와 옆에서 창문을 열었다. 담배 연기가 완만하게 일렁이며 창밖으로 흘러나간다. 사사가와는 뭔가 이야기를 나누고 나서 전화를 끊었다.

"갈까? 유족분도 도착하셨대."

"어떻게 대하면 좋을까요? 아들이 자살한 어머니를 만난 경험이 없어서……."

"담담하게 대해. 우리는 방을 청소하러 온 거니까."

자살하는 사람은 우리가 밥을 먹을 때, 화장실에 갈 때, 좀비 영화를 볼 때도 수없이 존재할 것이다. 그중 한 사람. 뉴스에도 나오지 않는 흔한 일. 그런 생각이 들었지만, 슬퍼하는 사람을 보는 것은 마음이 무거웠다.

차에서 내려 맨션 앞으로 가니 여자가 서 있었다. 멀리서 봐도 촌스러운 옷차림, 우리 엄마와 비슷한 나이일까. 희끗희끗한 머리가 눈에 띈다. 그 여자는 우리를 알아채더니 깊게 머리를 숙였다.

"시라호시 씨의 어머님 되시나요?"

사사가와가 가볍게 고개를 숙이며 인사를 했다.

"맞습니다. 못난 아들놈 때문에……. 급하게 연락드려서 정말 죄송해요."

"이번 일로 상심이 크시죠."

사사가와가 건네는 인사말과 함께 나도 머리를 조아렸다. 가까이서 보니 여자의 얼굴은 초췌하고 화장도 하지 않았지만, 말투는 또랑또랑하고 허리는 꼿꼿이 펴고 있었다. 예상했던 유족의 모습과 달라서 안도의 한숨을 내쉬었다.

"힘드신 때 죄송하지만, 바로 집을 보여주실 수 있을까요?"

"네, 네. 열쇠를 어디다 뒀지? 죄송합니다. 요즘 자꾸 깜빡해서요. 저도 얼마 안 남았는지."

시라호시라는 고인의 어머니가 농담조로 답하며 주머니에서 열쇠를 꺼냈다. 부랴부랴 찾은 탓인지 열쇠가 아스팔트 위로 떨어져 둔탁한 소리를 냈다.

"죄송해요. 제가 덜렁대서."

"괜찮습니다. 편하게 하세요."

사사가와는 지면에 떨어진 열쇠를 주워 시라호시 씨의 눈앞에 들었다.

"우선 저희가 안을 둘러보겠습니다. 어머님은 밖에서 기다려주세요."

시라호시 씨가 고개를 끄덕이는 것을 확인하고 우리는 맨션 안으로 들어갔다.

"끝에서 두 번째 집이야."

1층에는 문이 다섯 개 있었다. 지난번 현장과 달리 현관 앞에 낡은 세탁기도 없고 냄새도 전혀 나지 않는다.

"냄새가 안 나네요?"

"발견이 빨랐고, 요즘 추워서 그런가."

"그 어머님한테 집 안은 안 보여드려요?"

"작업은 지켜보실 거야. 하지만 만약 방이 끔찍한 상태라면 굳이 몇 번이고 보여드릴 필요는 없어. 일단 우리끼리 살펴보자."

"근데 생각보다 멀쩡하신 것 같아요. 농담도 하시고."

102호. 밖에서 보면 평범한 현관문이다. 바람이 불어도 삐걱거릴 것 같지 않은 두꺼운 갈색 문.

사사가와가 손을 모으고 나서 스위트피 조화를 주머니에서 꺼내 저번처럼 현관 앞에 가지런히 놓았다. 그리고 현관 열쇠 구멍에 천천히 열쇠를 꽂는다. 이 순간이 가장 떨린다. 나는 파리의 공격에 대비해 몰래 사사가와의 등 뒤에 숨었다.

"그 이상한 냄새가 안 나네요."

예상했던 파리 떼는 없다. 집 안은 커튼을 친 듯 캄캄했다. 숨 막힐 정도로 공기가 묵직했다. 터널 속을 걷는 듯 습한 공기가 어느새 피부에 감겨왔다.

"응, 전기 차단기는 어디 있지?"

사사가와가 레버를 올리는 소리가 나더니 전등 불빛이 환하게 들어왔다.

짧은 복도를 지나자 네 평 남짓한 실내가 나왔다. 바로 앞에는 싱크대가 놓여 있고, 시트는 주름 하나 없이 정돈되어 있었다. 그 외에도 아담한 소파, 데스크톱 컴퓨터가 놓인 책상이 눈에 들어왔다.

"엄청 깨끗하네요. 그냥 친구 집에 놀러 온 기분이에요."

"친구 집에 이건 없지?"

사사가와의 목소리가 들리는 곳을 보니 옷장 앞에 돗자리가 깔려 있었다.

"옷장 도어체크에 줄을 걸고 목을 맨 거야. 이 돗자리는 대소변으로 바닥이 더러워지지 않게 깔았고. 이렇게 마음을 쓸 수 있는 사람이라면 차라리 살아갈 방법을 생각했어야지."

사사가와가 몇 번이나 옷장문을 열고 닫았다. 그때마다 문 위에 설치된 금속 도어체크의 모양이 달라졌다.

"이런 아무것도 아닌 곳에다 줄을……."

"맞아, 목을 매려고 진심으로 생각하면 다 가능한 거야. 예를 들면 문고리도 되고. 어떻게든 경동맥이나 기관을 압박하면 되니까."

이렇게 익숙한 것에 목을 매달 수 있을 거라고는 상상도 하지 못했다. 도어체크와 돗자리를 바라보며 여기서 목을 맨 사람이 어떤 마음으로 줄을 걸었을지 생각해본다. 체념? 억울함? 아니면 해방감? 그때의 기분을 물어볼 상대방은 이제 이 세상에 없다.

"마음이 좀 그렇네요."

"죽는 것 말고 아무것도 생각할 수 없는 사람도 있다는 거지. 지저분한 곳이 더 없나 둘러볼까?"

사사가와의 말에 방 안을 돌아본다. 돗자리와 약간 모양이 일그러진 대형 도어체크 빼고는 지극히 평범한 방이었다.

"항우울제를 복용하고 있었나 보다."

사사가와는 책상 구석에 뒹굴고 있는 알약 봉투를 흘끗 보고 말했다. 특수청소를 하다 보면 약에 대해 잘 알게 되는 모양이었다. 책상 옆에 있는 작은 책장에는 여러 권의 자기계발서와 만화책이 나란히 꽂혀 있고, 패션잡지도 있었다. 주방에는 기본적인 조미료와 봉지 과자 무더기가 있었다. 컴퓨터 모니터에는 높은 곳에서 촬영한 일출 사진이 붙어 있었다. 아마 후지산에 올라 찍은 사진일 것이다.

등산을 좋아했구나…….

현관에는 등산화가 있었다. 최근에도 신었는지 밑창에 마른 흙이 묻어 있었다. 무심코 그 신발 안을 들여다보니 작게 접은 종이쪽지가 눈에 띄었다.

"이게 뭐지?"

조금 망설이다가 종이쪽지를 꺼내 펼쳐보니 '유서'라는 글자가 눈에 들어왔다.

"사사가와 씨!"

나도 모르게 큰 소리를 내버렸다.

"무슨 일이야?"

"이거 신발에서 나왔어요. 유서라고……."

"신발 안에 있었어?"

"네. 영화나 드라마에서는 유서를 눈에 잘 띄는 곳에 두던데요. 머리맡이나 책상 위에요. 대체 왜 신발에다……."

"보통 유서나 돈은 처음에 경찰이 회수해서 유족에게 전달하거든. 신발 안에서 유서가 나올 거라곤 생각하지 않았나 봐."

사사가와는 그 쪽지를 다양한 각도에서 관찰했다.

"읽어봐."

쪽지를 받아들고는 조심스레 읽어보았다. 죽은 사람의 체온이 남아 있는 것 같아 기분이 찝찝했다. 첫 줄에는 약간 큰 글씨로 '유서'라 쓰여 있고, 그 밑에 짧은 문장이 적혀 있었다.

강한 사람이 되고 싶었어요.

어렸을 때부터 생각이 너무 많았어요. 엄마, 죄송해요.

"애써 강해지지 않아도 되는데."

사사가와의 담담한 목소리가 들렸다. 글씨는 모서리에 살짝 각이 져서 까칠해 보였다.

4.

1층 입구를 나서자 시라호시 씨가 홀로 덩그러니 서 있었다.

"오래 기다리셨죠. 집 안을 점검했는데 오염이 그다지 심하진 않은 것 같습니다. 만약을 위해 소독 작업을 마친 다음 유품 정리를 하고 나중에 도배를 새로 하시면 원상 복구될 거예요."

사사가와가 집 안 상황을 설명하고 견적 금액을 안내한다. 시라호시 씨는 연신 고개를 끄덕이며 집의 상태를 물었다.

"다행이네요. 이 집을 책임지고 사라고 하면 어쩌나 싶었는데. 못난 아들놈 때문에 노후자금이 줄어들까 봐요."

"괜찮으니까 안심하세요. 그리고 신발 속에서 유서를 발견했어요. 경찰은 몰랐던 것 같습니다. 아드님의 마지막 메시지입니다."

시라호시 씨는 느릿한 동작으로 쪽지를 받아들었다. 그러고는 천천히 읽어가기 시작했다.

나는 그런 시라호시 씨의 모습에서 눈을 떼고 땅바닥을 응시했다. 당연히 시라호시 씨가 울어버릴 것이라고 생각했기 때문이다. 아무리 남이라지만 되도록 그런 모습은 보고 싶지 않다.

"저도 아들이 남긴 걸 정리해도 될까요?"

유서를 다 읽은 시라호시 씨가 담담한 목소리로 말했다. 울음을 터뜨리지도, 흐트러지지도 않는다. 나는 약간 마음을 놓았다.

"그럼요. 지금 청소 도구를 가지고 오겠습니다. 잠시만 기다려주세요."

"히카루는······."

트럭으로 향하려는 우리를 만류하듯 시라호시 씨의 목소리가 들렸다.

"히카루는 목을 맸을 때, 간병용 기저귀를 하고 있었대요. 방을 청소하는 사람이 곤란하지 않도록 그런 거겠죠?"

"그럴 겁니다. 방에는 돗자리도 깔려 있었습니다. 그것도 방이 더럽혀지는 것을 막으려고 그랬을 거예요."

"항상 남한테 폐를 끼치면 안 된다고 가르쳤어요. 이 애는 여기에 쓰여 있듯이 약한 아이였네요. 그래도 어렸을 때부터 내가 한 잔소리가 조금이나마 끝까지 남아 있었는지······. 약하지만 착한 아이였어요. 정말 못난 아들놈이지만요."

시라호시 씨는 한 번 한숨을 내쉬고는 조용히 미소를 지었다.

사사가와가 약품 분무기로 실내를 소독하는 동안 나는 방 앞에서 시라호시 씨와 함께 기다렸다. 오늘은 방독 마스크를 장착하지 않고 처음부터 방진 마스크를 썼다. 거기에 고무장갑이랑 우비를 착용했다. 예전 현장보다 상당히 가벼운 옷차림이다.

"학생은 나이가 어떻게 돼요?"

"지난 생일에 스물한 살이 됐어요."

"그래요. 히카루와 두 살 차이네."

시라호시 씨는 가방에서 알사탕을 하나 꺼내 내 손에 쥐어주었다. 그러곤 찹쌀떡도 권했다. 하지만 나는 거절했다.

"어릴 때부터 좋은 걸 못 먹어서 히카루는 어른이 돼서도 아무거나 막 먹었어. 이런 과자만 좋아했거든. 등산을 다니기 시작하고도 가끔 초콜릿이나 알사탕 같은 게 가방에서 나왔어."

시라호시 씨가 편하게 말을 건다. 연배도 우리 엄마와 비슷해서 처음 만났는데도 친근감이 들었다.

"등산이 취미였나 봐요? 현관에 등산화가 있던데."

"응. 자주 갔나 봐. 등산이 끝난 뒤에 온천에 들어가는 게 좋대. 집에 와서도 그런 얘기를 많이 했어."

시라호시 씨는 어이없는 듯 웃고 있었다. 나이를 보여주는 기미가, 무언가 묻은 것처럼 자연스럽게 피부에 붙어 있다.

"어렸을 때 천식이 심해서 체력을 키우려고 동네 산에 자주 같이 올라갔거든. 일찍 이혼해서 아빠가 없으니까 항상 내가 따라갔어. 자주 가던 산이 꽤 험해서 돌아올 때는 매번 히카루가 툴툴대는 바람에 업고 내려왔지."

"힘드셨겠네요."

"엄청 무거워. 누름돌을 짊어진 것 같았다니까."

이야기하는 동안 시라호시 씨는 미소를 잃지 않았다. 현관문이 열리고 약품 분무기를 짊어진 사사가와가 얼굴을 내밀었다.

"소독 끝났습니다. 들어오세요."

시라호시 씨는 몇 초 동안 망설이다가 고개를 숙이고 발을 들여놓았다.

"이 방에는 이사할 때 잠깐 와봤거든."

방에 들어선 시라호시 씨는 히카루 씨가 숨을 거둔 곳을 바라보았다.

"바로 유품 정리를 시작하려고 하는데 뭔가 요청하실 게 있으신가요?"

"히카루가 찍힌 사진 말고는 다 버려주세요."

집에는 히카루 씨가 남긴 물건이 많은데, 사진만 가져가도 괜찮은 걸까. 약간 마음에 걸렸다.

"알겠습니다. 현금이나 상품권, 신용카드가 나오면 전해드릴게요."

"네."

사사가와는 70리터짜리 비닐봉투를 꺼내 겹쳐서 사용하도록 지시했다.

"이 안에 처분할 유품을 넣으면 돼. 사진이나 현금, 신용카드

같은 귀중품은 따로 빼두고. 그거 말고 처분해도 괜찮은지 궁금한 게 있으면 혼자 판단하지 말고 어머님께 여쭤봐.”

“알겠습니다. 근데 정말 사진하고 귀중품 말고는 다 처분해도 괜찮을까요?”

“응. 현실을 받아들이려면 정리하는 편이 나은 경우도 있어.”

시라호시 씨 쪽을 보니 열심히 까치발을 들고 있었다.

“어디 못난 자식놈 방 청소를 해볼까.”

시라호시 씨는 사사가와에게 비닐봉투를 받자마자 바닥에 깔린 돗자리를 버렸다. 파란색 돗자리는 언뜻 네모난 물웅덩이처럼 보였다.

“이런 거를 꺼내서 방에서 피크닉이라도 할 생각이었나 봐.”

시라호시 씨가 웃으며 나를 돌아보았다.

“지금쯤 천국에서 피크닉을 하고 있을지도 모르겠네요.”

나의 대답에 시라호시 씨는 변함없이 미소를 띠었다.

돗자리를 치우고 나는 옷장을 확인했다. 히카루 씨는 옷차림에 신경을 많이 썼던 것 같다. 깔끔한 옷이 여러 벌 걸려 있었다. 그 속에는 등산복도 몇 벌 있었다.

“옷도 다 버릴까요?”

“그래 줄래? 나랑 사이즈도 전혀 다르잖아. 잠옷으로 입지도 못하고.”

옷가지를 차례차례 비닐봉투에 넣었다. 옷을 꺼낼 때 희미하게 남자 향수와 먼지 냄새가 코끝을 스쳤다. 타인의 냄새였다. 이 방에서 목을 맨 사람의 냄새.

잠시 망설이다가 정리를 계속한다. 이 방에서 히카루 씨의 흔적이 확실하게 사라지는 것이 말 그대로 손에 잡힐 듯 선명히 보였다.

히카루 씨에게 이 방은 어떤 공간이었을까. 친구나 연인이 모이는 즐거운 장소였을까, 아니면 자신의 내면으로 깊이 파고들게 되는 음울한 장소였을까. 이제 어느 쪽이든 알 길은 없다.

몇 분 만에 옷이 사라지면서 옷장은 텅 빈 공간이 되었다.

사사가와는 컴퓨터가 놓인 책상 서랍을 열었다. 그리고 거기서 꺼낸 물건들을 찬찬히 관찰했다.

"사진이 있었어요."

사사가와가 사진 몇 장을 시라호시 씨에게 건넸다. 나는 히카루 씨가 어떻게 생겼는지 갑자기 궁금해졌다. 그래서 시라호시 씨 옆으로 다가가 함께 사진을 들여다보았다.

"볼이 좀 통통한 걸 보니 회사 들어갔을 때인가 보다."

나이가 비슷해서 혹시 아는 사람이면 어쩌나 했는데 사진을 보니 완벽한 타인이었다.

"눈매가 어머님을 닮았어요. 등산이 취미라 그런가, 까무잡잡

하네요. 딱 봐도 산 타는 남자란 느낌이 들어요."

히카루 씨는 깔끔한 사무실에서 혼자 의자에 앉아 브이를 하고 있었다. 얼굴 가득 미소를 띠고 있는 모습은 아무리 봐도 자살할 사람으로는 보이지 않았다.

"무슨 일을 했어요?"

사진을 바라보는 시라호시 씨에게 나는 조용히 물었다.

"증권사에 다녔어. 바쁘긴 하지만 보람 있는 일이라고 뿌듯해했는데."

"엘리트네요. 딱 봐도 똑똑해 보여요."

"무슨 소리야. 얼마나 요령이 없는데. 늘 주위 사람들한테 잡혀 살았어."

시라호시 씨는 사진을 손으로 쓰다듬었다.

"어머님, 시간이 다 치유해줄 거예요. 그때까지 기운 내세요."

어디서 본 드라마의 대사를 중얼거렸다. 이런 대사를 현실에서 입에 올리리라고는 생각도 못 했지만, 조금이라도 시라호시 씨가 긍정적으로 생각해주길 바랐다.

나의 격려를 듣고, 시라호시 씨는 미소를 지었다.

5.

이번 현장은 지난번 현장보다 훨씬 수월했다. 냄새도 나지 않고, 사람 모양의 얼룩도 없다. 눈에 비치는 것은 아주 평범한 방이라서 누군가의 이사를 도와주러 와서 짐을 싸는 기분이었다.

시라호시 씨는 환한 미소를 지으며 유품을 척척 치웠다. 흔히 듣는 '어머니는 강하다'라는 말을 몸소 보여주고 있었다. 슬픔의 고비를 넘긴 사람이라 다행이었다. 유품을 버리며 매번 눈물을 보이면 나도 난감했을 것이다.

현관 앞에 서서 신발장을 열어보니 구두 특유의 가죽 냄새가 코를 찔렀다. 러닝화나 고급스러운 구두를 아무렇게나 비닐봉투에 넣는다. 운동화보다 구두가 압도적으로 많았다. 히카루 씨는 이 구두를 매일같이 신고서 구두창이 닳듯, 마음속의 무언가도 닳아갔던 것일까. 그렇게 진부한 비유를 머릿속에 떠올리며 작업을 계속한다.

신발장을 비우고, 현관에 있던 등산화를 집어 들었다. 묵직한 무게감에, 밑창에는 딱딱해진 흙이 붙어 있었다. 이 등산화에는 흙과 함께 어떠한 메시지가 묻어 있는 것 같았다. 이대로 버려도 되는 걸까? 유서가 발견된 것도 이 신발 속이다.

일단 시라호시 씨에게 확인하는 편이 좋을 것 같았다.

"이 신발 어떻게 할까요?"

침대 주위를 걸레질하던 시라호시 씨가 나와 등산화를 번갈아 응시했다.

"버려도 돼. 작은 가방만 들고 와서 가져가기 힘들거든."

"버리는 건 금방 하는데……. 아드님, 아마 돌아가시기 직전에 등산을 갔던 것 같아요. 마지막에 신은 신발일 수도 있고요. 그리고 들고 가기 어려우시면 택배로 보내도 되고요."

"음……. 그래도 버릴게."

"그렇지만……."

"가져가는 건 사진으로 족해. 그렇게 할게."

"아사이, 그 등산화도 버려."

책상 주변에서 작업을 하던 사사가와가 손을 멈추고 나를 타이르듯 말했다.

"네……."

나는 조금은 찜찜한 기분을 느끼며 현관 쪽으로 갔다. 그리고 지저분한 등산화를 비닐봉투에 넣었다. 메마른 소리가 나면서 등산화는 신발의 바다에 가라앉았다.

결국 시라호시 씨가 가져가기로 한 유품은 사진 몇 장이 다였다. 히카루 씨가 차고 다녔을 손목시계, 액세서리 종류도 모두 처분하기로 했다.

"이제 폐기물 운반업자가 와서 짐을 전부 옮기면 마무리됩니다. 벽지도 교환하도록 제가 아는 업체에 연락해놓을까요?"

"감사합니다. 정말 못난 자식놈 때문에 부모가 고생이 많아요."

어깨를 두드리며 시라호시 씨가 한숨을 내쉬었다.

몇 분 뒤 인터폰이 울렸다. 나는 현관으로 가서 문손잡이에 손을 댔다.

"어? 여기서 뭐 해?"

가에데의 긴 속눈썹이 눈을 깜빡일 때마다 흔들렸다.

"그냥. 원래 아르바이트하는 날이었어."

"아까는 그런 소리 안 했으면서. 근데 오늘 짐 많아?"

"많아. 혼자 사는 집인데, 그 짐 전부야."

"음, 30분이면 되겠네."

가에데는 여유 있는 미소를 짓고 나서 집 안으로 들어와 시라호시 씨에게 가볍게 인사를 했다. 그러고는 곧바로 방 안에 있는 비닐봉투 몇 개를 옮겼다.

"너도 멍하니 서 있지 말고 도와줘."

가에데의 재촉에 현관에 쌓여 있는 봉투를 들고 밖으로 나갔다. 가에데의 예상이 들어맞는다면 30분 후에 이 방에서 히카루 씨의 흔적은 사라진다. 가에데가 작은 소파를 혼자 들고, 나는 사사가와와 둘이서 침대를 옮겼다. 벽이나 도어록에 흠집이 나지 않도록 조심하면서 가에데의 트럭으로 향했다. 시라호시 씨가 보이지 않자 내 안에 쌓였던 의문들이 저절로 흘러나왔다.

"짐을 다 버려달라고 하시네요. 사진 말고도 가져가면 좋을 텐데."

마땅히 주차할 데가 없었는지 가에데의 트럭은 맨션에서 조금 떨어진 곳에 세워져 있었다.

"난 어머님 마음이 이해가 가는데."

"정말요? 히카루 씨 입장에서 보면 좀 안됐어요."

"유품을 버리는 건 일종의 자기방어야. 나한테는 어머님이 필사적으로 슬픔의 회로를 차단하려는 걸로 보이던데."

사사가와의 시선은 짐칸에 실린 유품을 향하고 있었다.

"슬픔의 회로?"

"그래. 슬픔을 마비시키지 않으면 살 수 없는 사람도 있거든. 전깃불을 끄는 것처럼 말이야."

"글쎄요. 어머님은 웃으면서 방을 정리하셨잖아요. 이미 히카루 씨가 죽은 사실을 충분히 받아들이고 있는 것처럼 보이는데요."

"죽음을 마주한다는 건, 그렇게 간단하지 않아."

사사가와는 살짝 미소를 지었다. 말하는 내용과 표정이 뒤죽박죽이라 나는 왠지 당황스러웠다.

6.

마지막 비닐봉투를 트럭 짐칸에 실었다. 가에데는 이미 운전석에 올라탔다. 사사가와는 시라호시 씨에게 작업이 끝났음을 알리러 갔다. 이제 나와 가에데만 남았다.

"거봐, 내 말대로 딱 30분이잖아. 더 듬직하고 우람한 아르바이트생이었으면 20분 만에 끝났을 거야."

"그래도 이번엔 유품 봉투를 한 번에 세 개나 옮겼어."

"바보 아냐. 몇 개인지 따져서 뭐 해. 업무의 질을 따져야지."

말로는 가에데를 이길 수 없을 것 같았다. 따지고 보면 몇 시간 전에 우연히 이 녀석을 만나지 않았다면 오늘 이 아르바이트를 하지는 않았을 텐데…….

"너 몇 살이야?"

가에데가 느닷없이 물었다.

"스물한 살."

"진짜? 나보다 어린 줄 알았네. 너같이 정신 빠진 사람이 하도 많아서 우리 세대가 사람들한테 이상한 취급을 받는 거야."

가에데의 불만을 한 귀로 흘려들으며, 히카루 씨도 우리와 나이가 비슷했다는 것이 생각났다.

"얼굴이 왜 그렇게 어두워? 피곤해서 속이 안 좋아?"

"아니……. 이 사람도 우리하고 비슷한 나이였거든. 그냥 이제는 평범하게 대화를 나누거나 목소리를 들을 수 없겠구나 싶어서……. 당연한 게 실감이 나네."

가만히 나를 바라보던 가에데가 천천히 말했다.

"넌 지금 죽은 사람의 목소리를 들을 수 없다고 했지만, 절대 그렇지 않아."

"응?"

"귀를 기울이기만 해서는 들리지 않는 목소리가 있어. 그 목소리를 들으려면 마음을 열어야 해."

"그게 뭔데? 너, 신기 같은 거 있어?"

"하긴 신입 아르바이트생은 모르려나?"

가에데의 말은 다른 사람들이 흔히들 하는 그럴싸한 말처럼 느껴졌지만, 그 표정만은 진지했다. 문득, 잊고 있던 등산화가 뇌리에 떠올랐다.

"있잖아……. 유족한테 주고 싶은 유품이 있어."

가에데는 생각에 잠긴 듯 팔짱을 꼈다.

"유족은 필요 없다고 해?"

"등산화인데 버려달래. 그런데 집에 가면 후회할 것 같아. 그럴 때 있잖아. 필요 없다고 생각하고 버렸는데 며칠 후에 필요해지는 경우처럼."

"뭐, 유품은 그냥 쓰레기라고 보는 유족도 많으니까."

가에데는 겉보기엔 날라리 같지만 은근히 맞는 말만 한다. 살짝 다시 봤다. 나는 트럭 뒤쪽으로 가서 가득 쌓인 유품을 바라보았다.

"이미 늦었나……."

"그럼 본인한테 맡겨볼까?"

어느새 가에데가 내 옆에 서 있었다.

"히카루 씨는 돌아가셨으니까 의사표시를 못 하잖아."

"아무튼 내가 지금부터 1분 줄게. 그사이에 등산화를 찾아내면 어머님한테 드려. 시간 끝나면 짐칸 닫을 거야."

"이렇게 짐이 많은데 1분으론 힘들지."

"1, 2……."

가에데가 멋대로 카운트를 시작했다. 나는 황급히 짐칸에 뛰어올랐다. 트럭 짐칸은 어두컴컴했다. 오직 입구 쪽에서만 빛이 들어와서 시야가 좋다고 말할 수는 없었다. 검은 비닐봉투를 사용했기 때문에 속이 비치지도 않는다.

"어디 있냐, 어디 있어."

닥치는 대로 가까이 있는 비닐봉투를 만지작거렸다. 하지만 신발의 감촉은 아무 데도 없었다.

"34, 35……."

커지는 숫자에 주위를 초조히 둘러본다. 근처에 있던 봉투는 이미 다 확인했다. 하긴, 힘들겠지……. 포기하려던 순간, 소파 뒤에서 비닐봉투가 부스럭대는 소리가 들리는 것 같았다. 나는 소리가 난 쪽으로 다가갔다. 감춰둔 듯 놓인 검은 봉투를 바깥쪽에서 조금 거칠게 만져본다. 딱딱한 구두창의 감촉이 내 손에 전해졌다.

"여기 있다!"

급하게 봉투 매듭을 풀었다. 꽉 묶여서 쉽게 풀리지 않았다. 초조해하면서 신중하게 손가락을 움직였다.

"58……."

내가 짐칸에서 굴러떨어지듯 기어 나오자 가에데의 웃음소리가 들렸다.

"거봐, 들렸지? 난 거짓말 안 해."

짐칸에서 들린 소리는 우연이었을 것이다. 하지만 나는 등산화의 무게를 느끼며 고개를 크게 끄덕였다.

7.

필사적으로 찾아낸 등산화는 일단 데드모닝 트럭의 짐칸에 보관했다. 맨션 앞에서 시라호시 씨와 사사가와가 대화를 나누고 있었다.

"짐은 잘 갔어?"

"네. 문제없이 다 갔어요."

사사가와에게 거짓으로 보고하고 시라호시 씨를 바라보았다. 손에는 방에서 가지고 나온 사진 몇 장이 들려 있었다.

"정말 고마웠어요. 나도 철 지난 대청소를 한 것처럼 어깨가 뻐근하네."

"고생 많으셨습니다. 도배는 제가 아는 업체에 말해놓을 테니까 나중에 연락이 갈 거예요."

"나는 이제 부동산에 가봐야겠네요. 못난 아들놈 때문에 정말 수고 많았어요."

시라호시 씨는 말을 마치고 부동산에 가기 위해 반대 방향으로 걸어갔다. 우리는 트럭을 향해 걷기 시작했다. 역시 시라호시 씨를 위해서라도 그 신발을 건네주는 것이 좋겠다는 마음이 점점 강해졌다. 나는 큰맘을 먹고 입을 열었다.

"저, 그 신발을 드리고 싶어요. 사실 저희 트럭 짐칸에 있어요."

잠깐의 침묵 뒤에 사사가와의 잔잔한 목소리가 들렸다.

"왜 그 신발을 드리고 싶어?"

"어머님이 후회하실 것 같아서요. 지금은 그 신발이 필요 없을지 모르지만, 언젠가 소중해질 거예요."

"그건 아사이의 생각이 아닐까?"

"아니에요. 어머님도 분명히 좋아하실 거예요."

"그래. 그럼 가시기 전에 얼른 다녀와."

사사가와의 대답을 신호로 나는 트럭을 향해 달리기 시작했다. 짐칸에서 등산화를 꺼내고 왔던 길을 되돌아간다.

"금방 오겠습니다."

사사가와는 말없이 고개를 끄덕였다.

맨션 앞을 지나 시라호시 씨가 걸어간 방향으로 나아갔다. 아직 그렇게 멀리 가지는 않았을 것이다. 양손에 하나씩 든 등산화의 끈이 흔들린다. 신발에 닿은 손이 아주 뜨거웠다.

시라호시 씨의 모습이 갑자기 시야에 들어온 것은 역 앞으로 이어진 골목길로 접어들었을 때였다.

"어머님!"

골목길의 입구에는 옷가게, 라면집, 인도카레집 등의 상점들이 양옆에 쭉 자리하고 있었다. 길 한구석에서 시라호시 씨는 오가는 사람들을 멍하니 바라보고 있었다.

"아직 계셔서 다행이에요. 엄청 뛰어왔어요."

"아까 도와준 학생이구나······."

"뭐 하셨어요? 이런 곳에 서서."

"히카루도 매일 이 길로 다녔나 해서······. 이렇게 오가는 사람들을 보면 언젠가 히카루가 나타나서 나에게 말을 걸어줄 것 같아."

시라호시 씨의 얼굴에 미소는 보이지 않았다.

"그런 말씀 마시고 힘내세요. 어머님은 웃는 얼굴이 어울리세요. 이걸 가지고 왔는데."

나는 의기양양하게 양손에 든 신발을 들어 올렸다. 시라호시 씨는 인파에서 시선을 떼고, 신발을 한 번 쳐다봤다. 잠시 동안 시라호시 씨는 아무 말도 하지 않았다. 내가 말을 계속하려고 하자 시라호시 씨가 입을 열었다.

"소중히 키워온 자식이 죽었는데 멀쩡한 엄마가 어디 있어?"

시라호시 씨는 무표정한 얼굴로 알아들을 수 없을 만큼 작은 목소리로 말했다.

"그 애의 고통을 알아주지 못해서 사무치게 후회하는 엄마보고 웃으라는 거야?"

"어머님······."

나를 바라보는 눈에 벌겋게 눈물이 차오르기 시작했다.

"버리라고 했잖아! 대체 왜 그러는 거야! 그 신발을 집에 가져
가면 정말인 거잖아. 그 애가 죽은 게 현실이 되잖아⋯⋯."

시라호시 씨는 그 자리에 주저앉아 눈물을 쏟았다. 거리를 오
가는 사람들이 우리를 향해 차가운 시선과 호기심의 시선을 던지
고 있었다.

"미안해⋯⋯. 학생한테 이런 말 하면 안 되는데⋯⋯. 미안해.
정말 미안해⋯⋯."

울음을 터뜨리며 사과하는 시라호시 씨에게 건넬 말을 찾을
수 없었다.

"가볼게요⋯⋯."

어느새 나는 신발을 양손에 든 채 달려가고 있었다. 무엇인가
로부터 도망치듯, 몇 번이나 뒤를 돌아보며.

트럭으로 돌아오니 사사가와가 창문을 반쯤 열고 담배를 피
우고 있었다. 나를 발견한 그는 가볍게 손을 들었다. 등산화를 보
고도 사사가와는 아무것도 묻지 않았다. 내가 조수석에 올라타자
시동 거는 소리가 들렸다.

"전해드리지 못했어요⋯⋯."

"그렇구나."

'블루 먼데이'의 비트가 유난히 차갑게 들려왔다. 몇 번쯤 빨간

불에 걸렸을 때, 저절로 입에서 후회가 흘러나왔다.

"저, 아무것도 몰랐어요……. 위로가 되는 좋은 말을 건넸다고 생각했는데…… 오히려 상처를 드렸어요. 천국이니, 시간이 약이라느니, 힘내라느니, 기운 차리라느니 그럴싸한 말만……. 어머님을 진심으로 위해서가 아니라 제가 하고 싶은 말을 했어요……."

허벅지 위에 지저분한 등산화를 놓았다. 마른 흙이 과자 부스러기처럼 작업복에 묻어났다.

"그 신발은 내가 잘 처분할게."

"죄송합니다……."

서로 잠시 입을 다물고 있는데 사사가와의 중얼거리는 목소리가 들렸다.

"좋은 말이란 뭘까?"

"전 이제 모르겠어요."

"나는 그런 것 같아. 처음부터 좋은 말은 존재하지 않아. 그저 좋게 들리는 말만 있을 뿐이지. 그렇지만 말이야. 아주 서툰 말이든 다그치는 말이든 언젠가 생각났을 때 가슴을 따뜻하게 만든다면 그건 정말 좋은 말이거든. 모든 말은 좋은 말이 될 가능성을 품고 있어. 그러니까 오늘 아사이가 어머님에게 건넨 말들도 언젠가 정말로 좋은 말이 될지도 몰라."

사사가와의 이야기를 듣고 다시 한번 등산화를 바라본다. 시
라호시 씨의 울음소리가 고막 안쪽에서 계속 울려 퍼졌다.

8.

사무실에 도착하자 사사가와는 아는 신사에게 등산화를 가져
다줄 거라며 나를 먼저 내려주었다.

"잘 들어가."

사사가와가 그렇게 말한 후 트럭은 떠나갔다. 테이프를 붙인
문을 한 번 쳐다보고 인터폰을 눌렀다. 바로 모치즈키 씨의 환한
미소가 문 너머에서 나타났다.

"수고했어. 추웠지?"

"아니, 괜찮아요……."

나는 얼른 화장실로 향했다. 옷을 갈아입고 나오자 책상 위에
뒤섞인 서류 뭉치들 사이로 샌드위치 접시가 있었다.

"배고프지? 샌드위치 어때?"

"별로 배가 안 고파요. 괜찮아요."

"무슨 소리야. 자취하면 영양가 있는 음식을 먹어야지."

모치즈키 씨의 말에 못 이겨 샌드위치를 입으로 가져갔다. 소

박한 맛이었지만, 한 입 베어 물자 잊고 있던 허기가 되살아나 어느새 열심히 먹게 되었다.

"카스텔라는 어디 나갔어요?"

문득 생각이 나서 물었다. 그 부드러운 털을 아무 생각 없이 만지작거리고 싶었다.

"응. 걔는 기분파라서."

"다시 태어나면 고양이나 해파리가 좋을 것 같아요."

"고양이들 세상도 고단해. 카스텔라도 우리가 모르는 어려움이 있지 않겠어? 가끔 엄청 무서운 얼굴로 사무실에 오거든."

카스텔라가 무서운 얼굴을 해봤자 배가 고파서겠지.

"다른 얘긴데, 우리 사무실 어두운 것 같지 않아?"

모치즈키 씨의 말에 나는 주위를 둘러보았다.

"뭐…… 하긴 고향에서 보던 밤바다가 생각나긴 하네요."

"어둡지? 여기서 일을 하고 있으면 갑자기 깜깜한 밤에 남겨진 기분이 들어. 아침이 안 올 것같이."

회사 이름이 데드모닝인 것부터가 사무실을 더욱 어둑해 보이게 했다.

"일조량 문제는 솔직히 어쩔 수 없죠."

"그게 다가 아니야. 어쨌든 아침 햇살을 느낄 수 있는 밝은 장소로 만들고 싶거든. 변화가 필요해. 예를 들면 단걸 싫어하는 누군가가 정기적으로 와준다든가."

나는 대답하지 않고 나머지 샌드위치를 입으로 가져갔다.

"카스텔라는 의외로 사람을 잘 보거든. 아사이 군한테 갔을 때, 놀랐어."

그냥 고양이의 변덕일 것이다. 그렇게 생각하면서도 왠지 조금 기뻤다.

"그리고 사사가와 군은 별로 내색하지 않았지만 아사이 군이 상복을 세탁해준 거, 엄청 고마웠나 봐."

손에 든 샌드위치에서 얼굴을 들었다. 사사가와는 그런 말을 한마디도 하지 않았다.

"아닌 것 같은데요⋯⋯. 그냥 다들 하는 일인데."

모치즈키 씨는 미소를 한 번 머금더니 고개를 살며시 저었다.

"소매를 살짝 더럽힌 거잖아. 대부분 사과하고 끝날걸. 하물며 우연히 술자리에서 만난 남남인데? 보통 세탁까지 안 해주지 않을까."

"그런가⋯⋯."

"누군가가 아끼는 걸 나도 똑같이 소중하게 다루는 건, 의외로 어려운 일이야."

모치즈키 씨의 중얼거리는 목소리가 살며시 어둠이 내린 사무실 사이로 사라져갔다.

3

반짝이는 전신 거울

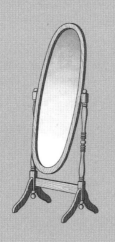

"아무것도 모르면서 아무 말이나 하지 마.
결국 가장 미워했던 인간한테 뒤처리를 부탁하는 셈이니까."

1.

다케다가 던진 다트가 과녁 한가운데에 꽂혔다.

"와타루, 살 빠진 거 아니야?"

"그런가? 별로 안 빠졌는데."

"아니라니까. 하긴 매일 시체 청소하는데 핼쑥해질 만하지."

"시체 청소 아니고 특수청소라고."

"그게 그거지. 용케 잘 붙어 있네."

데드모닝 아르바이트를 시작하고 어느새 두 달이 흘렀다. 하지만 현장에서 맡는 그 강렬한 냄새엔 익숙해지지 않는다. 아무리 목욕을 해도 몸에 들러붙은 느낌이 들어 무의식중에 손을 코에 대고 냄새를 맡는 일이 잦아졌다.

"여름이 아니라서 다행이야"라고 사사가와는 입버릇처럼 말했다. 여름에는 냄새가 엄청나다고 한다. 작업 중에는 냄새가 어느 정도 없어지기 전까지는 창문을 열 수 없어서 극심한 더위로 고생이 이만저만이 아니라는 말도 했다.

부패되면서 나는 냄새에도 종류가 있다는 사실을 깨달은 것은 한 달이 지난 후였다. 뚱뚱한 사람이나 젊은 사람은 부패하는 냄새가 심하다. 그에 비해 고령자나 마른 사람은 좀 나았다.

그런 냄새에 여전히 익숙해지지 않았지만, 예전처럼 구토를 하지는 않았다. 그 이유는 나름대로 대처법을 찾아냈기 때문이다. 그것은 목구멍 깊은 곳에서 신물이 올라올 때, 여자의 벌거벗은 모습을 떠올리는 것이었다. 그러면 왜인지 메스꺼움이 서서히 잦아들었다. 아름다운 여자의 벌거벗은 몸은 내 안에서 죽음과 가장 먼 존재인지도 모른다. 한번은 가에데의 벌거벗은 모습을 상상해본 적이 있는데, 이때는 효과가 없었다.

"청소 같은 건 초등학생도 하잖아. 수업 끝나고 교실 청소하는 거랑 누가 죽은 흔적을 청소하는 거랑 크게 보면 결국 같은 거야."

"완전 다르지. 흠, 그 청소는 뭔가 새로움을 주나 보네."

"뭔 소리야. 시급도 좋고 다른 일을 찾기 귀찮아서 그래."

다케다와 오랜만에 만났다. 근황은 전화와 문자로 주고받고 있었다. 다케다는 특수청소에 흥미가 있는지 늘 나의 체험담을 듣고 싶어 한다.

"너는 취업 준비 잘돼가?"

"그랬으면 다트나 던지면서 스트레스를 풀고 있겠냐."

다케다가 던진 다트가 또 중앙에 꽂힌다.

"면접 대비할 때 자기 분석을 하거든. 나는 이런 사람이고, 이런 경험을 쌓았고, 이런 걸 열심히 했습니다. 그러니까 나를 고용하면 이런 장점이 있습니다, 이런 식으로."

다케다가 또 다트를 던진다. 이번에는 중앙에서 조금 벗어난 곳에 꽂혔다.

"분석하면서 깨달았어. 나한텐 반짝거리는 게 아무것도 없다는 걸. 21년 동안 열심히 살았는데 말이지."

다트를 건네받고 다케다의 폼을 머리로 떠올리며 과녁을 노렸다. 내가 던진 다트는 포물선을 그리며 과녁을 크게 빗나갔다.

"와타루, 다트 처음 하는 거 아니지?"

"오늘 컨디션이 별로네."

고향에는 붉은 초롱불이 걸린 선술집밖에 없으니 다트를 해봤을 리가 없지만 이를 들키고 싶진 않다. 다케다가 얼굴을 찡그리며 말했다.

"근데 아까부터 무슨 냄새 안 나냐? 누가 마늘이라도 먹었나?"

나는 반사적으로 내 손바닥의 냄새를 맡고 말았다. 다케다가

히죽거렸다.

"왜 그래, 손바닥 냄새를 다 맡고."

"아무것도 아니야."

나는 얼버무리듯 다트를 던졌다. 역시 과녁에 맞지 않는다.

"아무튼 또 아르바이트 얘기 들려줘."

다케다가 휴대전화를 보며 중얼거렸다.

2.

다음 날 아침, 메마른 바람을 뚫고 데드모닝으로 향했다. 슬슬 목도리를 장만해야 할지도 모르겠다. 목덜미가 제법 쌀쌀하다.

박스테이프가 붙은 문을 열자 인스턴트커피와 초콜릿 냄새가 섞여서 코끝을 스쳤다. 이 일을 시작하며 예전보다 냄새에 더 민감해진 느낌이다.

"아사이 군, 안녕."

어둑한 실내에서 모치즈키 씨가 서류를 보고 있다. 책상 위에는 뚜껑이 열린 초콜릿통이 놓여 있다.

"안녕하세요. 또 아침부터 과자 드시는 거예요?"

"당분 섭취는 중요하잖아. 안 먹으면 머리가 잘 안 돌아가. 하나 줄까?"

달달한 건 잘 못 먹었는데, 매일 아침 모치즈키 씨가 권하는 바람에 어느새 그냥저냥 먹을 수 있게 되었다.

"그러고 보니까 아사이 군이 아르바이트를 시작한 지 오늘로 두 달이 됐나?"

내가 고개를 끄덕이자 모치즈키 씨가 미소 지었다.

"툴툴대면서도 열심히 하느라 고생 많았어. 초반엔 아침마다 창백한 얼굴로 출근하길래 괜찮을까 걱정했는데."

"아침엔 컨디션이 별로거든요. 아마 잠결이라 그렇게 보였을 거예요."

"그렇게 알고 있을게. 2개월 기념일인 오늘은 부패가 심한 현장으로 가지?"

화이트보드의 작업 현장을 적는 칸에 '부패가 심한 시체·단독 주택'이라고 쓰여 있었다.

"아, 맞다……. 진짜 가기 싫은데."

"오늘은 현장 확인하고 견적만?"

"그럴 거예요. 사망하고 2주 정도 지나서 발견됐다는 것 같던데……."

특수청소를 할 때는 대부분 사전에 현장 조사를 하고 견적을 낸다. 누가 대금을 지불할지 확실하게 하지 않으면 나중에 문제가 생기는 경우가 많고, 청소 비품도 오염의 정도에 따라 달라지기 때문이다. 사전 조사 없이 특수청소를 실시하는 경우는 대부분 대금을 지불할 사람이 확실히 정해져 있고, 현장의 오염이 비교적 가벼울 것으로 예상될 때다.

"이번에는 의뢰인이 유족이니까 비용 때문에 옥신각신할 일은 없겠다."

"그러게요. 저번에는 수십 년 동안 왕래도 없던 친척한테 연락해서 청소 대금을 겨우 받았거든요. 평소에 소원했던 친척은 거의 남이잖아요."

"그렇긴 해. 나만 해도 몇 년이나 만나지 않은 친척이 꽤 되니까."

"집주인이랑 유족들이 옥신각신하는 모습은 웬만하면 보고 싶지 않아요. 중간에서 사장님도 힘들 것 같고."

집주인은 집을 세놓기 힘들어지기 전에 빨리 문제를 처리하고 싶어 한다. 망자의 얼굴조차 기억하지 못하는 유족은 이제 와서 선뜻 돈을 지불하기를 꺼린다. 각자의 주장은 똑같은 소리의 반복이지만, 결국 울며 겨자 먹기로 집주인이 대금을 치르는 경우가 많았다. 그럴 때 이야기를 매듭짓는 것도 사사가와의 업무 중하나였다.

현관문 열리는 소리가 났다. 동시에 콜록거리는 소리도 들려온다.

"어, 안녕하세요."

"안녕……."

사사가와는 흰 마스크를 쓰고 있었다. 목이 잠겼고, 계속 마른 기침을 했다.

"사사가와 군, 목소리가 왜 그래? 감기?"

"어제부터 살짝 열이 있어서……. 항생제 먹었으니까 금방 괜찮아질 거야……."

사사가와는 눈가가 촉촉해진 채 다시 콜록댔다. 모치즈키 씨가 걱정스러운 듯이 말했다.

"많이 안 좋아 보여. 오늘 현장 확인은 미루는 게 낫지 않을까?"

"목소리가 좀 안 나오는 것뿐이야. 그렇게 안 심해. 그리고 유족을 기다리게 할 수는 없어……."

"그렇긴 하지만 힘들어 보여."

"저기, 미안한데 그거 만들어줄 수 있을까? 그거 마시면…… 바로 목소리가 돌아올 것 같은데……."

사사가와는 의자 깊숙이 걸터앉더니 나른하게 천장을 올려다봤다.

"사사가와 군은 한번 결정하면 굽히지 않거든. 그렇게 목이 아픈데도 검은 넥타이는 꼭 하고 온다니까. 다른 사람 걱정보다 자기 몸을 먼저 챙겨야지. 아무튼 조금만 기다려. 재료 얼른 사 올게."

모치즈키 씨는 몸집에 어울리지 않는 민첩함으로 사무실을 뛰쳐나갔다. 단둘이 남은 어둑한 사무실에 기침 소리가 다시 울려 퍼졌다.

"정말 괜찮아요? 오늘은 진짜 쉬는 게 나을 것 같은데."

"안 돼……. 컨디션 관리를 못 한 건 내 잘못이야……. 그런 개인적인 이유로 의뢰인에게 폐를 끼칠 순 없어……."

띄엄띄엄 들려오는 쉰 목소리를 듣고 있자니 사사가와는 기어서라도 현장에 갈 거라는 생각이 들었다.

"그러면 오늘은 제가 유족분하고 이야기할게요. 상세한 견적은 사사가와 씨가 아니면 힘들고요."

작업 순서는 거의 파악하고 있고, 요즘엔 지시받기 전에 처리할 수 있는 일도 많아졌다. 내가 생각했지만 참 좋은 아이디어다.

"그럼…… 부탁 좀 할게……. 물론…… 나도 옆에서 도와줄게."

사사가와의 기침이 잦아든 타이밍을 봐서 궁금했던 질문을 던졌다.

"근데 아까 모치즈키 씨한테 말했던 건 뭐예요?"

"아아……. 모치즈키 스페셜 말이야?"

"이름이 이상한데요."

"그냥 약보다…… 좋은 수프야……. 그 수프를 먹으면 컨디션이 잘 돌아왔거든……."

잠깐 마음이 편해지는 게 다일 것 같지만, 사사가와는 그 수프를 마시면 금방 몸 상태가 좋아진다고 믿는 듯했다.

모치즈키 씨가 사무실에 돌아온 지 15분도 지나지 않아 수프가 사사가와 앞에 놓였다. 살짝 들여다보니 스페셜이라는 이름에 걸맞지 않게 재료가 하나도 들어 있지 않았다.

사사가와는 콧물을 훌쩍이며 모치즈키 스페셜을 입으로 가져갔다.

"아사이 군도 마실래? 기운이 날 거야."

"전 괜찮아요. 아침을 먹고 와서."

"그래? 맛있는데."

몇 번 권했지만, 지금 뭔가 먹으면 현장에서 게워낼 것 같았다.

"잘 먹었어……. 이제 기운이 나겠다……."

사사가와는 텅 빈 머그잔을 테이블 위에 놓더니 작업복으로 갈아입기 시작했다. 슬슬 현장으로 가야 할 시간이었다.

3.

유료 주차장에 트럭을 세워두고, 현장인 단독주택을 향해 걷기 시작했다. 바람이 시릴 만큼 매서워서 작업복 위에 패딩을 걸치지 않으면 밖에 1분도 서 있기 힘들다. 쌩쌩 부는 찬바람에 사사가와의 몸 상태가 악화될까 봐 살짝 걱정되었다.

"오늘은 제가 후딱 끝낼 테니까 맡겨주세요."

"평소처럼 해도 괜찮아······."

현장 부근에 도착해 의뢰인의 문패가 있는 집을 찾았다. 주변에는 비슷하게 생긴 오래된 집들이 줄지어 있었다.

"거의 다 온 것 같은데."

건조한 공기 속에서 그 냄새가 코를 스쳤다. 코맹맹이 소리가 나는 사사가와도 동시에 냄새를 감지한 듯 마스크 너머로 얼굴을 찌푸리고 있었다.

"냄새났어요?"

"응. 겨울철인데도 고약한 냄새가 나네······. 난방을 돌린 채로 돌아가셨나······."

곧장 의뢰인과 같은 성씨의 문패가 달린 단독주택을 발견했다. 물론 그 집에선 눈에 그려질 정도로 심한 냄새가 뿜어져 나오고 있었다.

의뢰인인 카미야 씨와는 자택 앞에서 만나기로 했기 때문에 그대로 기다렸다. 새삼스럽게 눈앞의 단독주택을 바라보았다. 한눈에도 노후화가 진행되고 있는 것이 보였다. 현관 앞쪽의 작은 정원은 낯선 잡초로 난장판이 되어 있었다. 몇 년째 돌보지 않은 것이 분명했다. 2층 벽도 오랜 세월 비바람을 견뎠는지 변색되고 얼룩졌다. 유리창이 깨진 곳도 보였다.

"집이 으스스하네요."

몇 분 뒤, 현관의 미닫이문이 열리는 소리가 들리고, 냄새가 풀풀 풍기는 집에서 수염이 무성한 남자가 태연하게 나왔다.

"당신들 청소부야?"

덥수룩한 수염에 백발이 성성한 남자는 목 언저리가 후줄근한 회색 추리닝을 입고 오른손으로 엉덩이를 박박 긁고 있었다. 남자의 왼손은 없는 것 같았다. 옷소매에서 왼손을 확인할 수 없고, 일부러 감추고 있는 기색도 없다. 남자가 말을 걸었는데 순간 대답이 나오지 않았다.

"마, 맞아요. 의뢰 주신 데드모닝입니다. 카미야 님이신가요?"

내 인사가 귀에 들어오지 않는지 카미야 씨는 오른손으로 귓구멍을 파더니 귀에서 나온 귀지를 바라보았다.

"그래. 아무튼 얼른 끝내라고. 냄새가 지독해서 동네가 난리도 아니야."

카미야 씨는 곧바로 발길을 돌려 집 안으로 들어갔다. 일방적이고 잘난 체하는 태도였지만, 세세하게 신경 쓰지 않을 것 같아 의외로 수월할지도 모르겠다. 그런 생각을 하고 있는데 사사가와의 중얼거리는 목소리가 들렸다.

"……꽤 피곤한 사람일 것 같은데 괜찮겠어?"

"괜찮아요. 일단 서류 얘기부터 할게요."

자신 있게 말하고 현관으로 들어섰지만 곧장 나는 할 말을 잃었다. 현관에서 시야에 들어오는 것은 쓰레기 옆에 또 쓰레기. 온통 쓰레기다. 발 디딜 틈이 없을 정도로 쓰레기가 뒹굴었다.

"오늘은 견적만 내는 거지? 최대한 싸게 해줘."

카미야 씨는 담배를 물고는 오른손으로 머리를 박박 긁었다. 이런 돼지우리에서 아무렇지 않게 담배를 피우는 것이 믿기지 않았다. 하지만 난 다시 정신을 차리고 질문을 했다.

"먼저 현장 상황을 확인하겠습니다. 혹시 돌아가신 분은 어디서……?"

"2층 방. 아주 난리야. 경찰한테 조사까지 받았어. 방은 조사가 끝나고 문제가 없는 것이 확인될 때까지 봉쇄하라더군. 당신 경찰 조사 받은 적 있어? 돈가스 덮밥을 주나 했더니 밥은 잘 안 나오대. 배고파서 좀 기대했더니."

134

카미야 씨는 신발장 위에 방치된 컵라면 용기 안에 짤막해진 담배를 넣었다. 아직 국물이 남았는지 칙 하고 불씨가 꺼지는 소리가 희미하게 들렸다.

"남동생이 죽었어. 같이 살면서도 죽은 걸 2주 동안 몰랐어. 기가 막히지? 뭐, 그 자식하고 몇 년 동안 대화가 없었으니까 어쩔 수 없다고."

"돌아가신 게 동생분이세요?"

나도 모르게 목소리가 높아진다. 눈앞의 카미야 씨는 크게 하품을 했다.

"그렇대도. 걔는 아침에 일어나면 전신 거울을 닦는 버릇이 있었어. 병적으로 꼼꼼한 데다 겉멋만 잔뜩 들었거든. 내 방은 현관 쪽이라 매일 아침 그 소리에 잠이 깼어. 요새 부산스러운 소리도 안 들리고 뭔 냄새가 자꾸 나길래 근처에 고양이라도 죽었나 했더니 그 자식이 죽었지 뭐야."

나도 모르게 죽은 사람이 매일 아침 닦았던 전신 거울을 바라봤다. 거울에는 내 당황한 표정이 비쳤다.

"2주 동안이나요?"

"물론 난 안 죽였어. 그건 경찰도 알겠다고 했고. 동생은 태어날 때부터 심장이 약했어. 사인은 심장마비래. 사람은 말이야, 어디서 어떻게 죽을지 몰라. 젊을 때 맛있는 거 원 없이 먹고 섹시한 여자들이랑 많이 하라고."

카미야 씨는 더러운 치아를 드러내며 웃고 있었다. 어깨를 들썩이며 웃을 때마다 왼손을 확인할 수 없는 소매가 팔랑인다.

"어차피 죽을 거면 사고로 가지. 사고사면 들어오는 돈이 엄청날 텐데."

뭐라 대꾸해야 할지 알 수 없어서 카미야 씨의 늘어진 왼쪽 소매를 쳐다봤다.

"손 하나 없는 사람이 그렇게 신기해?"

"아니요, 죄송합니다."

"4년 전에 프레스기계에 빨려 들어갔는데 허무하게 이렇게 됐어. 산재 처리로 돈은 왕창 받았지."

카미야 씨는 뽐내듯이 왼쪽 소매를 걷었다. 팔은 팔꿈치 언저리부터 없었고, 약간 튀어나온 피부가 끝을 덮고 있었다.

"지금도 왼손이 아픈 느낌이 들어. 신기하단 말이야. 이젠 없는데."

"무슨 말씀이신지 알 것 같아요."

절단된 팔꿈치 끝을 문지르는 모습을 옆에서 흘깃 바라보며 나는 그저 그런 말밖에 할 수 없었다.

"양손이 있는데 내 아픔이 이해된다고? 헛소리하지 마."

짜증스러운 목소리와 함께 날카로운 눈초리가 쏟아진다. 나는 어느새 고개를 푹 숙이고 있었다.

"죄송합니다……. 동생분 방을 둘러봐도 될까요?"

"그래, 견적이나 싸게 내라고. 동생 방은 2층이야."

카미야 씨는 그렇게 강조하더니 안쪽 방으로 사라졌다. 나는 목소리를 죽이고 사사가와에게 말했다.

"저 자식 장난 아닌데요."

"그래, 깔끔하진 않네. 근데 의외로 이런 일은 자주 있어……. 집에서 별거하던 부부 중에 한 사람이 죽었는데 며칠째 모르는 일도 있고……. 상대를 무시하려고 마음먹으면, 얼마든지 그 사람을 지워버릴 수 있는 거야……."

"아니, 같이 사는 사람이 죽었다는 사실을 2주 동안 눈치채지 못한다는 건 말도 안 되죠."

그런 인간을 보고도 태연한 사사가와도 믿을 수 없었다. 그런 나의 속마음을 아는지 모르는지 사사가와는 담담하게 말했다.

"저 사람은…… 환상통 때문에 힘들겠다."

"환상통?"

"사라진 신체 부위가 아직도 존재하는 것처럼 아픈 거야……. 원인은 밝혀지지 않았는데 뇌의 신경회로와 관련이 있는 것으로 알려져 있어. 통증을 느끼는 부위는 존재하지 않기 때문에 진통제도 그다지 효과가 없는 난치성 통증이야."

"그렇다고 해도 동정은 안 가요."

솔직히 저런 녀석의 고통 따윈 별 상관 없다. 2층으로 이어지는 계단 양끝에 쓰레기가 쌓여 있어 현장을 보기 전부터 짜증이 밀려왔다.

4.

삐걱거리는 계단을 오르면 오를수록 안 그래도 강렬한 냄새가 더욱 강렬해졌다. 계단을 모두 오르자 영어로 'TOILET'이라고 쓰인 문이 눈에 들어왔다. 바로 옆의 닫힌 문 하나에서 2개월 동안 경험한 현장 중에서 가장 고약한 냄새가 풍겨 나오고 있었다. 아마도 부패하는 냄새만은 아닐 것이다. 쓰레기 썩는 냄새까지 섞여서 코가 떨어져 나갈 것만 같았다.

"……아, 냄새. 전 절대로 이런 집에서 못 살아요."

사사가와가 아주 조심스럽게 문을 열자 파리 몇 마리가 방 안에서 튀어나왔다. 여태껏 본 적이 없는 대형 파리였다. 실내는 커튼이 쳐져 있는 탓인지 꽤 어두컴컴했다. 사사가와와 함께 문 앞에서 방 안을 살펴봤다. 목구멍 안쪽에서 시큼한 것이 올라온다. 나는 황급히 여자의 벌거벗은 몸을 떠올렸다.

"전기 스위치는 이거고……."

사사가와가 불을 켜자 방 안이 그 모습을 드러냈다. 먼저 눈에 들어온 것은 여러 대의 컴퓨터였다. 전원이 꺼진 모니터 화면이 우리를 어렴풋이 비추고 있었다. 컴퓨터 근처에는 대량의 피규어가 늘어서 있었다. 나도 본 적이 있는 애니메이션 캐릭터가 있는가 하면, 가슴이 묘하게 강조된 미소녀 피규어도 보인다. 그리고 바퀴 달린 의자가 바닥에 쓰러져 있었다.

"이게 무슨……."

쓰러진 의자 주변에는 흐릿하게 사람의 그림자 같은 것이 있었다. 부패액의 일부가 퍼져서 응고되어 있었던 것이다. 그것은 한 사람이 녹아서 흐물흐물해진 흔적이었다. 흘러나온 부패액 말고도 검은 점 같은 파리 번데기가 방 안 여기저기에 흩어져 있었다.

"그래도 형제인데. 이렇게 될 때까지 어떻게 몰랐을까요."

"서로 간섭하지 않는 게 두 사람이 정한 방식이었겠지. 그런 삶도 있어. 현실적인 거리와 마음의 거리가 비례한다고 단정 지을 수 없는 게 사람이니까……."

"그래도 이건 말이 안 되죠."

"일어날 수 있는 일이야. 그런 죽음이…… 실제로 눈앞에 있잖아……."

사람은 죽으면 녹는다. 어차피 사람도 고깃덩어리니까. 심장이 멈추면 그 흔적은 사라진다. 머리로는 알고 있다. 그렇지만……. 사사가와는 주머니에서 슬리퍼를 꺼내 내게 한 켤레를 건네주었다.

"상황을 확인하자……."

사사가와가 그렇게 중얼거렸다. 그때 나는 실수로 파리의 번데기를 짓밟아버렸다. 발바닥에서 과자를 밟은 듯한 마른 소리와 함께 불쾌한 감촉이 느껴졌다.

방 안은 하나의 완성된 왕국 같았다. 정면에 자리 잡고 있는 컴퓨터는 딱 봐도 최신형에 사양이 매우 좋았고, 곳곳에 배치된 피규어에서도 주인의 애정이 느껴졌다. 끝에 있는 책장에는 많은 양의 영화 DVD와 만화책이 깔끔하게 정리되어 있었다. 작은 냉장고 안에는 위스키와 발포주 몇 병이 남아 있었고, 치즈와 살라미 등의 안주도 쌓여 있었다.

"꼼꼼했나 봐요."

이 왕국을 만들어낸 사람은 검은 그림자가 되어버렸다. 사사가와는 바닥의 오염 상태를 주의 깊게 관찰했다. 바닥에는 검붉은 무언가와 검은 부패액이 퍼져 있었다.

"부패액이 굳었고 오염도 많이 됐네. 깎아내야 할 부분도 있겠어……."

꽤 힘든 작업이 될 것 같은 예감에 나는 크게 한숨을 내쉬었다.

"그나저나 이렇게 곳곳에 피규어가 있으니까 누가 보고 있는 것 같아서 괜히 불편하네요."

책상뿐만 아니라 책장의 틈새나 냉장고 위에도 다양한 포즈의 피규어가 있었다. 대부분 미소녀로 구슬 같은 큰 눈동자에 미소를 머금고 있었다. 입고 있는 옷도 수영복이나 바니걸 옷 등 온통 선정적인 복장이었다. 스커트의 주름이나 손에 든 가방도 묘하게 진짜처럼 만들어져 완성도가 높았다.

"이런 거 의외로 비싸다고 인터넷에서 본 적이 있어요."

내가 집어든 피규어는 이런 처참한 방 안에서도 미소를 띠고 있었다. 문득 궁금증이 들어 나는 미소녀가 입고 있는 짧은 스커트 속을 들여다보았다.

"어?"

순간 흰 팬티가 움직이는 것처럼 보여서 사고가 정지됐다. 2초 후에는 그 정체를 알아차리고 순식간에 소름이 돋았다. 치마 안쪽에 하얀 구더기가 빽빽하게 달라붙어 꿈틀거리고 있었다.

"으아아악!"

나는 그 피규어를 공중에 내던졌다. 미소녀는 포물선을 그리며 컴퓨터가 있는 책상으로 날아가 그 위에 있던 다른 피규어와 충돌했다.

"왜 그래?"

사사가와가 돌아본다.

"치마 안에 구더기가⋯⋯."

"큰일이네⋯⋯."

방바닥에 피규어가 널브러졌다. 그때 계단을 밟는 듯한 난폭한 소리가 나더니 카미야 씨가 나타났다. 방에는 들어오지 않고, 문 앞에서 다양한 미소녀들이 널브러진 바닥을 노려보았다.

"큰 소리가 나길래 무슨 일인가 했더니 난리가 났네."

곧바로 사사가와가 사과했다.

"정말 죄송합니다. 저희 실수로 동생분이 아끼신 유품을 파손하고 말았습니다."

사사가와는 쉰 목소리를 높이며 깊이 머리를 숙였다. 나도 마지못해 뒤늦게 고개를 숙였다. 아마 이 피규어는 내일이면 파기될 것이다. 오늘, 내일, 하루 차이인데 왜 이렇게 머리를 조아려야 하는지 이해할 수 없었다.

"뭐, 이렇게 됐는데 어쩔 수 없지."

"정말 죄송합니다."

"괜찮대도. 근데 원래 이 인형들로 내 방을 장식하려고 했었는데 말이야."

"정말 죄송합니다⋯⋯."

"사과는 누가 못 해. 너희들이 속으로는 무슨 생각을 할지 모르는 거고. 눈에 보이는 성의 표시라는 게 있잖아?”

카미야 씨가 표정을 일그러뜨렸다. 이 일을 계기로 할인을 받으려는 속셈이 뻔히 보였다. 나는 급히 끼어들었다.

“잠시만요. 이 피규어로 방을 장식하려고 했다고요? 우리가 오기 전부터 방은 그대로 두셨던데요.”

가까이서 보는 카미야 씨의 얼굴은 꽤 더러웠다. 코끝의 모공은 검은색이고, 입 냄새가 심했다. 입언저리로 보이는 치아는 누렇게 변색돼 있었다.

“잘 장식할 거야. 소중한 동생이 남긴 건데.”

“말도 안 되는 거짓말 하지 마세요. 이런 피규어에는 관심 없잖아요.”

“뭐야? 소중한 동생의 인형을 망가뜨려놓고 이제는 사기꾼 취급이야?”

“아니, 소중한 물건이면 직접 유품을 정리하겠죠.”

“말이면 다인 줄 알아!!”

카미야 씨는 어깨가 떨릴 정도로 고함을 쳤다. 팔이 없는 왼쪽 소매가 흔들렸다. 서슬 퍼런 그 얼굴에 방금 전까지 내가 느꼈던 경멸이 순식간에 공포로 바뀌었다.

“일을 벌였으면 책임을 져야지! 성의를 보이라고! 난 고객이야! 내가 돈을 내야 너희들은 밥을 벌어먹는다고!”

자기는 2주 동안 가족이 죽은 것도 몰랐고, 유품을 직접 정리할 용기도 없으면서. 그렇게 생각하면서도 나는 대꾸를 할 수 없었다.

"저희 직원이 실례가 많았습니다. 이쪽이 견적 비용입니다."

사사가와가 계산기를 들이대자 카미야 씨는 갑자기 입을 다물었다. 콧구멍에서 삐져나온 코털 몇 개가 콧바람과 함께 흔들렸다. 더럽다.

"뭐 이렇게 비싸. 성의가 부족해."

"알겠습니다. 유품을 파손했으니 할인해드리겠습니다."

사사가와가 다시 계산기를 두드려서 카미야 씨의 눈앞에 내밀었다. 카미야 씨는 머리를 박박 긁은 뒤 입을 열었다.

"이 방에 뭐가 있어?"

"컴퓨터 몇 대 외에는 DVD와 만화 등이 대량으로 있습니다."

"그래? 야한 만화?"

"아니요. 일반 영화와 만화입니다."

"뭐, 그거 팔면 돈은 좀 되겠지. 어쩔 수 없네. 알았다고. 나는 보기보다 냄새에 민감해서 이렇게 냄새가 진동하면 잠도 푹 못 자니까."

전혀 설득력이 없는 말을 나불대며 카미야 씨는 마지못해 서류에 사인을 했다.

"대신 내일부터 바로 해줘."

"알겠습니다. 당장 내일부터 작업을 시작하겠습니다."

사사가와는 정중하게 대답한 뒤 다시 고개를 숙였다.

"그리고 하는 김에 집 쓰레기도 치우고."

"이 방 이외의 폐품 회수에는 별도로 요금이 부과되는데 괜찮
으시겠습니까? 아마 저희 회사보다 담당 행정부서에 의뢰하시는
편이 저렴할 겁니다."

"참 나, 서비스 정신이 없어."

카미야 씨는 내뱉듯이 말하고는 발길을 돌려 계단을 내려갔
다. 그 소리 사이로 카미야 씨의 혼잣말이 내 고막에 바늘처럼 꽂
혔다.

"시체에 몰려드는 하이에나 놈들."

나는 잠자코 고개를 숙일 수밖에 없었다.

5.

트럭을 타고 사무실로 돌아오는 동안 사사가와는 아무 말이
없었다. 어쩐지 기분도 안 좋아 보였다. 가끔씩 사사가와의 기침
소리가 차 안에 울려 퍼질 뿐이었다.

"죄송합니다……. 저 때문에 견적이 깎였어요."

신호를 몇 번 통과한 후, 나는 겨우 입을 열었다. 저런 의뢰인을 맡게 된 것은 운이 안 좋았지만, 결과적으로 내가 피규어를 망가뜨리는 바람에 비용이 깎이고 말았다.

"그런 걸 걱정했어?"

"네……. 그런 구더기 묻은 피규어에 손을 대지 말았어야 했는데. 괜히 쓸데없는 짓을 해서 죄송합니다."

내 대답을 들은 사사가와의 표정이 급격히 흐려졌다.

"아사이는 상상력이 있는 친구인 줄 알았는데 안타깝네."

"네?"

"네가 사과해야 할 사람은 돌아가신 동생분이야. 그분이 아끼던 물건을 망가뜨렸으니까."

사사가와는 앞 유리에 비치는 경치를 똑바로 응시했다.

"사과한다고 해도 그분은 죽었잖아요."

"남이 아끼는 물건을 내가 아끼는 물건처럼 다루지 않으면 이 일은 할 수 없어."

그 목소리는 하마터면 못 들었을 정도로 작았지만, 이제 쉬어 있지 않았다.

사무실에 도착하자 사사가와는 볼 일이 있다며 나를 내려주었다. 그리고 다시 트럭을 타고 어디론가 사라졌다. 사무실 문을 열자 아침에 만든 수프의 향기가 아직 희미하게 남아 있었다.

"다녀왔습니다."

"응? 생각보다 금방 왔네?"

카스텔라를 안은 모치즈키 씨가 신기하다는 표정을 짓는다.

"네. 뭐……."

"근데 아사이 군 얼굴이 창백하다. 꽤 힘든 현장이었구나."

모치즈키 씨의 걱정하는 목소리를 들은 나는 댐이 무너지듯, 어느새 오늘 있었던 일을 말하고 있었다. 내가 이야기하는 동안 모치즈키 씨는 카스텔라를 품에 안고 심각한 표정으로 들어주었다.

"사사가와 군답다."

내 이야기가 끝나자 모치즈키 씨는 카스텔라의 목을 쓰다듬었다.

"수프 남았는데 먹을래?"

"네……. 감사합니다."

잠시 후에 김이 나는 수프가 내 눈앞에 놓였다. 아침에 보았을 때처럼 맑은 황금빛 액체가 머그잔에 한가득 담겨 있었다.

"잘 먹겠습니다."

몇 번인가 수프를 후후 불어서 천천히 입에 가져갔다. 따스하게 올라오는 김이 한순간 시야를 흐리게 했다.

"맛있어요……."

수프를 입에 머금은 순간, 심심한 간이 부드럽게 혀를 감싸더니 곧바로 녹아내릴 듯한 감칠맛으로 바뀌었다. 베이스는 닭 뼈의 육수 같은데, 중간부터 생강의 화한 맛이 느껴지고 뒷맛은 깔끔했다.

"고마워. 그 수프를 먹을 수 있는 건 사사가와 군 덕분이야. 그러니까 사사가와 군한테 고마워하면 돼."

모치즈키 씨는 천천히 미소를 지으며 말했다. 하지만 표정은 살짝 굳어 있었다.

"잠깐 아줌마가 하는 혼잣말 들어줄래?"

모치즈키 씨는 한 번 헛기침을 하더니 조용히 말을 꺼냈다.

"나 말이야, 여기서 일하기 전에는 병원에서 요양보호사로 근무했어. 어르신들이 계시는 양로원이었는데, 야근하느라 힘들 때도 있었지만 나름대로 좋았어. 그런데 6년 전에 엄마가 뇌경색을 앓는 바람에 병간호가 필요해졌어. 그래서 양로원 일을 당분간 쉬기로 했지. 나름 저금해둔 돈도 있었고, 무엇보다 엄마가 많이 편찮으셨거든. 어릴 때부터 엄마를 정말 좋아했어. 정말 착한 분이었어."

모치즈키 씨의 갑작스러운 고백에 약간 놀랐다. 하지만 예전에 요양보호사였다는 말을 들으니 묘하게 납득이 되었다. 내가 노인이 되면 모치즈키 씨처럼 밝고 다정한 사람이 돌봐주었으면 좋겠다.

"계속 이 일을 했으니까 처음엔 자신이 있었어. 나라면 완벽하게 할 수 있을 거라고 말이야. 무엇보다 사랑하는 엄마에게 지금까지 키워주신 은혜를 갚아야겠다고 생각했어. 근데 있잖아, 그런 마음은 바로 사라져버렸어."

"왜요? 잘하실 것 같은데."

모치즈키 씨는 천천히 고개를 저었다.

"엄마는 말이야, 뇌의 전두엽이라는 곳이 망가졌어. 그곳은 인간의 감정을 관장하는 중요한 곳이라서 장애가 발생하면 기분이 들쑥날쑥해지거나 건망증이 심해지고 성격이 180도 변하는 경우가 있거든. 요컨대 후유증이지. 엄마의 경우는 주로 쓰는 손이 있는 오른쪽 전신에 마비도 왔어. 지금 생각해봐도 정말 보통 일이 아니었어."

모치즈키 씨는 카스텔라를 한 번 쓰다듬었다. 카스텔라가 곧바로 좀더 쓰다듬으라는 듯이 응석 부리는 소리를 냈다.

"그렇게 자상하던 엄마가 갑자기 화를 내다가 금세 애들처럼 울음을 터뜨리는 거야. 가끔 내가 만든 밥도 먹지 않았어. 독이 들어 있다면서. 몇 번 배설물을 던진 적도 있었고……. 배설물로 더러워진 벽을 청소하다가 '나 뭐 하는 거지?' 하고 계속 혼잣말을 했던 게 지금도 생각나. 사랑하는 사람이 이상해진 모습을 보는 건 정말로 괴로운 일이라는 걸 실감했어."

엄마가 그렇게 되면 나는 배설물로 더러워진 벽을 청소할 수 있을까. 할머니도 내버려뒀는데.

"엄마는 간호하는 나한테 한 번도 고맙다고 안 했어. 후유증으로 성격이 바뀐 데다 말도 잘 못 하셨거든. 나도 고맙다는 말을 듣고 싶어서 돌봐드린 건 아니었지만, 그런 나날이 계속되니까 여유가 없어지더라. 하루는 고맙다고 하면 어디가 덧나냐면서 소리를 빽 질렀어. 그랬더니 엄마가 '넌 가짜 딸'이라고 하는 거야. 물론 난 호적상으로도 엄마 자식이고 얼굴도 엄마랑 똑같아."

"아무리 후유증이 심해도 그런 말을 들으면 서운할 것 같아요."

"맞아. 그 순간, 엄마에 대한 애정이 다른 걸로 변했어. 뭐냐면…… 의무? 아니다, 표현이 좀 그럴지도 모르지만, 보복이려나."

보복이라는 말은 병간호에는 어울리지 않았다. 무언가를 얼버무리듯 들이켠 수프는 식어가고 있었다.

"내가 없으면 당신은 아무것도 할 수 없다는 걸, 간병을 통해서 깨닫게 하고 싶었어. 기저귀를 제때 갈아주지 않거나, 식사 시간에도 엄마의 속도에 신경 쓰지 않고 음식을 입에 넣어주었어. 비아냥대는 말도 몇 번 했을지 몰라. 그래서 엄마가 다음 해에 심근경색으로 돌아가실 때까지 간병을 계속할 수 있었어. 요컨대 숱한 고생에 대한 복수였어. 성격 진짜 못났지."

"돌아가셨군요……."

"응. 그렇게 어머니 곁에 있었는데도 난 장례식에서 울지 못했어."

모치즈키 씨는 남은 초콜릿을 입에 가져가려다 손을 멈추고 도로 내려놓았다.

"어머니의 유품 정리를 데드모닝에 의뢰하면서 사사가와 군을 만났어."

모치즈키 씨가 원래 의뢰인이었다는 사실에 놀랐다. 하지만 그 이야기가 어떻게 수프와 연결되는지 딱히 알 수 없었다.

"사사가와 군을 처음 봤을 때 왠지 호리호리하고 어딘가 덤덤한 친구라 살짝 믿음이 안 갔는데 일 처리는 아주 꼼꼼했어. 싫은 내색 하나 없이 말이야. 몇 시간 만에 어머니의 유품은 무사히 정리되었어. 벌써 끝났나 했더니 사사가와 군이 나에게 신문지 몇 장하고 전단을 내밀었어. 처음엔 무슨 뜻인지 몰랐어. 비싼 고기가 파격가로 판매되는 알뜰 정보라도 있나 했지."

모치즈키 씨의 얼굴에 평소와 다름없는 미소가 떠올랐다. 나도 덩달아 웃었다. 모치즈키 씨의 웃는 얼굴에는 그런 이상한 힘이 있었다.

"그 신문지랑 전단은 뭐였어요?"

"그냥 신문하고 전단. 그런데 거기에 아주 지저분한 글씨로 생강, 표고버섯, 닭고기, 소금이라고 쓰여 있었어. 몇 장에나 같은 글자가 적혀 있었어. 그게 뭔지 바로 알겠더라고. 내가 감기에 걸렸을 때, 엄마가 항상 만들어주셨던 수프의 레시피라는 걸."

무릎에 앉아 있던 카스텔라가 늘어지게 하품을 하고 나서 모치즈키 씨의 손을 핥았다.

"엄마는 후유증에 시달리는 와중에도 내 표정을 유심히 봤던 것 같아. 아마 나는 엄마와 마주칠 때면 늘 괴로운 표정을 짓고 있었을 거야. 그래서 내가 감기에 걸렸다고 착각해서 수프 레시피를 남겨준 거라고 생각해. 자주 쓰는 손이 마비됐으면서 왼손으로 그런 마음을 남겨줬으니까. 힘들어하는 나를 걱정해서…….그 지저분한 글씨를 봤을 때, 장례식에서도 울지 못했는데 사사가와 군 앞에서 울고 말았어. 엄마는 계속 내게 자상한 엄마였구나, 그때 깨달았어."

"사사가와 씨는 어머니의 그런 마음을 어떻게 알아챘을까요?"

"물론 사사가와 군이 그 종이를 발견했을 때는 그게 나와 어머니의 추억의 레시피라는 걸 몰랐을 거야. 하지만 뭔가 느꼈던 게 아닐까? 바로 버리지 않았으니까."

나라면 그냥 낙서라고 생각하고 바로 버렸을지도 모른다. 종이에 적힌 지저분한 글씨를 바라보는 사사가와의 모습이 내 머릿속에 떠올랐다.

"사사가와 군은 말이야, 다른 사람에 대한 상상력이 있는 사람이야. 더 쉽게 말하면, 그 상상력은 따뜻함이나 배려라고 할 수 있겠지."

'아사이는 상상력이 있는 친구인 줄 알았는데 안타깝네.' 차 안에서 사사가와가 했던 말이 떠올랐다. 나는 처음부터 그 피규어를 폐기할 물건으로 여겼다. 죽은 사람이 소중히 여겼다는 사실을 완전히 무시했다. 사사가와가 그런 나의 태도에 분노를 느꼈다는 것을 비로소 깨달았다.

"오늘 사장님한테 한 번 더 사과할래요……."

"안 그래도 돼. 그것보다는 내일 현장에서 열심히 일하자. 아사이 군은 할 수 있어. 아, 수프 더 먹을래? 많이 먹어주면 천국에 계신 엄마도 흐뭇해할 거야."

나는 크게 고개를 끄덕였다. 카스텔라를 데리고 모치즈키 씨가 부엌으로 향했다. 나는 눈도 깜빡이지 않고 그 모습을 바라보았다.

6.

바깥엔 여전히 찬 기운이 감돌고 있었지만, 모치즈키 스페셜 덕분에 몸은 따뜻했다. 문득 다케다와 어제 갔던 다트바에 가야겠다는 생각이 들었다. 이대로 그냥 집에 갈 기분은 아닌 데다 조금이라도 연습해서 다트 실력을 길러두어야 망신을 당하지 않을 수 있었다.

스티커가 덕지덕지 붙은 문을 열고 어두컴컴한 실내로 들어서자 한 무리가 다트 앞을 차지하고 있었다. 할 수 없이 카운터 가장자리에 앉아 맥주를 주문했다. 500엔짜리 동전 하나만 내면 마실 수 있는 외국 맥주는 밍밍한 맛이 났다.

평소와 다름없이 전자사전을 꺼냈다. 다트의 기원이나 찾아볼까 하는 순간, 익숙한 목소리가 들렸다. 다트를 하는 무리 중에 다케다가 있었다.

"그 자식, 맨날 후줄근한 전자사전을 끼고 다녀. 유난이지 않냐? 요즘 세상엔 스마트폰으로 다 찾아볼 수 있는데."

다케다의 다트는 당연하다는 듯이 과녁 한가운데에 꽂혔다.

"게다가 시체 청소를 한다니까. 미친 거지. 역시 자격증도 없고, 학력도 별 볼 일 없는 인간은 그런 허접한 일을 할 수밖에 없는 거야."

다케다의 농담 섞인 말투가 들린 뒤에 주위에 있던 놈들의 웃음소리가 들려왔다.

"같이 술 마시러 가도 걔가 손댄 요리, 난 절대 안 먹어. 찝찝하잖아. 이상한 균이 음식에 들어가면."

주변에 있던 친구 하나가 다케다에게 물었다.

"왜 그런 놈하고 노냐?"

"그 자식 시골 촌놈이라 이런 데 데리고 오면 반응이 웃기거든. 혼자 계속 두리번거려. 요즘은 시체 청소 얘기 들으려고 연락하는 거야. 그렇게 지저분한 일, 난 안 하지만 취업할 때 이야깃거리로 써먹을 수 있을 것 같아서."

나는 어느새 의자를 박차고 일어나 있었다. 의자가 엎어지면서 가게 안에 큰 소리가 울렸다. 다트 주위에 있던 녀석들이 일제히 나를 쳐다봤다. 물론 다케다도.

"와타루……."

다케다의 얼굴이 굳었다.

"취업할 때 써먹고 싶으면 처음부터 말하지 그랬어……. 다 말해줄 텐데. 나 병신 취급해도 상관없는데 뒤에서 이렇게 떠들지는 마."

화를 꾹 참으며 최대한 부드러운 말투로 그렇게 말했다. 그러면 다케다가 평소처럼 살갑게 이야기해줄 것 같았다.

다케다는 다트를 내려놓더니 굳은 표정으로 나에게 다가왔다. 사과의 말을 건네려는 건가 생각한 순간, 그는 카운터에 올려둔 전자사전을 빠른 속도로 빼앗아갔다.

"야, 이게 방금 말한 전자사전! 더럽지 않냐? 웬만하면 건드리고 싶지 않다니까."

다케다는 다트 주위에 있는 녀석들에게 보이도록 전자사전을 들어 올렸다.

"내놔!"

"시골 촌놈 주제에 뭐래. 넌 지저분한 일밖에 못 하는 밑바닥 인생이니까 상대해주는 걸 고마워해야지!"

다케다는 집요하게 전자사전을 이리저리 빼돌렸다. 모르는 놈들의 웃음소리가 들렸다. 다케다의 옆얼굴은 구역질이 날 만큼 비굴한 표정을 하고 있었다.

"돌려줘!"

억지로 전자사전을 돌려받으려고 한 나의 잘못이었다. 다케다의 손에서 전자사전이 미끄러져 떨어지더니 바닥에서 딱딱한 소리가 났다.

"앗, 미안. 떨어뜨렸네."

나는 바닥에 떨어진 전자사전을 주워들었다. 액정화면을 들여다보니 시원하게 금이 가 있었다.

"이 돈으로 새 거 장만해라."

다케다의 목소리와 함께 얼굴에 무언가 부딪혔다. 바닥에 500엔짜리 동전이 나뒹굴었다. 그런 광경을 보고도 분한 마음은 들지 않았다. 그저 몸속 깊은 곳이 밤바다처럼 차가워져갔다.

"이런 기분이구나……."

"뭐? 안 들리는데?"

나는 화면에 금이 간 전자사전을 조심스럽게 주머니에 넣었다.

"다케다, 취업 준비 힘내. 아무리 좋은 회사에 취직해도 지금의 너라면 언젠가 크게 실패할 거야."

'오늘 나처럼'이라는 말을 가슴속으로 중얼거렸다.

"아, 그러세요. 시골 촌놈이 괜히 센 척하니까 안쓰러운데."

"맘대로 생각해. 그리고 너 지퍼 쫙 열렸어. 시골 동네에도 지퍼를 열고 그렇게 당당한 사람은 없는데 말이야."

다케다가 황급히 사타구니 근처로 시선을 두는 것을 확인하고, 나는 출구를 향해 걷기 시작했다.

집으로 돌아가는 길에 전자사전의 상태를 확인했다. 액정화면에는 금이 갔지만, 사용에는 문제가 없을 것 같다. 가로등 아래에 멈춰 섰다. 스포트라이트 같은 빛줄기 속에서 느릿느릿 문장을 입력하고 읽기 버튼을 눌렀다.

'해파리에 쏘이면 생각보다 아픈 법이다.'

익숙한 음성을 듣자 마음이 조금 편해졌다. 가로등 아래서 한 걸음을 내디뎠다. 밤하늘에는 고향의 바다와 같은 짙은 푸른색이 펼쳐져 있었다. 그 속에 오려다 붙인 것 같은 초승달이 떠 있었다.

7.

다음 날은 아침부터 비가 내렸다. 웅덩이가 생길 정도는 아니 지만, 아스팔트를 진한 색으로 적시고 있었다.

나는 평소보다 일찍 데드모닝에 출근했다. 현관에서 상복을 입은 사사가와를 본 순간, 큰 목소리로 외치며 머리를 숙였다.

"어제는 죄송했습니다."

갑작스러운 사죄에 사사가와는 놀란 듯했다.

"오늘은 아사이가 오지 않을까 봐 좀 걱정했어. 근데 와줘서 마음이 놓인다."

사사가와의 목소리는 원래대로 돌아와 있었다. 그는 내 옆을 스쳐 지나가며 내 어깨를 가볍게 툭 치고 자신의 책상 쪽으로 걸 어갔다. 사사가와의 손에 닿은 어깨 부분이 잠시 동안 따스했다.

현장으로 가는 길, '블루 먼데이'를 들으며 비에 젖은 거리를 바라보았다. 차창에도 빗방울이 맺혀 투명하고 작은 벌레가 움직이는 것처럼 보인다. 이 일을 하며 구더기나 파리를 지나치게 많이 봐서 그렇게 보이는 것일지도 모른다.

"오늘도 카미야 씨랑 얘기해줄래?"

사사가와가 핸들을 잡으면서 중얼댔다.

"목소리 돌아왔는데요? 솔직히 카미야 씨 대하기 불편해요……."

"어떤 마음인지 이해해. 하지만 그런 어려운 현장을 이겨낸 성취감이 널 성장시킬지도 몰라."

절대로 그럴 일은 없다. 카미야 씨의 모습을 떠올리는 순간, 위 안쪽이 묵직해진다.

"이번 현장에선 흔적을 지우는 아사이만의 방식을 배울 수 있을 거야. 그리고 내가 부려먹는 것도 슬슬 지겹잖아?"

태평한 사사가와의 목소리에 어쩔 수 없이 나는 고개를 끄덕였다.

집 앞에 이르자 비 때문인지 악취는 별로 나지 않았다. 대신 시큼한 쓰레기 냄새가 주위에 진동한다. 느닷없이 어제 현장을 나서며 들었던 한마디가 뇌리를 스쳤다. '시체에 몰려드는 하이에나 놈들.'

"아사이, 갈까?"

사사가와의 목소리에 나는 앞으로 고꾸라질 듯이 걷기 시작했다. 현관에 가까워질수록 도망치고 싶은 마음이 더욱 커져만 갔다.

인터폰을 누르자 어제와 같은 옷차림으로 카미야 씨가 얼굴을 내밀었다. 변함없이 지저분한 생김새다. 게다가 어제보다 미간에 주름이 깊게 잡혀 있다.

"안녕……하세요. 데드모닝입니다."

"뭐 잘했다고 죽을상이야. 빨리 치워주기나 하라고."

"어제는 죄송했습니다. 동생분의 유품을 파손해버려서……."

일단 어제의 실수를 사과했다. 시선을 떨구자 현관 앞에 뒹구는 빈 탄산주 캔들이 보였다.

"또 때려 부수면 돈 깎을 거야. 어제처럼 선물용 과자를 들고 와도 소용없어. 난 아무튼 싸게 하고 싶다고. 게다가 오늘은 왼손이 아프니까 조용조용히 해."

카미야 씨는 그렇게 내뱉듯이 말하곤 안쪽 방으로 들어갔다.

"선물용 과자……?"

사사가와 쪽을 보니 어딘지 모르게 부자연스럽게 내 눈을 피하고 있었다. 사사가와가 어제 볼 일이 있다고 하더니 카미야 씨를 찾아와 사과를 했던 모양이다. 어느새 나는 말없이 사사가와에게 머리를 숙이고 있었다.

5분 만에 평상시처럼 장비를 갖추고, 바로 작업을 시작할 수 있게 준비했다.

"신발에 커버를 씌운 다음 들어가겠습니다."

카미야 씨는 1층에 있는 자신의 방에서 얼굴을 내밀더니 별걸 다 말한다는 듯한 시선을 던졌다.

"맘대로 해. 돈 나오면 빼돌리지나 말고. 당신들은 하이에나 비슷한 거니까."

카미야 씨는 갑자기 얼굴을 찡그리면서 왼쪽 팔꿈치의 끝을 쓰다듬었다.

"그런 짓은 하지 않아요."

"당연히 그래야지!"

화풀이처럼 윽박지르는 소리가 들리더니 장지문이 탁 하고 닫혔다.

"환상통, 엄청 아파 보인다. 예전에 읽은 문헌에 보면 잃어버린 부위가 으깨지는 듯한 통증을 느끼는 사람도 있대."

나는 솔직히 고소하다고 생각했다. 죽은 동생도 아마 하늘에서 싱글벙글하고 있을 것이다.

"어쨌든 시작해볼까."

사사가와의 말을 시작으로 삐걱거리는 계단을 지나 방 앞에 섰다. 밖에 있을 때는 냄새를 별로 느끼지 못했는데, 실내는 냄새가 많이 난다. 방독 마스크를 착용했는데도 무의식적으로 얼굴이 일그러진다.

"오염이 없는 유품은 밑으로 옮기자. 나중에 팔 거라고 했으니까."

"제대로 공양이라도 하면 좋을 텐데…….."

사사가와는 여느 때처럼 스위트피 조화 한 송이를 꺼내 문 앞에 놓았다. 정말이지 어설픈 광경이었다. 이런 가짜 꽃을 바친다고 죽은 사람이 좋아할 리가 없는데.

"실례합니다."

약품 분무기를 들고 사사가와가 눈앞의 문을 열었다. 녹아내린 부패액에 닿지 않도록 조심하며 방바닥의 파리와 구더기를 빗자루로 쓸어 담는다. 창가 쪽에도 죽은 파리가 나뒹굴고 있었다. 이 방에서 태어나 한 번도 밖으로 나가지 못했던 불쌍한 운명이 어지럽게 흩어져 있었다.

"태어나고, 죽고, 다시 태어나고, 죽고."

혼자 중얼대며 죽은 파리를 계속 비닐봉투에 집어넣는다. 봉투에서 조금도 무게감이 느껴지지 않는다. 사사가와가 소독액을 살포한 뒤에 방에 있는 유품을 꺼내는 것부터 시작했다. 수납장에 채워진 DVD와 책을 조심스레 꺼낸다. 대량의 피규어도 마찬가지다. 이번에는 절대로 떨어뜨리지 않도록 신중하게 옮겼다.

물론 치마 속을 들여다보는 짓도 절대로 하지 않는다.

"주식으로 돈을 벌었나 보네."

사사가와가 꺼내든 책 표지를 바라보며 중얼거렸다.

"요즘 세상이 그런가. 방에서 한 발짝도 나가지 않고 돈을 버는 방법도 있네요. 이상한 냄새에 파묻혀서 돈 버는 것하고는 차이가 엄청난데요."

"주식 트레이더도 힘든 일이야. 우리는 상상도 못 할 큰돈을 하루 만에 손해 보는 경우도 있을걸. 이 세상에 편한 일은 없어."

"이 사람도 자신의 삶을 지키기 위해서 애를 썼을까요? 이런 좁은 방에서."

방은 네 평도 안 되는 크기였지만, 유품이 많아 애를 먹었다. 부패액을 제거할 공간을 확보하기 위해 잠시 복도에 꺼내기만 하는데도 말이다.

"이건 팔 수 있겠다……."

카미야 씨의 바람대로 조금이라도 돈이 될 만한 것은 따로 분류하며 유품을 정리한다. 방에는 어려워 보이는 책과 약간의 살림살이가 있었다. 하지만 사진이나 편지 같은 것은 하나도 없었다.

"사람들하고 교류가 없었을까요?"

"고독을 추구하는 사람도 있으니까. 스스로 그랬는지, 자연스럽게 그렇게 됐는지는 본인에게 물어봐야겠지. 근데 혼자도 편해. 나만 생각하면 되고, 누가 싫은 소리 할 일도 없으니까. 이 방은 동생분이 세상에서 가장 마음 편히 지낼 수 있는 장소였는지도 몰라."

마음 편히 지낼 수 있는 장소라는 말을 듣고 방 안을 둘러보았다. 유리창이 바람에 쓸쓸히 흔들린다.

"전 이렇게 혼자 죽는 거 싫어요……."

내 혼잣말을 듣고 사사가와가 나지막하게 목소리를 냈다.

"난 아무렇지도 않은데."

"정말요? 사장님이 별난 거라니까요."

"그렇지 않아."

방에서 유품이 차례차례 꺼내어진다. 나는 닫혀 있던 커튼을 열었다.

"비 그쳤네……."

창문을 통해 쏟아지는 따사로운 겨울 햇살이 말라붙은 부패액을 비추고 있었다.

8.

이제 방바닥에 남겨진 흔적을 지워나간다. 사사가와는 말라

붙은 부패액 덩어리를 '스크레이퍼'라는 주걱 비슷한 도구로 깎아
냈다.

"그 세제 좀 뿌려줄래?"

내가 세제를 뿌렸다. 사사가와가 스크레이퍼로 말라붙은 부패
액을 깎아내자 검붉은색의 끈적거리는 액체가 안쪽에서 흘러나
오고, 또다시 냄새가 방 안에 짙게 감돈다.

"으, 냄새……."

"표면만 굳어 있어. 겨울치고는 부패 속도가 빨라. 보통은 건
조돼서 별로 냄새가 나지 않는 경우가 많거든. 아마 난방을 켠 채
로 돌아가셨을 거야."

녹은 인간의 지방은 방바닥을 따라 퍼진다. 게다가 피가 섞이
면 감염 위험도 커진다. 혈액과 체액을 구성하는 것은 지방과 단
백질인데, 그냥 물걸레질을 하면 녹아내린 지방이 물과 함께 퍼
져 오염이 더욱 커져버린다고 한다.

"부패액을 만지지 않도록 조심해."

인간의 몸속에는 수많은 미생물이 존재한다. 그 숙주가 죽었
다고 해도 미생물은 소멸하지 않는다. 따라서 어떤 오염에도 대
처할 수 있도록 사사가와는 많은 세제를 사용했다. 부패액 덩어
리를 깎아낸 다음 또 다른 세제와 스펀지로 남은 오염을 문질러낸
다. 퇴적된 부패액 덩어리가 서서히 사라지면서 방바닥의 나뭇결

이 희미하게 보이기 시작했다.

"어?"

사사가와가 고무장갑으로 검붉은 무언가를 들어 올린다. 알사탕 정도의 크기인데, 검붉은 부패액으로 온통 범벅이 되어 있었다.

"뭐예요?"

"뼈야."

"네? 딸기잼을 잔뜩 바른 알사탕으로 보이는데요."

사사가와가 들고 있는 물체는 뼈의 원래 색인 흰색으로는 조금도 보이지 않는다.

"여기에 있어도 괜찮은 거예요?"

"어쩔 수 없지. 경찰이 현장에서 회수하지 않은 건 시신에 포함된 것이 아니라고 판단해서겠지."

두 달 동안 머리카락과 손톱이 남은 현장을 본 적은 있었지만, 조각이라고는 해도 뼈가 남아 있는 것은 처음 있는 일이다.

"그 뼈도 버려요?"

"아무래도 우리가 마음대로 버리긴 그렇지. 카미야 씨에게 전해드리자. 하지만 지금은 체액이 묻어 있고 감염 위험도 있으니까 아사이가 깨끗하게 해줄래?"

"어떻게요?"

"이 세제를 뿌려서 닦는 거야. 작업을 마치면 거즈에 싸서 전달할 거니까."

사사가와는 내 손바닥에 뼛조각을 얹었다. 부패액이 묻어 있어서 들러붙는다. 고무장갑을 끼고 있어도 기분이 찝찝하다.

"이거…… 닦는다고 정말 깨끗해져요?"

"아사이가 얼마나 열심히 닦느냐에 달려 있겠지?"

"알겠습니다, 다이아몬드처럼 광을 내보죠."

마음을 다잡기 위해 큰소리를 치고 나서 뼛조각에 세제를 분사했다. 먼저 표면에 묻은 부패액을 고무장갑 낀 손으로 닦아낸다.

"으, 장난 아니다…….

"힘들면 소리 내도 괜찮아. 고인에게 실례는 아니니까."

"윽, 괜찮아요. 열심히 해야죠."

손으로 오염을 제거하는 데 한계를 느끼고, 스펀지로 닦아낸다. 세제를 뿌린 덕분에 표면의 부패액이 서서히 지워졌다.

"잘하네."

뼈의 파편은 옅은 베이지 색상으로 바뀌어간다.

"이런 작은 뼈도 몸을 움직이는 중요 부위의 일부였겠죠…….

"그렇지. 동생분의 단편이야."

"열심히 닦을게요. 다이아몬드는 안 될지도 모르지만…….

"잘하고 있어. 그렇게 고글에 김이 서리도록 열심히 닦으면 고인도 기뻐할 거야."

나는 살짝 웃고 나서 다시 뼈를 닦는 작업을 계속했다. 사사가
와의 고글에도 김이 잔뜩 서렸다는 말은 입 밖에 내지 않았다.

작업이 끝나갈 무렵엔 해 질 녘의 붉은빛이 창밖을 물들이고
있었다. 부패액이 쌓여 있던 방바닥의 일부는 떼어냈지만, 다른
곳들은 크게 달라진 구석 없이 나뭇결을 드러내고 있었다. 부패
액에 찌든 파리가 날아다니는 바람에 오염된 벽도 창문도 깨끗이
닦아냈다. 지금은 깔끔한 흰색 벽지가 텅 빈 방을 감싸고 있다.

"드디어 끝났네요."

"그러게. 꽤 힘들었다."

석양빛 말고는 아무것도 없는 빈방을 둘이 함께 둘러보았다.

"아사이도 뼈 열심히 닦았고."

"맞아요. 성취감이 장난 아니에요."

"다행이야. 사람을 성장시키는 건 성취감이니까."

복도 한쪽에는 깨끗이 닦아 살균까지 끝낸 뼛조각이 거즈 위
에 놓여 있었다. 그 외에도 컴퓨터와 DVD, 소형 냉장고 등이 나
란히 놓여 있었다. 대량의 피규어도 있었다. 이제 이것들을 깨끗
하게 살균하면 마무리된다.

"만약에 제가 죽으면 제 삶의 흔적이나 제 몸이 바로 싹 사라

지면 좋을 것 같아요. 바람에 모래가 날리듯이 스르륵 어딘가로 사라질 수 있으면 다른 사람에게 폐를 끼칠 일도 없잖아요. 정리할 유품도 없고, 고립사여도 냄새 때문에 폐를 끼칠 일도 없고요."

사사가와는 내 말을 듣더니 쭉 기지개를 켰다. 아침에는 깔끔하게 넘겨져 있던 올백 머리가 흐트러져 있었다.

"난 싫은데."

"어? 그래요? 아, 그렇게 되면 특수청소 일이 없어지겠구나……."

"그런 건 아니고. 일은 고르지만 않으면 엄청 많은데, 뭐."

"그럼 왜요?"

창으로 비쳐드는 석양이 방 안을 물들이고 있었다. 빛 때문에 사사가와의 표정이 잘 보이지 않았다.

"그렇게 금방 사라져버리면 제대로 작별 인사를 할 수 없잖아."

"그렇긴 한데……. 그래도 인사 정도는 못 할 수도 있죠."

"나는 싫단 말이지. 아무튼 이제 복도에 있는 유품만 살균하면 되겠다."

사사가와는 방을 나섰다. 복도에 쌓아놓은 만화책을 살균하는 뒷모습을 보며 이 사람은 나보다 몇 배는 많은 사람과 이별을 경험하지 않았을까 하는 생각을 했다.

대량으로 쌓인 DVD에 소독액을 뿌리고 마른 수건으로 닦아
낸다.

"영화를 좋아했구나."

몇 장만 남기고 모든 DVD의 살균이 끝나가는 때였다. '미러'
와 '우리 의사 선생님'이라는 두 장의 DVD 사이에서 접힌 종이가
나왔다.

"이게 뭐지?"

그 종이는 인터넷 사이트에서 출력한 것이었다. 특별히 중요
한 서류로 보이지는 않았지만, 무심코 종이 속의 글자를 눈으로
훑었다. 어느 순간 종이에서 눈을 뗄 수 없었다.

"저, 잠깐 1층에 다녀올게요."

사사가와의 대답을 기다리지 않고, 쓰레기가 뒹구는 계단을
내려갔다. 그 종이를 다 읽고 난 후로 심장이 계속해서 쿵쾅쿵쾅
뛰었다.

"매일 아침이라고 했지…….."

현관 근처에 있는 전신 거울을 다시 살펴보니 끝에 바퀴가 달
려 있어 쉽게 옮길 수 있는 제품인 것 같았다. 내가 모르는 누군가
가 무언가를 생각하며 매일 아침 닦았던 거울은 환하고 깨끗하게
쓰레기들을 비추고 있었다.

9.

모든 작업이 끝난 뒤, 1층으로 내려가 안쪽 방에 있는 카미야 씨를 불렀다.

"아, 끝났나?"

카미야 씨는 눈을 비비며 나타났다. 우리가 작업하는 동안 계속 누워 있었는지 뒤통수에 큼지막한 까치집이 보였다.

"작업은 완료됐습니다. 실내 확인 부탁드리겠습니다."

"그런데 팔 만한 물건은 있었어?"

"방 앞 복도에 컴퓨터와 DVD는 따로 빼놨습니다. 고인이 사용하던 이불과 의류는 비닐봉투에 정리했고요."

"아, 그래. 당신들은 그 자식한테서 나온 더러운 것들만 들고 가라고. 유품은 전부 두고 가. 한번 보고 팔리지 않을 건 내가 버릴 테니까."

카미야 씨가 발소리를 내며 계단을 올라갔다. 수고했다고 한마디 정도는 해도 좋을 텐데. 그런 기분을 내색하지 않도록 조심하면서 우리도 계단을 올라갔다.

카미야 씨는 방 안을 한번 둘러보더니 크게 하품을 했다. 감동도, 감사의 마음도 느끼지 않는 듯한 표정이었다. 전해져오는 것은 남의 일을 대하는 듯한 분위기뿐이었다.

"뭐 대충 알겠어. 당신들, 이제 가도 돼. 빨리 그 냄새를 씻어 내라고."

"확인 마치셨습니까?"

"여러 번 말하게 하지 마."

카미야 씨는 우리에게 밴 냄새가 마음에 들지 않는지 창문을 열고 방을 나서려고 했다.

"저기……."

"뭐야?"

"마지막으로 전해드리고 싶은 물건이 있습니다."

"전해준다고? 돈이 될 만한 물건이야?"

나는 복도로 걸어가서 거즈로 감싼 뼛조각을 집어 들어 카미야 씨에게 내밀었다.

"이게 뭐야?"

카미야 씨가 눈썹을 찌푸렸다.

"동생분 뼛조각이에요. 굳은 부패액 속에서 발견했어요. 닦아서 소독도 했습니다."

"이게 정말 그 자식의 뼈라고?"

"네. 무슨 뼈인지는 모르겠지만……."

"좀 찝찝한데. 담배에 찌든 누런 이빨 같잖아."

"열심히 닦긴 했는데요……."

"이런 거 필요 없어. 알아서 처분해줘."

카미야 씨는 뼈를 집어 들고 이리저리 살펴보더니 귀찮은 듯 얼굴을 찡그렸다.

"왜요?"

"뭘 왜야. 필요 없으니까 그렇지. 굳이 무덤을 파헤쳐서 유골 함에 이런 작은 조각을 넣어서 뭐 한다고."

"그렇다고 저희가 처분할 수는 없습니다……."

"빡빡하게 그런 소리 말고. 그 자식 방에 있던 더러워진 물건 들이랑 같이 버리면 되잖아."

카미야 씨는 오른손으로 뼛조각을 굴리고 있었다. 그때마다 허전한 왼쪽 소매가 맥없이 흔들렸다.

"동생분도 대충 버리면 슬퍼하실 것 같은데요……."

말을 거들어주겠다던 사사가와는 계속 아무런 말 없이 뒤에 서 있었다.

"아무것도 모르면서 어린놈이 말이 많아. 그 자식하고는 몇 년 동안이나 밥도 따로 먹고, 대화를 나눈 적도 없어. 서로 말만 안 했지 상극이었다고. 답이 없었어. 골육상쟁이란 거야. 불쌍한 놈 이지. 결국 마지막에는 가장 미워했던 인간한테 뒤처리를 부탁하 게 됐으니까."

카미야 씨는 손에 든 뼈를 계속 만지작댔다. 위축되는 마음을 다잡으며 나는 계속했다.

"동생분이 전신 거울을 닦기 시작한 건 카미야 씨가 왼손을 잃은 다음부터 아닌가요?"

"갑자기 뭐야?"

"맞아요?"

"맞으면 어쩔 건데!"

고함 소리와 함께 침이 얼굴에 튀었다. 나는 작업복 주머니에서 아까 발견한 종이를 꺼냈다.

"이것 좀 봐주세요……."

카미야 씨는 뼛조각을 내게 넘기고 나서 내가 내민 종이를 난폭하게 채갔다.

"동생분의 유품을 정리하다 발견했어요. 여기에 프린트된 건 환상통과 관련된 미러 테라피예요."

"미러 테라피?"

"네. 저도 그 종이를 읽어보고 알았어요. 카미야 씨도 아실지 모르겠는데, 환상통은 뇌가 몸의 사라진 부위를 잘 인식하지 못해서 뇌의 오작동으로 유발되는 것으로 알려져 있대요. 전부 해명되진 않은 것 같은데……."

"의사가 그런 소리를 했지. 나는 어려워서 이해하지 못했지만……."

"어쨌든 통증을 느끼는 부위는 이미 존재하지 않으니까 진통제도 효과가 없는 경우가 있죠? 카미야 씨가 가장 잘 아시겠지만."

카미야 씨가 아니꼽다는 듯 콧방귀를 뀐다. 나는 아까 읽은 기사를 떠올리며 말을 이었다.

"그 종이에는 환상통을 완화시키는 미러 테라피에 대해 적혀 있습니다. 카미야 씨의 경우에는 왼손이 보이지 않게 거울을 설치하고, 그 거울에 오른손을 비춥니다. 거울에 비친 오른손이 반전되도록 거울의 위치를 조정하면 마치 잃어버린 왼손이 다시 생긴 것처럼 보여요. 오른손을 움직이면 거울 속에서는 없어진 왼손이 정상적으로 움직이고 있는 것처럼 보입니다. 요컨대 거울로 잃어버린 부위가 되살아난 것처럼 보이게 해서 뇌가 착각하게 만드는 치료법이죠. 효과는 개인차가 있다고 하고요……."

"그게 뭐?"

짜증스러운 카미야 씨의 목소리가 들린다. 난 주먹을 꽉 쥐고 말했다.

"동생분은 카미야 씨의 환상통을 걱정했던 것 같아요. 그러다 미러 테라피에 대해 알고는 키미야 씨가 직접 해볼 기회가 생겼을 때 거울이 지저분해서 효과가 안 나타나는 일이 없도록 아침마다 전신 거울을 닦지 않았을까요?"

나는 내 생각을 단숨에 말했다. 일순간 침묵이 흐르다가 싸늘한 목소리가 들렸다.

"네 망상 아니야?"

"그럴지도 몰라요. 하지만 거울을 매일 아침 닦는 행동에 의미가 있는 것 같아서요. 그냥 청소하고 싶었던 거라면 이 집에는 더 깔끔하게 할 만한 곳도 많은데……."

"시끄러워!!"

카미야 씨는 손에 들고 있던 종이를 움켜쥐더니 바닥에 내동댕이쳤다.

"어디서 말 같지도 않은 선생질이야. 신파 찍냐? 네놈들 망상이고 허튼소리잖아! 당장 안 꺼져? 하이에나 같은 놈들!"

고함 소리에 위축되어 나도 모르게 뒤를 돌아보니 사사가와가 조용히 내 눈을 바라보고 있었다. 그런 시선을 마주하자 가슴속 등잔에 아직 작은 불이 일렁이는 것이 느껴졌다. 가슴속에 느껴지는 작은 등불이 순식간에 타올랐다.

"아저씨, 우린 시체에 몰려드는 하이에나 같은 게 아니야."

"뭐?!"

"우리는 특수청소부라고!"

그 말을 하고 나니 더 이상 아무 말도 나오지 않았다. 뒤에 서 있던 사사가와가 내게서 뼛조각을 받아들었다.

"다시 말씀드리면 이 뼛조각은 저희가 가져갈 수 없습니다. 형님분이 처리해주셨으면 합니다. 저희는 형제간에 무슨 일이 있었는지 모르고, 카미야 씨가 저희에게 말씀하실 필요도 없습니다. 하지만 분명히 그렇게 하는 게 나을 거예요. 이런 현장을 몇 번이나 지켜봐온 제 개인적인 견해입니다."

카미야 씨는 사사가와를 평가하는 듯한 시선을 보내고 나서 뼛조각을 받았다. 그리고 손바닥 위에서 주사위처럼 굴렸다.

"귀찮게 구니까 당신들이 원하는 대로 이 뼈는 받을게. 내 마음대로 처리할 거지만."

카미야 씨는 표정을 바꾸지 않고 열린 창문 쪽을 바라보았다. 순식간에 일어난 일이었다. 크게 휘두른 손에서 누르스름한 작은 물체가 날아갔다. 그리고 창문 정중앙을 지나 해 질 녘의 붉은빛 속으로 빨려 들어갔다.

"스트라이크."

감정이 담겨 있지 않은 처진 목소리가 실내에 울려 퍼졌다.

10.

밖으로 나오자 주변에 옅은 어둠이 깔리기 시작했다. 유품은 의뢰인의 요청대로 집에 대부분 남겨두었기 때문에 총 다섯 개의 비닐봉투와 떼어낸 마룻바닥 말고는 다른 폐기물이 나오지 않았다. 대문을 나서자 조금 떨어진 곳에 가에데의 트럭이 세워져 있었다.

"폐기물이 적어서 가볍다."

"그렇네요."

지금 나는 어떤 표정을 짓고 있을까. 가에데를 만나기 전에 입꼬리를 억지로 끌어올려 미소를 지었다. 우리가 비닐봉투를 들고 트럭에 다가가자 오늘은 파란색 작업복을 입은 가에데가 운전석에서 내렸다.

"둘 다 수고했어. 오늘은 이게 다야?"

사사가와가 작게 고개를 끄덕인 후 말했다.

"마룻바닥을 좀더 내와야 해. 양은 얼마 안 돼."

두 사람의 가벼운 대화를 흘려들으며, 담담하게 비닐봉투를 짐칸에 얹었다.

"와, 아르바이트생이 열심히 하네."

"뭐, 이 정도면 나 혼자서 충분하지."

"그래? 근데 오늘 좀 조용하다?"

"아닌데."

"여자친구한테 차였어?"

"여자친구 없어. 난 너처럼 늘 기운이 넘치지 않거든."

"말이 심하네. 하긴 그렇게 우중충한 표정인데 여자가 다가올 리가 없지."

"시끄럽다. 말을 해도……."

"난 항상 기운이 넘치거든."

쓰레기를 다 싣자 가에데의 트럭은 금세 멀어져갔다. 우리는 정원에 둔 청소 도구를 가지러 가기 위해 다시 카미야 씨의 자택으로 돌아갔다.

이제 이 집에 다시는 올 일이 없겠지. 청소 도구를 들어 올리며 어딘가 견딜 수 없는, 어딘가 후련하기도 한 기분을 느꼈을 때였다. 잡초가 무성한 정원 구석에서 무언가 가로등 불빛에 반짝였다.

"잠시만요."

나는 그 빛을 향해 달려갔다. 거기에는 아까 카미야 씨가 창문으로 버린 뼛조각이 나뒹굴고 있었다.

"왜 그래?"

"아니, 아무것도 아니에요. 동전이 떨어진 줄 알았더니, 돌이네요."

나는 들키지 않도록 그 뼛조각을 주머니에 넣었다. 신기하게도 처음 그 조각을 손에 들었을 때의 찜찜함은 완전히 사라져 있었다.

사무실로 돌아와 샤워를 했다. 사사가와가 꽃병에 가지 않겠냐고 권했다.

"지금요?"

"응. 한 잔만 하자. 어때?"

빨리 혼자 있고 싶은 기분이었는데, 그런 내 마음과는 달리 배가 고팠다. 꽃병의 심심하게 간이 밴 요리가 그립기도 했다.

"딱 한 잔만요…….."

"좋아, 가자."

술자리를 일찍 끝내자고 마음먹고 둘이서 사무실을 나섰다. 내 주머니에는 뼛조각이 아직 들어 있었다.

꽃병에 도착하자 에츠코 씨가 평소와 다름없이 따스한 미소로 맞아주었다. 언제 봐도 부드러운 이목구비가 아름답다. 만약 나중에 누군가와 결혼했을 때, 이런 부인이 나를 맞아준다면 매일 행복할 것이다.

"어서 와. 오늘 아사이 군 피곤해 보인다."

"방금 일이 끝났거든요."

"수고 많았겠다. 두 사람 다 맥주?"

우리는 같은 타이밍에 고개를 끄덕였다. 난 무심코 손바닥 냄새를 맡는다. 저렴한 보디워시 냄새만 난다.

"오늘 힘들었어."

"그러니까요……."

꿀꺽 넘긴 맥주의 시원함이 가라앉은 무거운 기분을 조금 덜어줄 것 같았다.

"오늘은 왠지 둘 다 얌전하네."

"피곤해서 그래. 이게 열심히 일하는 남자의 자랑스러운 모습이지. 사장님, 우리한테 잘해줘."

"네네, 항상 잘하잖아. 안 되겠네, 지친 손님 여러분한테 달걀말이를 서비스로 드려야겠다."

그런 시시콜콜한 대화를 들으며 주머니에 손을 넣었다. 단단하고 매끈한 느낌이 분명히 존재했다.

"아사이는 처음으로 의뢰인을 맡아보니까 어땠어?"

사사가와는 어느새 맥주를 다 마시고, 청주 잔을 들이켜고 있었다. 한 잔만 하자는 약속은 재빠르게 깨질 듯하다.

"최악이었어요. 밤에 그 아저씨가 나오는 악몽에 시달릴 것 같아요."

"좀 특이한 사람을 만난 건 운 나쁜 일이었을지도 모르지. 하지만 이 일을 하다 보면 저런 의뢰인은 많아."

"사장님은 어떻게 계속 이 일을 해요? 저는 사장님처럼 아무렇지 않게 못할 것 같아요.”

“나도 고민은 있어.”

사사가와는 늘 그렇듯이 상복을 입고 있었다. 나는 작업복과 상복을 입은 사사가와의 모습밖에 본 적이 없다.

“돌아오는 길에 생각했어요. 나와 저 아저씨는 같은 종류의 인간일지도 모른다고요. 저도 할머니를 챙겨드리지 못한 거나 마찬가지니까.”

“그건 아니야. 아사이와 오늘 의뢰인은 근본적으로 달라. 아사이는 아무리 사이가 안 좋은 사람이라도 그 사람의 뼈를 창문으로 던지지는 않잖아.”

취기가 살짝 오른 탓인지 그만 웃음이 나왔다.

“그 형제는 무슨 일이 있었을까요? 같이 살 정도면 원래는 사이가 좋았던 건가.”

내 질문에 사사가와의 눈이 잠시 아련해졌다.

“결국은 아무리 가까운 사람이라도 진짜 속마음은 평생 모르는 거야. 상대방은 내가 아니니까. 마음속까지 이해할 수는 없어. 머릿속도 들여다볼 수 없지. 그러니까 우리는 마음이 서로 엇갈리고, 때때로 슬픈 결말을 맞는 거야. 난 항상 그렇게 생각해. 그래서 오늘 같은 일이 있어도 이상한 일이라는 생각이 들지 않아. 우리는 원래 서로를 이해할 수 없는 안타까운 존재니까.”

"하긴 그렇네요. 다른 사람의 속마음을 들여다볼 수 없으니까……. 평생 이해하지 못하려나."

"난 그렇게 생각하지 않아."

어느새 에츠코 씨가 우리 앞에 김이 모락모락 나는 달걀말이를 내려놓았다.

"사사가와 말은 맞는 부분도 있지만, 대부분은 틀렸어."

에츠코 씨의 얼굴에서 평소의 다정한 표정이 사라졌다. 그녀는 진지한 눈빛으로 사사가와를 바라보고 있었다.

"확실히 우리는 다른 사람의 속마음 같은 건 들여다볼 수 없을지도 몰라. 하지만 사사가와 말처럼 서로 이해하지 못한다는 건 거짓말이야. 사람은 서로 이해할 수 있어. 말이나 행동이 아니더라도 다른 무언가로 말이야."

"그게 뭔데?"

"좀 낯간지럽긴 하지만, 사랑이나 착한 마음 같은 게 아닐까? 난 우리 둘이 통하고 있다고, 서로 이해하고 있다고 생각한 적이 있거든."

에츠코 씨는 다른 손님의 주문을 받으러 갔다. 사사가와는 아무 말 없이 술잔에 담긴 술을 단숨에 들이켰다. 평소에 취해도 티가 나지 않지만 그 순간에는 뺨이 약간 붉어진 것처럼 보였다.

11.

꽃병을 나온 것은 밤 11시가 조금 지났을 때였다. 줄곧 주머니 속에 든 뼈에 대해 털어놓아야겠다고 생각했는데, 결국 말할 수 없었다.

"그럼 내일 보자. 피곤할 텐데 같이 마셔줘서 고마워."

상복을 입은 탓에 사사가와의 모습은 주위에 감돌고 있는 어둠과 금세 동화되어버릴 것 같았다.

"사장님."

"왜?"

"아, 아무것도 아니에요."

사사가와는 아무 말도 하지 않고 손을 들어 인사하더니 등을 돌리고 사라졌다.

난 지름길로 가기 위해 큰 공원으로 발걸음을 옮겼다. 주위의 우거진 나무들은 밤바람에 잎이 흔들렸다. 그 소리가 누군가의 얘기를 속닥거리는 것처럼 들렸다.

주머니 안의 작은 덩어리가 계속 손끝에 닿았다. 목이 말라 자판기를 찾는데 앞쪽에 몇 대 서 있는 것이 눈에 들어왔다. 콜라를 사서 근처 벤치에 걸터앉았다. 콜라의 탄산이 목구멍 안쪽을 은은하게 자극했다.

"당신 형, 짜증나고 입냄새 나고 더럽고 진짜 별로였어."

주머니 속의 뼈를 만지작거리며 그렇게 중얼거렸다. 언뜻 내가 위험한 사람처럼 보일지도 모르겠다는 생각이 들었다. 하지만 주변에 인기척은 없었다.

"그래도 가끔씩 동생 생각을 해주면 좋을 텐데 말이야. ……당신은 어떤 사람이었어?"

나는 벤치에서 일어나 근처에 있는 나무 밑동에 얕은 구멍을 팠다. 그러고는 씨를 심듯 조용히 뼛조각을 집어넣었다.

"당신이 아끼는 피규어를 부숴버려서 정말 미안해."

뼈 위에 파낸 흙을 뿌렸다. 손에 닿은 흙은 아릴 만큼 차가웠다.

"이렇게 추운 데면 콜라보다 코코아가 낫겠지?"

다시 자판기에서 뽑아온 뜨거운 코코아를 아까 뼈를 묻은 나무 밑동에 내려놓았다. 뜨거운 코코아의 온기가 잠시 손안에 남아 있었다.

Special Blend Coffee

"아무리 애써도 얼굴이 생각나지 않아요.
잊고 싶은 건지, 기억하고 싶은 건지 모르겠어요."

1.

"460엔입니다."

산타클로스 복장의 편의점 점원이 내게 미소를 짓는다.

"봉지는 필요 없어요. 그냥 들고 갈게요."

"감사합니다. 영수증 드릴까요?"

나는 고개를 저은 뒤, 담배를 주머니에 넣고 밖으로 나갔다. 매장에서 프라이드치킨을 판매하는 점원은 순록 차림이었다. 시야에 들어온 치킨은 왠지 기괴해 보였다. 특수청소 아르바이트를 시작한 후로 간은 아예 못 먹게 됐고, 요즘에는 고기를 봐도 식욕이 돋지 않는다.

차가운 바람을 느끼며 데드모닝으로 향한다. 도중에 커플 몇 쌍이 스쳐 지나갔다. 손을 잡은 두 사람 사이로 지나갈까 하고 몇 번이나 생각했지만, 실제로는 도로 한편에서 머리를 푹 숙이고 걷는 것이 다였다.

박스테이프가 붙은 사무실 문을 열자 신발장 위에 놓인 아담한 크리스마스트리가 보였다.

"아사이 군, 메리 크리스마스."

모치즈키 씨가 머그잔을 한 손에 들고 미소를 지었다. 익숙한 인스턴트커피 냄새가 났다.

"안녕하세요. 크리스마스트리, 모치즈키 씨가 준비하셨어요?"

"그렇지. 사사가와 군이 이런 거 하겠어?"

"절대로 안 하죠. 그나저나 이제 박스테이프로 쓴 간판, 바꾸는 게 좋지 않을까요? 제대로 하나 만들면 좋을 텐데."

"나도 몇 번 말해봤는데, 지금 이대로가 좋대. 별로 자랑할 만한 회사 이름이 아니라면서."

"확실히 '죽은 아침'이니까 좀 불길한 느낌이긴 해요……. 왜 이렇게 이상한 이름을 지었을까요. 저라면 더 밝은 이름으로 했을 텐데."

모치즈키 씨가 있으니까 강제로 그럴싸한 간판을 달 법도 한데, 내가 아르바이트를 하러 왔을 때부터 저 박스테이프는 달라지지 않았다.

"아사이 군은 오늘 아르바이트 끝나고 뭐 할 거야?"

모치즈키 씨가 쿠키 몇 개와 김이 모락모락 올라오는 커피를 내 책상에 내려놓았다.

"몇몇 여성분들한테서 데이트하자고 연락이 왔는데, 오늘은 일 때문에 거절했어요. 근데 생각해보니까 모처럼 크리스마스이 브인데 아깝네요."

"어? 오늘 스케줄, 아사이 군이 넣은 거 아니었나?"

나는 못 들은 척하며 김이 모락모락 나는 커피를 홀짝댔다. 사무실의 화이트보드를 보니 오후에 유품 정리 의뢰가 딱 한 건 들어와 있었다.

"오늘은 유품 정리 의뢰만 있네요. 다행이다. 이런 성스러운 날에 지독한 냄새에 찌들어서 일하면 기운 빠진다니까요."

"이 의뢰인은 두 달 전에 예약하셨어. 꼭 짚어서 크리스마스이 브에."

"응? 그런 거예요?"

"그렇다니까. 이삼 일 후에 찾아뵙겠다고 했는데도 꼭 이날이 좋다고."

"희한한 사람이네요."

쿠키를 먹다가 문득 벽시계를 보니 사사가와가 늘 출근하는 시간이 지나 있었다.

　"사장님, 늦네요. 늦잠 잤나?"

　"오늘은 반차니까 오후에 나올 거야."

　"그래요? 사장님은 일 끝나고 뭐 하시려나."

　몇 개월을 알고 지냈지만, 사사가와에게 연인이 있는 것 같지는 않다.

　"사사가와 군은 오늘 일정이 있어."

　"오, 생각보다 인기가 많은가 봐요."

　살짝 패배한 기분으로 그렇게 말하자 모치즈키 씨는 입에 넣으려던 쿠키를 접시에 도로 내려놓았다. 그리고 사무실을 둘러보듯 허공을 바라보고 나서 말했다.

　"항상 내가 이 사무실에 있으면 밤 속에 남겨진 기분이 든다고 말하잖아?"

　"그죠, 거의 입버릇처럼."

　"나는 우스갯소리로 그런 말을 하는 게 아니야. 정말 그렇게 생각해."

　모치즈키 씨의 어조는 진지했다. 모치즈키 씨는 나를 똑바로 바라보고 있었다.

　"그런데 이렇게 어두운 것도 나름 분위기 있고 좋지 않아요? 도쿄의 분위기 괜찮은 가게는 전기세를 절약하는 거냐는 말이 나올 정도로 어두컴컴하잖아요. 그리고 전 원래 아침보다 밤이 더 좋아서."

"확실히 인생엔 슬픔이나 고독을 마주하는 조용한 밤이 필요할지도 몰라. 그렇지만 말이야. 계속 그런 밤 속에 웅크리고 있으면, 어느새 한 걸음을 내딛기가 힘들어져."

"……무슨 말씀이세요?"

"아침은 죽은 게 아니야. 우리가 맞아주기를 계속 옆에서 기다리고 있는 거지."

모치즈키 씨가 힘차게 말했다. 나는 이것저것 생각하다가 '앗' 하고 손뼉을 쳤다.

"사장님한테 우리 사무실에 빛이 잘 들게 개선해달라고 말하라는 거죠? 하긴 그런 건 오래 알고 지낸 사이면 말하기 어려우니까."

모치즈키 씨는 괜히 요란하게 한숨을 내쉬더니 부엌으로 사라졌다.

사사가와가 사무실에 나온 것은 오후 1시가 지났을 무렵이었다. 크리스마스이브에도 평소처럼 상복을 입었다.

"사사가와 씨, 메리 크리스마스."

"아, 메리 크리스마스."

무심코 그를 위아래로 관찰했지만 선물 같은 건 들고 있지 않았다.

"모치즈키 씨에게 들었어요. 오늘 데이트라면서요?"

"데이트?"

"아닌 척하지 마세요. 이브에는 이미 일정이 꽉 차 있다고 모치즈키 씨가 그러던데요."

"……아, 데이트 비슷하지."

사사가와는 어렴풋이 웃으면서 부끄러운지 그 이상은 말하지 않았다.

"좋겠다. 얼마나 됐어요?"

"95일……이었나?"

"아니, 그렇게 날짜를 꿰고 있어요? 엄청 꼼꼼하네요. 사장님, 혹시 하루하루가 기념일이라고 말하는 스타일 아니에요?"

사사가와는 아무 말 없이 상복을 옷걸이에 걸더니 작업복으로 갈아입기 시작했다.

2.

차창 밖으로 보이는 하늘은 탁한 회색이었다. 비가 내린다 해도 눈으로 바뀐다면 오늘은 멋진 밤이 될 것이다. 그런 흐린 하늘과 '블루 먼데이'의 담담한 비트가 퍽 근사하게 어우러졌다.

"모치즈키 씨한테 들었는데 의뢰인이 크리스마스이브에 유품 정리를 희망했다면서요?"

"그런 것 같아."

"이렇게 거리가 온통 화려한 조명으로 빛나는 날에 유품 정리를 하면 슬플 것 같은데."

"슬픔은 크리스마스이브에도 똑같이 찾아와."

"하긴 특수청소 의뢰가 아니어서 다행이긴 해요."

"그렇지. 유품 정리 허가가 나면 바로 시작하자. 전화로 듣기로는 유품이 그리 많지 않다고 했으니까."

시간을 확인하니 오후 2시가 지나 있었다. 양이 적으면 아마 네 시간도 걸리지 않을 것이다.

"알겠습니다. 후딱 해치우죠."

그때 향냄새가 풍겼다. 물론 차 안에서 향 같은 것은 피우지 않았고, 그 비슷한 것도 눈에 띄지 않는다.

"어? 향냄새 나지 않아요?"

"응? 그런가?"

사사가와가 당황한 듯 담배에 불을 붙이는 바람에 곧 그 냄새는 감쪽같이 사라졌다.

우리가 도착한 곳은 고층 맨션이었다. 입구로 이어지는 오솔길에는 낙엽들이 뒹굴고 있어 밟을 때마다 마른 소리를 냈다. 공동 현관 부근에는 금색 칠을 한 사자 동상이 자리를 잡고 있었다. 자세히 보면 군데군데 칠이 벗겨져서 플라스틱인 맨살이 찬 공기에 드러나 있었다. 현관 자동문도 유리가 흐릿하고 약간 지저분했다.

사사가와가 의뢰인의 집 번호를 누르자 무언가 끄는 듯한 소리가 나며 공동 현관문이 열렸다. 이렇게 시끄러우면 산타 할아버지가 들어오다가 바로 걸릴 것이다.

옛날 커피숍 같은 로비를 빠져나와 엘리베이터에 올라타고는 의뢰인이 사는 15층을 눌렀다. 엄청나게 느린 엘리베이터였다.

엘리베이터에서 내리자 복도가 나타났다. 채광은 거의 데드모닝 사무실과 비슷할 정도로 어두워서 대낮부터 야간등이 들어와 있었다. 발소리조차 흡수해버릴 것 같은 복도를 따라갔다. 제일 안쪽 문에 도착하자 사사가와가 호수를 확인했다.

사사가와가 가리킨 문에는 '기요세'라는 이름이 붙어 있었다. 문패는 흡연실 벽처럼 누르스름하게 색이 바래 있었다. 인터폰을 누르자 곧바로 금속 문이 열렸다. 실내에서 얼굴을 내민 것은 피부가 흰 여자였다. 젊지는 않지만, 찰랑거리는 중간 기장의 머리가 잘 어울렸다.

"안녕하세요. 데드모닝입니다. 기요세 님이세요?"

"네. 기다리고 있었습니다."

기요세 씨는 가볍게 고개를 끄덕이고 나서 우리를 집 안에 들였다. 특수청소 현장은 대부분 현관문을 열면 파리나 구더기가 마중을 나오는데, 이번엔 물론 그럴 일이 없다. 은은하게 나는 달콤하고 좋은 향기가 내 코를 간지럽혔다.

쓸쓸한 건물 외관이나 복도와 달리 집 안은 밝고 깔끔했다. 깨끗하게 청소한 짧은 복도는 왁스를 칠했는지 실내등의 불빛을 반사하고 있었다. 거실 바닥에는 먼지 하나 떨어져 있지 않았다. 보기 좋게 배치된 짙은 초록색의 러그 매트는 흰 바닥과 멋들어지게 조화를 이루었다. 베란다 쪽의 커다란 창은 거리의 풍경을 미니어처처럼 담아내고 있었다.

전체를 둘러봐도 그렇게 물건이 많은 느낌은 아니었다. 심플하지만 비싸 보이는 가구가 몇 개 놓여 있을 뿐이었다. 깨끗한 실내를 보고 사사가와가 감탄하듯이 말했다.

"정말 깔끔하네요."

"아니에요. 혼자 지내다 보면 청소기를 들고 서성이는 경우가 많거든요. 취미라도 하나 있으면 좋겠어요."

"멋지신데요. 저도 본받아야겠어요."

두 사람의 이야기를 들으며 다시 방 안을 둘러보았다. 전체적으로 심플하고, 물건들이 정갈하게 한눈에 들어온다. 늘 다니던 현장처럼 혼란스러운 모습은 찾아볼 수 없다.

"정리하고 싶은 유품은 어느 정도 되나요?"

사사가와의 질문에 기요세 씨는 약간 시선을 돌리더니 몇 초간 입을 다물었다.

"그게…… 그이의 물건 전부요."

그렇게 조용히 중얼거리더니 기요세 씨는 거실에서 나갔다. 돌아온 기요세 씨의 손에는 T자 면도기가 들려 있었다.

"이곳에는 이렇게 그이의 흔적이 남아 있거든요. 그걸 다 버리고 싶어요."

"정리하고 싶은 유품은 고인이 남긴 살림살이라는 말씀인가요?"

"네. 그렇게 많지는 않을 거예요. 지금 있는 가구는 제가 쓰는 것들이고. 옷 이외에는 다 이런 자잘한 물건들이라……. 비용은 얼마든지 지불하겠습니다."

기요세 씨는 우리를 향해 다시 한번 깊이 고개를 숙였다.

"잘 알겠습니다. 유품의 양이 적으면 작업은 네 시간 정도 걸릴 겁니다. 그동안 저희가 이곳에 머물러야 하는데, 손님이 오실 예정은 없나요?"

"네, 없어요. 지금부터 해주시는 거죠?"

"맞습니다. 우선 유품을 한번 살펴보고 견적을 내겠습니다."

"감사합니다. 오늘이 아니면 안 되거든요."

기요세 씨는 굳은 얼굴로 단호하게 말했다.

3.

견적을 승인받은 후, 일단 트럭에 가서 유품을 담을 비닐봉투와 간단한 청소 도구를 챙긴 다음 다시 기요세 씨의 집으로 돌아왔다.

"작년 크리스마스에 일어난 교통사고였어요. 가해자가 음주운전을 해서 텔레비전 뉴스에도 잠깐 나왔죠."

우리가 어디부터 치울지 잠시 집 안을 살펴보고 있을 때, 기요세 씨가 담담한 말투로 이야기를 시작했다.

"일 년이 지났는데도 집이 그이가 있을 때와 똑같으면 안 되잖아요. 여자는 예전 사람을 잊는 게 빠르다고들 하지만, 저한테는 해당되지 않는 말인가 봐요."

옆에 선 사사가와가 깔끔하게 정돈한 머리를 몇 번 만지더니 차분한 목소리로 말했다.

"뜬금없는 이야기지만, 태양이 죽고 아침이 찾아오지 않아도 어두운 밤의 바닥에서 살아가면 돼요."

　"……위로를 재미있게 하시네요."

　"저는 진심으로 그렇게 생각해요. 밤의 어둠은 쓸데없는 것들을 덧칠해주거든요. 슬픔을 감싸 안으려면 그런 장소가 필요해요."

　기요세 씨는 계속 T자 면도기를 움켜쥐고 있었다. 내가 손을 내밀었지만, 기요세 씨는 말없이 내 손바닥을 바라볼 뿐이었다.

　"왜 그러세요?"

　"아니에요……."

　"아, 제 손이 지저분한가요?"

　"그렇지 않아요. 깨끗해요."

　그녀는 T자 면도기를 내 손에 내려놓지 않았다. 집 안에 벽시계의 초침 소리가 또렷하게 울려 퍼졌다. 이윽고 기요세 씨가 천천히 입을 열었다.

　"역시 그만할게요. 정리하는 거……."

　이번엔 우리가 입을 다물 차례였다.

　"번거롭게 해서 죄송합니다. 차비는 드릴게요."

　"견적은 무료라서 괜찮습니다. 나중에 필요하시면 언제든지 전화주세요."

　사사가와는 그렇게만 대답하고는 청소 도구를 정리하고 인사를 한 다음 거실문을 열었다.

"진짜 가요?"

"응, 저분에게는 아직 마음을 정리할 시간이 필요해."

깨끗한 복도를 지나 현관으로 향한다. 현관 앞에는 길쭉한 꽃병에 호랑가시나무 한 줄기가 꽂혀 있었다. 닿으면 상처가 날 듯한 가시투성이의 잎 사이로 붉은 열매가 몇 개 달려 있었다. 그 꽃병 옆에는 작년 연도가 적힌 크리스마스 리스가 장식되어 있었다.

"기요세 씨."

현관 앞에 배웅을 나온 기요세 씨가 내 목소리를 듣고 고개를 들었다.

"메리 크리스마스."

곧 무거운 현관문이 닫히는 소리가 들렸다.

엘리베이터를 기다리는 동안 호랑가시나무의 빨간색과 녹색의 대비 그리고 T자 면도기의 잔상이 뇌리에 떠올랐다가 이내 사라졌다.

"다 버리고 싶다고 했어도 역시 버리고 싶지 않은 거겠죠. 그 집에 남겨진 삶의 흔적이 기요세 씨에겐 붙잡을 수 있는 존재인 건가……."

"유품에 매달려봤자 의미는 없어. 죽은 사람이 살아 돌아오지 않잖아.”

엘리베이터는 좀처럼 오지 않았다. 엘리베이터 위치표시기에는 4라고 찍혀 있었다. 4라는 숫자를 바라보고 있는데 사사가와의 휴대전화 벨소리가 들렸다.

“네. 사사가와입니다. ……네, 장소는요? 지금요?”

어쩐지 싫은 예감이 든다. 새로운 일이 들어왔을지도 모른다. 나는 입을 다문 채, 사사가와가 전화를 끊기를 기다렸다. 아니나 다를까, 사사가와는 이쪽을 보더니 어깨를 으쓱했다.

“투신자살 청소 의뢰야. 현장은 여기서 20분도 안 걸리는 곳이야.”

“지금부터요?”

“응. 아파트 옥상에서 뛰어내렸는데 즉사했나 봐. 주민들 눈도 있으니까 빨리 와달라고.”

“저, 그런 현장은 처음인데요…….”

“야외 작업이니까 실내 작업에 비하면 그렇게 시간은 걸리지 않아. 다만 주변에 뇌척수액이나 혈액이 튀어서 다른 현장보다는 적나라할 거야.”

“이번 크리스마스는 화이트가 아니고 레드겠네요.”

엘리베이터는 10층에서 오랫동안 정지해 있었다. 조금 전까지만 해도 엘리베이터가 빨리 왔으면 했는데, 지금은 빨리 오지 않기를 바라고 있다.

겨우 도착한 엘리베이터에 타려는 순간 문을 여는 부산한 소리가 들렸다.

"잠시만요."

기요세 씨가 맨발로 헐레벌떡 우리 앞으로 달려왔다. 에메랄드그린색으로 칠한 발톱이 유난히 선명하게 보인다.

"벌써 가신 줄 알았어요……."

"엘리베이터를 기다리느라요."

기요세 씨는 호흡을 가다듬더니 긴 앞머리를 쓸어 올렸다.

"아무래도 오늘 유품 정리를 부탁드리고 싶어요."

"죄송합니다. 지금 다른 급한 일이 들어와서……."

"부탁드립니다. 제가 억지 부리는 건 알고 있어요. 하지만 꼭 오늘 해야 해요. 제발요."

기요세 씨의 목소리에는 절실함이 담겨 있었다. 사사가와는 생각하는 듯한 표정을 짓더니 내 어깨를 한 번 툭 쳤다.

"알겠습니다. 이 친구가 남을 겁니다. 저도 몇 시간 있다가 합류할 거고요. 그때까지 필요하신 건 이 친구에게 지시해주세요."

"저 혼자요……?"

"그래. 아사이라면 괜찮을 거야. 기요세 씨에게 처분해도 되는 걸 여쭤보면서 정리하도록 해."

그렇게 말하고 사사가와는 엘리베이터를 탔다. 어두운 건물 복도에 덜컹 하고 엘리베이터 문이 닫히는 소리가 울렸다.

"저기…… 저 신입이지만, 아무튼 잘 부탁드립니다."

내 인사를 듣자 기요세 씨는 아무 말도 하지 않고 깊숙이 고개를 숙였다. 복도에 그림자가 길게 드리워졌다.

4.

먼저 옷가지를 버리는 것부터 시작했다. 침실 한쪽에 옷방이 있고 다양한 의류가 옷걸이에 걸려 있었다. 물론 여성용 옷도 있었지만, 절반은 사이즈가 큰 남성용 옷이었다.

"……정말 괜찮으시죠?"

"네, 부탁드릴게요."

나는 이중으로 겹친 비닐봉투를 몇 장 챙겨서 옷방에 들어갔다.

"여기서 좋은 냄새가 나네요. 일 년 동안 아무도 입지 않은 옷이 있는데도 곰팡이 냄새나 쉰 냄새는 하나도 안 나요."

"이젠 입을 사람이 없는데, 정기적으로 세탁소에 맡겨요. 바보 같죠?"

남성복 대부분은 양복 가방에 보관되어 있었다. 시야에 들어온 셔츠에는 주름 하나 없었고, 티셔츠 종류는 반듯하게 접혀 의상 케이스에 보관돼 있었다.

"아끼셨나 봐요."

"아니요. 여기 있는 옷을 세탁소에 맡기는 게 제 생활의 일부라서 하루아침에 그만둘 수 없었을 뿐이에요. 하지만 그것도 오늘로 끝이네요."

그 말을 신호로 나는 남성용 의류를 비닐봉투에 채웠다. 어느새 기요세 씨도 고인의 옷에 손을 뻗고 있었다.

"살면서 이렇게 옷을 많이 버리는 날이 올 줄 몰랐어요. 심지어 내 옷도 아니고."

"무리해서 도와주지 않으셔도 돼요. 제가 다 할게요."

"괜찮아요. 이렇게 막 버리는 게 은근히 시원하잖아요."

하나둘, 옷장에 걸려 있던 의류가 사라졌다. 고인의 옷은 심플한 디자인이 많고, 색깔도 대부분 검은색이나 남색이었다.

"비슷한 옷이 많죠?"

"그러네요."

"그이는 평상복에는 무관심했거든요. 근데 넥타이에는 신경을 많이 썼어요."

옷걸이 중 하나에는 넥타이가 잔뜩 걸려 있었다. 동물 프린트가 들어간 넥타이가 있는가 하면, 알록달록한 물방울무늬 넥타이도 보였다.

"넥타이는 화려한 걸 좋아하셨나 봐요?"

"맞아요. 심지어 직장에선 오전과 오후에 넥타이를 바꿨대요. 넥타이를 몇 번씩 바꿔도 여자 직원들은 쳐다봐주지 않는데 말이죠."

못 말린다는 듯 말한 다음, 기요세 씨는 옷 한 벌을 손에 들고 무표정하게 바라보았다. 그것은 빨간색 블루종이었다. 새빨갛다기보다는 갈색이 조금 섞인 듯한 빨강으로 황혼을 닮은 색이었다.

"이 옷, 내가 그이 생일에 선물한 거예요."

"근사하고 멋져요."

"그렇죠? 그런데 두 번 정도밖에 안 입어줬어요."

바로 빨간 블루종이 비닐봉투에 던져지는 소리가 들렸다.

"잘 어울렸는데. 그이 스타일은 아니었나 봐요."

나는 못 들은 척 묵묵히 작업을 계속했다. 손에 쥔 옷은 모두 얼룩 하나 없이 세제 냄새가 났다.

30분도 안 돼서 옷방에서 고인의 옷이 사라졌다. 그 대신에 부풀어 오른 비닐봉투가 근처에 뒹굴고 있었다.

"이렇게 공간이 비는구나. 빨리 새 옷을 장만해야겠어요. 옷장이 불쌍하다."

기요세 씨는 뭔가 마음이 정리됐는지 계속 나한테 말을 걸었다. 애써 괜찮은 척을 하는 건지, 진심으로 개운한 건지 표정을 봐도 알 수 없었다.

"이 옷장을 보면 느껴지겠지만, 그이는 관심 있는 건 열심히 챙기는 사람이었어요. 하지만 그 외에는 별로 신경 쓰지 않았죠. 평소에 옷은 뭐든 괜찮지만 넥타이는 자기 마음에 드는 것만 착용한다거나……. 제일 귀찮은 스타일이죠."

"정말 옷장만 봐도 넥타이에 대한 엄청난 애정이 느껴져요."

"그거 말고도 지갑은 가죽 장지갑이 아니면 안 된다면서 비싼 물건을 샀어요. 그러더니 고작 영수증이나 휴지조각 같은 걸 넣는 거예요. 그리고 속옷은 실크로 된 명품을 입는 반면 바지는 라면 국물이 묻은 후줄근한 청바지를 입기도 하고."

"본인의 기준이 뭔지 잘 모르겠네요."

"그렇다니까요. 그 블루종 때문에 그이에게 뭔가 선물할 때는 미리 갖고 싶은 걸 물어보기로 했어요. 서프라이즈는 아예 못 하죠."

"전 무엇이든 선물을 받으면 기쁘던데."

"보통 그렇죠. 학생처럼 젊은 사람은 솔직한 게 최고예요. 그이처럼 이상한 어른이 되면 안 돼요."

처음에는 기요세 씨를 어른스럽고 세련된 여성이라고 생각했지만, 대화를 거듭하다 보니 내 눈에는 솔직하고 유난스럽지 않은 사람으로 보였다.

"다음은 어디를 정리할까요?"

"세면대와 주방을 부탁할게요."

세면대에 있는 얼룩 하나 없는 커다란 거울이 작업복 차림의 나와 가냘픈 몸매의 기요세 씨를 비추고 있었다.

"여기도 늘 청소는 했어요."

세면대에는 가글, 치약과 함께 빨간색과 초록색의 칫솔이 한 개씩 나란히 놓여 있었다.

"칫솔도요?"

"네, 부끄럽지만요. 그이는 초록색."

나는 허락을 받고 나서 초록 칫솔을 비닐봉투에 버렸다. 세면대 위에는 면도 크림과 외국 로션도 놓여 있었다.

"피부가 약한 사람이라 면도하고 나면 늘 따가워했어요."

"그냥 이 세면대를 보면 두 분이서 생활하는 것처럼 보이겠네요."

"그럴지도 모르죠. 이런 사람, 좀 소름 돋죠?"

"아…… 그게…… 옷을 못 버리는 건 왠지 이해할 것 같아요. 근데 칫솔이나 면도 크림 같은 소모품까지 일 년이나 남겨둔 의뢰인은 드물어서요."

"그렇겠죠. 만약 누가 저처럼 살고 있으면 제 꼴은 생각도 못하고 속으로 거리를 둘 거예요."

기요세 씨는 전기면도기를 손에 들더니 망설임 없이 비닐봉투에 던졌다.

"오늘 마음먹고 정리해서 다행이에요. 도중에 결심이 무너지지 않도록 두 달 전에 예약을 하고……."

"저도 끝까지 노력할게요. 사실 혼자서 현장을 맡는 건 처음이거든요. 그러니까 기요세 씨는 제게 기념할 만한 의뢰인이세요."

기요세 씨는 내 말을 듣고 조용히 고개를 끄덕였다. 세면대에서 서서히 고인의 물건들이 사라졌다.

세면대의 유품 정리가 끝나고, 부엌으로 향한다. 가스레인지에는 기름때 하나 없고, 싱크대는 거울처럼 반짝거렸다. 큰 찬장에는 조미료통들이 늘어서 있고, 심플한 식기가 오브제처럼 장식되어 있었다.

"주방에도 고인이 남기신 게 있나요? 여기는 기요세 씨의 영역이라는 느낌이 드는데요."

"무슨 말씀을. 그이가 제일 애지중지한 건, 이 부엌에 있어요."

기요세 씨는 찬장을 열고 뭔가를 꺼냈다. 실험기구와 같은 그것들을 본 기억이 있었다.

"아, 저 알았어요! 커피 맞죠?"

"정답. 진짜 병이라니까요, 병. 갑자기 직장을 그만두고 커피숍을 개업한다고 할까 봐 마음 졸였던 적도 있어요."

찬장에서 원두를 가는 수동 그라인더, 종이 필터, 도자기 드리퍼, 과학 수업에서 사용할 법한 눈금이 있는 서버 등이 차례로 나왔다.

"커피를 직접 내려요?"

"음……, 솔직히 몇 번밖에 안 해봤어요. 도쿄에 올라오고 얼마 안 됐을 때, 집에 놀러 온 친구에게 핸드드립으로 커피를 내려주면 멋질 것 같아서 한 세트 샀는데……. 결국 귀찮아서 금방 그만뒀어요."

"맞아요. 한 잔 내리는데도 손이 많이 가고, 나름 기술도 필요하니까요. 요즘은 편의점 커피도 충분히 맛있고요."

"더 말씀드리면 전 커피보다 코코아나 홍차를 좋아해요. 쉽게 마실 수 있잖아요."

다이닝 테이블 위에는 찬장에서 꺼낸 커피용품이 몇 개나 올려져 있었다. 드리퍼와 서버는 여러 종류가 있었고, 온도계와 전자저울도 있었다.

"그이 말로는 원두를 어떻게 볶느냐에 따라 커피 맛이 정해진대요. 동네에 원두를 볶아서 파는 커피숍이 있어서 그이는 그 집 마스터를 믿고, 항상 그 가게에서 원두를 샀어요."

"확실히 엄청난 열정이 느껴져요."

"원두는 로스팅을 하고 5일이 지났을 때 가장 좋다면서 으쓱댔어요. 원두도 대량 구매하면 편한데, 신선도가 떨어진다면서 월요일하고 금요일에 몇 잔 나올 만큼만 사고."

"로스팅도 체크하셨어요? 정말 좋아하셨나 봐요."

"첫 데이트 때 전문가가 갈 법한 커피숍에 갔다니까요. 거기서 한 잔에 1200엔짜리 커피를 마시라고 주더라고요. 1200엔이면 든든하게 점심 한 끼를 할 수 있었는데."

기요세 씨는 작은 병에 담긴 원두를 한 알 꺼내어 다이닝 테이블 위에 굴렸다.

"시간 날 때마다 사 온 원두를 직접 블렌드해서 그 결과물에 일희일비했어요."

"그래도 그렇게 정성스럽게 내린 커피를 평소에 마실 수 있었던 기요세 씨가 부러운데요?"

내 말에 기요세 씨는 천천히 고개를 저었다.

"전 마신 적이 거의 없어요. 그이는 원두의 신선도에 신경 쓰느라 자기가 마실 만큼만 커피를 만들었으니까."

"아…… 아쉽네요."

"참 못됐죠? 그래도 나한테 커피를 만들어줄 때가 있었어요."

"생일이나 기념일이요?"

"그런 걸 그이가 기억할 리가 있어요? 싸움을 하고 나서 슬슬 서로 풀자 하는 분위기가 되면, 그이가 아무 말 없이 커피를 끓여 줘요. 그게 화해의 신호죠."

다이닝 테이블에 놓인 원두는 크기가 크고 색깔은 고운 연갈색이었다.

"화해를 위해 커피를 함께 마신다니, 진짜 멋진데요."

"우리에겐 그냥 일상이에요. 그때마다 그이가 일부러 새로운 원두를 사 왔어요. 열심히 고른 만큼 향이 참 좋았는데."

기요세 씨는 한 번 헛기침을 하더니 테이블에 늘어선 각종 커피용품을 비닐봉투에 버렸다. 나도 말없이 도왔다.

"이제 그이가 내린 커피는 못 마시겠죠."

작은 병에 든 원두가 버려지면서 비닐봉투 안에서 마른 소리가 들렸다.

마지막으로 거실에 남아 있는 유품을 정리했다. 조금 전에 유품 정리를 그만두려고 했다는 사실이 거짓말인 것처럼 기요세 씨는 주저 없이 각종 유품을 비닐봉투에 버렸다.

창가에는 아담한 책장이 있었다. 잘 정돈된 여러 종류의 책들이 진열되어 있었다. 소설이나 만화는 눈에 띄지 않고, 대부분 커피에 관한 책이었다. 그 사이에 사전 몇 개가 꽂혀 있었다.

"전 소설 같은 건 하나도 안 읽지만 사전은 항상 가지고 다녀요.”

“요즘 그런 사람 보기 드문데.”

“사전이긴 한데 전자사전이에요. 지금은 버릇처럼 익숙해져
서.”

“버릇이구나. 그러고 보면 그이는 늘 손목시계를 차고 있었어
요. 목욕할 때도 차고 가길래, ‘풀고 가요’라고 해도 방수니 어쩌
니 하면서 절대 안 풀더라고요.”

기요세 씨는 액세서리 보관함 중 한 곳에서 캐주얼한 디자인
의 손목시계를 꺼냈다. 표면에 금이 가 있고, 초침은 움직이지 않
았다.

“손목시계를 차고 다니면서도 약속에 항상 늦는 거예요.”

기요세 씨는 고장 난 손목시계를 한번 보더니 비닐봉투에 버
렸다.

“계속 지니고 다니셨던 물건이죠? 그냥 버려도 돼요?”

“괜찮아요. 이런 고장 난 시계를 쳐다본다고 해도 별수 없잖아
요.”

그러곤 몇 개의 앨범을 꺼내 그 안에서 여러 장의 사진을 빼내
비닐봉투에 버렸다. 사진을 흘깃 보니 하얀 셔츠를 입은 통통한
체격의 남자가 미소 짓고 있었다.

“착해 보이는 분이네요.”

"그래요? 이렇게 다시 옛날 사진을 보니까, 그이 머리숱이 해마다 줄어든 게 딱 보이네."

기요세 씨는 사진을 손끝으로 천천히 쓰다듬었다. 손톱에는 발톱과 똑같이 에메랄드그린색의 매니큐어가 칠해져 있었다.

"괜한 참견일 수도 있는데요, 혹시 무리하고 계신 건 아니에요?"

내 말에 기요세 씨의 손이 멈췄다.

"왜요?"

"아뇨……. 그냥……."

"무리하지 않으면 전 변하지 않아요. 그이와 함께한 삶을 없었던 걸로 하고 싶은 게 아니라 이건 의식 같은 거예요."

"그렇지만……."

"어쨌든 겨우 마음을 먹었으니까."

기요세 씨의 재촉에 나도 앨범의 사진을 버리는 것을 도왔다. 외국의 길거리에서 찍은 사진이 있는가 하면, 시시콜콜한 일상을 포착한 사진도 있었다. 살짝 통통한 몸집의 남자는 모든 사진 속에서 웃고 있었다.

"8년 동안 만났어요."

"오래되셨네요. 사진만 봐도 행복한 나날이 느껴져요."

"하긴 8년이면 올림픽이 두 번 열리네요. 생각보다 금방 지나간 것 같은데.”

“8년이나 한 사람을 생각하다니, 대단해요.”

내 대답에 기요세 씨는 침묵했다. 얘기를 하다 보니 신이 나서 괜한 말을 했나 싶었다. 겨드랑이 밑으로 땀이 배어났다.

“그런데 있잖아요, 점점 그 사람 얼굴이 생각나지 않아요. 하루하루 시간이 흐를수록……. 그래서 이런 생활을 제대로 정리해야겠다 싶었죠.”

“네…….”

“물론 사진을 보면 생각은 나는데, 왠지 머릿속에 있는 그 사람은 점점 희미해져요. 부분부분만 제대로 기억이 나거든요. 코의 모양이라든가, 점의 위치라든가, 치열 같은 것만……. 8년이나 같이 지냈는데 신기하다니까요. 스스로도 잊어버리고 싶은 건지, 기억하고 싶은 건지 잘 모르겠고요.”

기요세 씨의 말을 듣고, 나도 할머니의 얼굴을 떠올리려 했다. 하지만 아무리 애를 써도 영정 속의 표정밖에 떠오르지 않는다.

“그리고 오늘 유품 정리를 다시 하려고 마음먹은 건 아까 학생이 메리 크리스마스라고 했기 때문이에요.”

뜻밖의 말에 나는 눈을 둥그렇게 떴다.

“오늘이 크리스마스이브라는 게 그때 생각났거든요.”

나는 애매하게 고개를 한 번 끄덕이고는 유품 정리를 다시 시작했다. 기요세 씨는 한 번도 손을 멈추지 않고 앨범의 사진들을 버렸다.

텔레비전 탁자에 방치된 가죽 장지갑은 뭐라 표현하기 어려운, 느낌 있는 색상으로 변해 있었다. 이런 색상으로 변하려면 얼마나 오랜 시간이 걸릴까. 지갑을 만지자 아주 묵직했다. 게다가 지갑에서 영수증이 삐져나와 있었다. 날짜는 사망하기 전날이었다.

"죄송해요. 돈이 안 들어 있는 줄 알고 고인의 지갑에 손을 댔는데. 버리실 거면 돈은 꺼내주세요."

책장을 정리하고 있던 기요세 씨는 손을 멈추고, 내가 가지고 있는 장지갑을 한번 바라봤다.

"그냥 버려줄 수 없을까요?"

"네? 하지만 아직 돈이……."

"괜찮아요. 큰 금액도 아니고. 영수증이나 카드도 같이 들어 있어서 무거운 거예요."

"괜찮으세요?"

"네, 부탁할게요. 오늘 그이가 남긴 모든 걸 버리고 싶어요."

나는 멋스럽게 색이 변한 장지갑을 비닐봉투에 버리려다 손을 멈칫했다.

"전 별생각 없이 실수할 때가 많아요. 제가 없는 자리에서 요즘 젊은 애라는 소리를 듣고요."

"갑자기 무슨 소리를……."

"저번에도 제 부주의로 유품을 망가뜨렸어요. 그때는 바로 버릴 유품이라 별 상관 없다고 생각했는데…… 나중에 반성하고 정말 후회했어요. 그리고 알게 됐어요."

"뭘요?"

"내가 하는 일은 못 쓰는 물건, 쓰지 않는 물건을 폐기처분하는 게 아니라고요."

기요세 씨는 순간 시선을 피하더니 고개를 숙였다. 그런 모습을 바라보며 나는 일부러 가벼운 어조로 말을 이었다.

"요즘 저 좀 이상하거든요. 이렇게 누군가 살았던 방에서 작업을 하고 있으면, 갑자기 그 사람의 목소리가 들리는 것 같아요. 생전에 만난 적도 없고 대화를 나눠본 적도 없는데……. 특수청소랑 유품 정리를 너무 많이 하는 바람에 초능력이 생겼나."

그 타이밍에 누군가 맞장구를 친 것마냥 책꽂이에서 커피 잡지가 한 권 떨어졌다. 기요세 씨는 그 잡지를 집어 비닐봉투에 버렸다.

"그이가 내게 말할 것 같지는 않아요."

"왜 그렇게 생각하세요?"

기요세 씨는 생각에 잠기더니 작은 목소리로 말했다.

"실은 그이가 죽기 나흘 전에 크게 싸웠어요……. 그러고 나서 대화도 전혀 없었어요. 서로 사과하는 일 없이 작별하게 됐죠."

기요세 씨는 정리하던 책장에 손을 뻗었다. 사전을 꺼내는 손이 가늘게 떨리고 있었다.

"누군가를 만나는 건 정말 슬픈 일인지도 몰라요."

그렇게 중얼거리는 소리가 들렸다. 나는 아무 대답도 하지 못하고 손에 들고 있던 장지갑을 비닐봉투에 버렸다.

5.

작업이 모두 끝나갈 무렵엔 시곗바늘이 오후 5시를 가리키고 있었다.

"얼마 없다고 생각했는데 꽤 많았네요."

현관 앞에는 여러 개의 비닐봉투가 쌓여 있었다.

"그래도 적은 편이에요. 큰 가구도 없었고, 기요세 씨가 도와주신 덕분에 빨리 끝났습니다."

"저야말로 고마워요."

예상보다 유품 정리는 빨리 끝났다. 창밖을 보니 아스팔트가 젖어 있었다. 이렇게 습한 날씨에 사사가와는 어디에서 작업을 하고 있는 것일까.

다이닝 테이블 위에 김이 모락모락 올라오는 머그잔이 놓였다. 실내에 코코아 향이 가득하다.

"코코아를 좋아한다고 했죠?"

"감사합니다. 잘 마시겠습니다."

나는 테이블 의자에 앉아 코코아를 홀짝홀짝 마셨다. 앞에 앉은 기요세 씨는 창밖을 멍하니 바라보았다.

"세상은 온통 크리스마스네요."

"그렇네요. 여자친구랑 놀러 가고 싶었겠어요."

"아, 해마다 크리스마스를 혼자 보내요. 애인과 손을 잡고 화려한 조명 속을 걷는다는 건 저한테는 도시 전설 같은 느낌이거든요."

조금이나마 어색한 분위기를 없애려고 일부러 장난스럽게 대답했는데, 기요세 씨는 다시 창가를 바라보았다.

"뜬금없이 미안한데 다양한 죽음의 현장을 지켜봤잖아요. 한 가지 질문을 해도 될까요?"

"제가 대답할 수 있는 거면요."

"애들이 할 만한 질문이지만, 죽음이 뭐라고 생각해요?"

손으로 턱을 괸 기요세 씨가 손끝을 바라보며 말했다.

"솔직히 모르겠어요. 제가 체험한 현장을 봐도 죽음에는 여러 종류가 있거든요. 가족에게 사랑받던 사람이 있는가 하면, 고독 속에서 숨을 거두는 분도 있죠. 그리고 스스로 목숨을 끊는 사람도 있고…….”

“그 말은 똑같은 죽음은 없다는 건가요?”

“그렇죠. 그러니까 전 ‘죽음은 이거다’라고 딱 말하진 못해요. 하지만…….”

기요세 씨는 나를 뚫어지게 바라보고 있었다.

“분명히 말씀드릴 수 있는 게 하나 있어요. 돌아가신 분의 삶은 언젠가 사라진다는 겁니다.”

냉장고 돌아가는 소리가 들릴 것 같은 적막함이 집 안에 감돌았다. 곧 기요세 씨가 조심스럽게 입을 열었다.

“화장실 변기 커버를 항상 올려놓는 거예요. 그리고 목욕하고 나서도 환풍기 돌리는 걸 까먹고. 그이와 지낼 때 내가 항상 잔소리를 했던 점이에요. 그런 사소한 일들이 없어졌다고 깨달았을 때, 그이가 이미 죽었다는 걸 실감하는 거예요. 하나도 로맨틱하지 않죠?”

구형 온풍기에서 뿜어져 나오는 미지근한 미풍 때문에 어느새 뺨이 달아올랐다.

“실은 작년 크리스마스에 그이랑 혼인 신고를 할 예정이었어요. 만난 지 8년쯤 됐었죠. 좀더 빨리 마음먹지……, 맞죠?”

기요세 씨는 의자에서 일어나더니 침실로 사라졌다. 돌아온 기요세 씨의 손에는 에메랄드그린의 작은 상자가 들려 있었다.

"그이가 남긴 건 이게 마지막이에요."

작은 상자를 열자 안에는 크기가 다른 두 개의 은반지가 들어 있었다.

"결혼반지예요?"

"맞아요. 그런데 직접 주진 않았어요. 옷방 구석에 안 보이게 놓여 있었거든요."

상자 속의 반지들은 불빛을 반짝반짝 반사하고 있었다.

"예뻐요."

"한 번도 상자에서 꺼낸 적이 없어요. 껴본 적도 없고. 그래서 새 거예요."

심플한 디자인의 반지 중앙에 작은 다이아몬드가 박혀 있었다.

"아까 그이가 죽기 나흘 전에 크게 다퉜다고 했잖아요. 이 반지 때문이었어요."

"반지 디자인 때문에 싸우셨어요?"

"아니에요. 아쉽지만 그이는 반지에 관심이 없었어요. 반지 디자인을 결정한 건 저였고, 그이는 아무런 반대도 하지 않았죠."

"그럼 왜……?"

기요세 씨는 작은 상자를 천천히 닫았다.

"디자인을 결정한 다음엔 그이에게 가게랑 연락하게 했어요. 반강제적으로요. 그렇게 하면 반지에 좀더 관심을 갖지 않을까 해서."

나는 작게 고개를 끄덕였다.

"순조롭게 반지는 완성됐어요. 그런데 둘이서 가게에 반지를 찾으러 가던 날, 크게 싸웠어요."

기요세 씨는 허공을 한번 보더니 다시 작은 한숨을 내쉬었다.

"저한테 반지를 찾으러 가는 날은 인생에서 꽤 특별한 날이었어요. 그래서 최대한 근사하게 꾸미고 가려고 했는데……. 그이를 보니까 머리는 까치집인 데다 가끔 잠옷으로 입는 파카 차림인 거예요."

"원래 외모에 크게 관심이 없으셨던 건 아닐까요……."

"제일 화난 건요, 자기가 그렇게 중요하게 생각하는 넥타이 하나 안 맨 거예요. 이 사람은 오늘이란 날에 정말 관심이 없다는 생각이 드니까 화가 나서 그이가 아끼는 원두를 던져버렸어요. 밖으로 내쫓아도 화가 안 풀릴 것 같았어요. 알몸으로 북극 빙하에 던져버리고 싶었죠."

기요세 씨는 그렇게 농담을 한 것과는 어울리지 않게 시시하다는 듯 반지 상자를 바라보았다.

"그이도 자기가 아끼는 원두를 던진다고 화를 냈어요. 결국 그 날은 반지를 받으러 가지 않았어요. 그리고 그이가 죽기 전까지 나흘간은 좋은 아침이야, 다녀왔어, 잘 먹겠습니다 같은 짧은 말도 나누지 않았죠."

"그럼 여기에 왜 반지가 있는 거예요?"

"그이가 혼자서 찾으러 가지 않았을까요? 내 기분이 풀리기를 기다렸다가 전해주려고 했을지도 모르죠."

위층에서 아이들이 뛰어다니는 듯한 발소리가 희미하게 들렸다. 그런 소리가 또렷하게 들릴 만큼 우리는 잠시 침묵하고 있었다.

"지난 일 년을 비유하자면, 한참 보던 드라마의 마지막 회를 놓친 기분이에요. 이제 영원히 다시 보기는 없을 거예요. 그러니까 그런 기분을 잊기 위해서라도 이 반지는 오늘 버릴 거예요."

기요세 씨는 작은 상자를 들고 의자에서 일어섰다.

"더 이상 그이 목소리가 생각나지 않으니까."

나는 작은 상자와 같은 색으로 칠한 기요세 씨의 손끝에서 눈을 뗄 수 없었다. 그런 광경을 차단하듯, 고막 안쪽에서 작은 물체가 굴러가는 소리가 재생됐다. 갑자기 고인의 지갑에서 삐져나와 있던 영수증이 뇌리를 스쳤다.

"잠시만요."

"왜요?"

"반지는 버리지 말아주세요."

내가 의자에서 힘차게 일어서는 바람에 텅 빈 머그잔이 테이블 위에 나뒹굴었다.

"싸운 게 돌아가시기 나흘 전이라고 했죠?"

"맞아요……."

나는 바닥에 놓인 비닐봉투로 달려갔다. 그중 하나를 열고 유품을 찾았다. 가까스로 부드러운 가죽의 감촉에 도달하자 그것을 꺼내 들고 테이블로 향했다.

"실례하겠습니다!"

나는 장지갑을 열었다. 빼곡히 들어찬 영수증을 꺼내 내가 찾던 영수증을 잘 볼 수 있도록 들어 올렸다.

"이거 봐주시겠어요? 돌아가시기 전날 날짜입니다."

기요세 씨가 영수증을 받아 글자를 좇는 것이 보였다.

"커피 원두 영수증……."

"아마도 기요세 씨와 화해하고 싶어서 원두를 산 게 아니었을까요? 원두를 사는 날은 월요일과 금요일이라고 하셨죠? 그래서 기요세 씨를 위해 이 커피콩을 산 거예요."

기요세 씨는 또다시 영수증에 시선을 떨어뜨리고 처음부터 글자를 좇는 듯했다.

"기요세 씨가 기억하는 날은 돌아가신 날 말고도 많을 거예요. 그러니까 누군가를 만나는 게 슬프다는 말은 하지 않으셨으면 좋겠어요."

다이닝 테이블에는 일 년 전의 영수증이 어지럽게 흩어져 있었다. 얼마간의 침묵이 흐른 뒤, 콧물을 훌쩍이는 소리가 들렸다.

"왜 그이였을까?"

"네?"

"왜 가해자는 술을 마신 거야? 왜 그이가 그 시간에 그 도로에서 운전을 하고 있었지? 많이 아팠어? 이런 생각만 했어요. 벌써 일 년이 지났는데."

방 안에는 답할 수 없는 의문들이 가득 흘러넘친다. 나는 대꾸할 말을 찾지 못하고 입을 닫았다.

"잠깐 혼자 있게 자리 좀 비켜줄래요?"

내가 고개를 끄덕이자 기요세 씨는 작은 상자와 영수증을 쥐고 침실로 사라졌다.

6.

사사가와가 나타났을 무렵에는 계속 내리던 비가 그쳐가고 있

225

었다. 아까 이야기를 나눈 뒤로 집 안에서 대기하기 힘들어진 나는 공동 현관의 소파에 앉아 멍하니 시간을 보내고 있었다.

"아, 피곤하다. 작업 중에 계속 비가 와서 말이야. 손이 꽁꽁 얼었어."

"고생 많으셨어요. 유품 정리도 다 되긴 했어요…….."

"아사이도 수고했어. 그럼 가에데가 기다리고 있을 테니까 유품을 옮길까?"

"네……. 근데 기요세 씨가 혼자 있게 해달라고 하셔서…….."

사정을 설명하는 동안 사사가와는 올백으로 정리한 머리에 몇 번이나 손을 댔다.

"그래? 내가 얘기해볼게. 아사이는 여기서 기다리고 있어."

그렇게 말하고 사사가와는 엘리베이터를 탔다. 나는 엘리베이터가 15층에 멈추는 것을 확인하고는 다시 소파에 앉았다. 자연스레 전자사전을 꺼내 읽기 버튼을 눌렀다.

'이렇게 엘리베이터가 느려터지면 산타가 선물을 다 나눠주지 못한다고.'

익숙한 합성 음성이 넓은 로비에 울려 퍼졌다.

잠시 후, 엘리베이터가 내려오는 소리가 들렸다. 나는 고개를 돌려보았다. 사사가와가 양손에 유품이 담긴 비닐봉투를 들고 있었다.

"유품은 모두 파기할 거야. 내가 방에서 운반할 테니까 아사이는 트럭에 옮겨줘."

고개를 끄덕이며 사사가와에게서 비닐봉투를 받아들었다. 지금 손에 든 비닐봉투에 그 반지가 버려져 있을지도 모른다고 생각하자 가슴 한쪽이 콕콕 쑤셨다.

건물 밖에는 몸이 찢어질 듯한 냉기가 감돌았다. 너무도 투명한 밤하늘에 빵부스러기를 흩뜨린 듯 별들이 반짝이고 있었다. 가에데의 트럭은 맨션에서 약간 떨어진 곳에 있었다. 지금 손에 들고 있는 비닐봉투가 하얬다면 작업복을 입은 산타처럼 보일지도 모르겠다는 생각을 하며 운전석 창문을 똑똑 두드렸다.

"수고했어. 메리 크리스마스."

문을 열고 차에서 내린 가에데는 자신을 껴안는 듯한 모습으로 추위를 견뎌내고 있었다.

"그런 작업복 차림에 검은 비닐봉투를 든 산타한테는 아무도 안 오겠다."

"가에데가 와줬잖아."

"실없는 소리 하지 말고 빨리 실어. 아, 추워."

가에데의 재촉에 비닐봉투를 짐칸에 실었다. 트럭에서 뿜어져 나오는 기름 냄새와 차가운 공기가 뒤섞여 본가에서 겨울에 쓰던 석유난로가 떠올랐다.

"이렇게 좋은 날에 넌 음침한 표정이다?"

"평소랑 똑같은데? 세상 사람들이 너무 설레하는 거지. 슬픔은 크리스마스이브에도 똑같이 찾아오니까."

사사가와의 말을 흉내 내본다. 유품을 트럭에 싣는 동안 마음이 줄곧 무거웠다.

"넌 오늘 무슨 계획 있어?"

느닷없이 가에데가 물었다.

"없는데."

"하긴 너한테 크리스마스이브에 약속이 있을 리가 없겠구나. 안쓰러우니까 일 끝나고 밥이라도 먹으러 갈래?"

가에데 쪽을 돌아보니 작업복의 소매를 만지작거리며 고개를 숙이고 있었다. 평소의 건방진 태도는 모습을 감추고, 좀처럼 나와 시선을 맞추려고 하지 않는다.

"거절하면 안쓰러우니까 같이 가주지 뭐."

"뭐야, 모처럼 가자고 해줬더니. 아무튼 일 끝나면 전에 에로 DVD 반납할 때 만났던 교차로로 와."

"아, 알겠어. 12시쯤 될 것 같아."

"늦지 마. 난 추운 거 안 좋아하니까."

7.

공동 현관과 트럭을 몇 번 왕복하는 사이에 비닐봉투는 모두 짐칸에 실렸다. 가에데는 나와 약속 따위는 하지 않은 것처럼 나를 무시하고 사사가와와 시시콜콜 떠들고 있었다.

"사사가와 씨, 고마워! 메리 크리스마스."

가에데를 태운 트럭이 굉음을 내며 달려갔다.

"왜 그래? 뭔가 표정이 부자연스러워."

"어금니에 뭐가 걸려서요."

그런 터무니없는 거짓말을 하며, 스멀스멀 올라오는 웃음을 꾹 참았다.

"아사이."

"왜요?"

"기요세 씨가 아사이를 잠깐 보고 싶다고 하셨어."

"네? 뭐 불편하셨대요?"

방에 혼자 있을 기요세 씨의 모습이 뇌리에 떠올라 마음이 좋지 않았다.

"글쎄, 가보면 알 거야."

"사장님도 같이 가주실 거죠?"

사사가와는 천천히 고개를 흔들었다.

"같이 도와주긴 했어도 아사이가 처음 맡은 현장이야. 혼자 가야지."

"그래도……."

"서류에 사인은 받았어. 나는 트럭에서 기다리고 있을게. 따뜻한 캔커피라도 쥐고 있지 않으면 손이 얼겠어."

사사가와는 차가운 손에 입김을 후 불더니 주차장 쪽으로 혼자 걸어갔다.

건물 복도에 얼굴을 내민 기요세 씨의 눈은 벌겋게 부어 있었다. 침실에서 운 것이 분명했다.

"이름이 아사이 군, 맞죠?"

"아, 네. 맞습니다."

"마지막으로 부탁하고 싶은 게 있어요."

기요세 씨는 조용히 그렇게 말하더니 나를 집 안으로 들였다. 다이닝 테이블 위에 한 번 버려졌던 커피용품이 가지런히 놓여 있었다.

"아까 커피를 핸드드립으로 내려본 적이 있다고 했죠?"

"네, 몇 번 해본 게 다긴 해요."

"절 위해 커피 한 잔만 끓여줬으면 좋겠어요."

"하지만 일 년 전 원두라 유통기한이 지났을 것 같은데요."

"부탁할게요. 향이라도 맡고 싶어요."

거절하지 못하고 나는 작게 고개를 끄덕였다. 예전 기억을 더
듬으며 조심조심 수동 그라인더로 원두를 갈기 시작했다. 일 년 전
에 구입했음에도 곰팡이가 생기거나 상한 원두는 보이지 않았다.

"원두 가는 소리…… 오랜만이네요."

기요세 씨가 중얼거리는 소리를 들으며 종이 필터를 끼운 드
리퍼를 눈금이 표시된 서버 위에 올렸다. 커피를 핸드드립으로
내린 것은 몇 번 되지 않는데, 자연스레 손이 움직이는 것이 신기
했다.

"이제 그라인더에 간 원두를 필터에 넣고 물을 천천히 떨어트
리면 커피가 서버로 내려와요."

종이 필터에 원두를 채우고 주전자로 원을 그리듯이 물을 부
었다. 물을 머금은 원두가 천천히 팽창하고 짙은 향기를 뿌리면
서 서버 안에 커피가 일렁였다.

머그잔에 갈색 액체가 채워질 즈음엔 집 안에 커피 향이 가득
했다. 인스턴트와는 다른, 그윽한 향기를 맡고 있자 일 년 전의
원두가 작은 병 속에서 살아 숨 쉬었다는 것이 느껴졌다.

기요세 씨는 아무 말 없이 방 안에 감도는 향기에 잠시 동안
몸을 맡긴 듯했다. 커피를 입에 가져가진 않았지만, 대신 양손으
로 커피가 담긴 컵을 감싸고 있었다.

"그이는 말이에요, 둘이 마실 커피를 만들 때도 한 번에 한 잔씩밖에 안 만들었어요. 한꺼번에 만들면 시간도 덜 걸리는데."

"정말 본인만의 방식이 뚜렷한 분이셨네요."

"맞아요. 완성된 두 잔의 커피를 조금씩 맛보고, 언제나 좋은 쪽을 저한테 주는 거예요."

기요세 씨는 머그잔에 코를 대고, 한 번 깊이 들이마셨다.

"이 향기를 맡으니까 '이게 더 맛있어'라고 웃으면서 말하는 그이 목소리가 떠오르네요……."

기요세 씨는 머그잔에서 손을 떼더니 주머니에서 그 작은 상자를 꺼냈다.

"아, 벌써 버리신 줄 알았는데……."

"버려야겠죠……. 그런데 웃으면서 작별 인사를 할 수 있을 때 버리기로 했어요."

기요세 씨는 손수건을 꺼내더니 눈물이 글썽거리기 시작한 눈가를 꾹 눌렀다.

"내일일 수도 있고, 일 년 후일 수도 있어요. 어쩌면 몇십 년 후가 될지도 모르고……. 분명히 그때는 아사이 군이 했던 말을 떠올리고 있을 거예요. 누군가를 만난다는 건 슬픈 일이 아니라는 말을."

기요세 씨의 말을 듣고 코끝이 찡해졌다.

"제가 쓸데없는 말을 해서……."

기요세 씨는 부드럽게 미소를 지으며 고개를 흔들었다.

"그렇지 않아요. 아사이 군이 아까 반지를 버리려는 걸 말리지 않았다면, 이걸 몰랐을 테니까."

"이거?"

"반지 뒷면을 볼래요?"

난 크기가 좀더 작은 반지를 건네받는다. 뒷면을 살펴보자 고인과 기요세 씨의 이니셜 사이에 어떤 글자가 각인되어 있었다.

"내가 주문한 디자인은 각자의 이니셜이었어요. 이 말은 그이가 마음대로 추가한 거겠죠. 여기도 봐요."

큰 반지의 뒷면을 봤다. 두 반지에 새겨진 고인과 기요세 씨의 이니셜 사이에 'Special Blend'라는 글씨가 각인되어 있었다.

"멋진 말이네요."

"스페셜 블렌드라니……. 내색하진 않았지만, 그이도 이 반지에 애정이 있었나 봐요."

"맞아요. 고인은 맛있는 커피와 이 반지를 선물하고 싶으셨을 겁니다."

"결혼반지까지 굳이 커피랑 연관될 필요는 없는데."

기요세 씨는 어이없다는 듯 말하면서도 얼굴 가득 미소를 지었다.

"······오늘만큼은 이걸 껴도 되겠죠? 성스러운 밤이니까."

내가 작게 고개를 끄덕이자 기요세 씨의 왼손 약지에 반짝이는 불빛이 켜졌다.

"어머, 이게 뭐야. 헐렁하네. 일 년 전보다 살이 빠졌나?"

"빈말이 아니고 정말 잘 어울리세요."

기요세 씨는 미소를 지으며 왼손을 내밀었다. 나는 자연스럽게 내민 손을 마주 잡았다. 기요세 씨의 손은 따뜻했다.

"메리 크리스마스."

기요세 씨가 미소를 띠며 말했다. 테이블에 놓인 머그잔에서는 조용히 김이 피어오르고 있었다. 이 커피가 식을 때까지 아주 잠시 동안, 확실히 존재했던 두 사람의 삶이 되살아나는 것 같았다.

8.

돌아오는 길에 한 가지 놀라운 일이 있었다. 언제나 '블루 먼데이'가 흐르던 차 안에 부드러운 어쿠스틱 음악이 조용하게 흐르고 있었던 것이다.

"'블루 먼데이'가 아니네요?"

"이게 듣고 싶어져서. 나 다른 음악도 들어."

"웬일이래요. 아, 이제 데이트 가니까 로맨틱한 기분을 내려고요?"

"뭐, 그런 거 비슷해."

"어느 레스토랑으로 가요?"

"집에서 케이크를 먹고, 선물 주는 게 다야."

사사가와의 이야기를 들으며 만약 식사를 마치고 가에데가 우리 집에 가자고 하면 서둘러 수상한 책과 DVD들을 숨겨야겠다고 생각했다.

"아사이는 소중한 사람이 있어?"

"소중한 사람이요?"

"응."

"음, 딱히 없는데 굳이 말한다면 가족이죠."

사사가와는 아무 말도 하지 않았다. 차 안에 흐르고 있는 들어 본 적 없는 음악이 침묵을 메웠다.

"질문을 바꿀게. 내 목숨과 맞바꾼다 해도 살아 있기를 바라는 사람이 있어?"

마주 오는 차의 라이트가 사사가와의 얼굴에 깊은 음영을 만들었다. 라이트의 각도에 따라 빛과 그림자가 사사가와의 얼굴을 가리거나 뚜렷하게 비추며 생물처럼 꿈틀거렸다.

"엄청 어려운 질문이네요."

"딱 떠오르는 사람 없어? 직감으로."

"음…… 그런 식으로 누구를 생각해본 적은 없어요."

"그렇구나……. 살면서 그런 사람을 한두 명 만날 수 있는 걸로도 충분해."

"갑자기 무슨 얘기예요?"

"크리스마스에 남자 둘이 드라이브하며 주고받는 실없는 헛소리야."

창밖은 낯익은 풍경으로 변해 있었다. 곧 사무실에 도착할 것이다. 신호를 기다리는데 산타클로스 복장의 아이가 부모와 양손을 잡고 나란히 걸어가는 모습이 보였다.

9.

사무실에서 간단하게 씻고 나서 왁스를 딱딱해질 만큼 머리에 발랐다. 어느새 가에데와의 약속 시간이 다 되었다. 현관문을 할퀴는 익숙한 소리가 들렸다. 문을 열자 카스텔라가 앞발로 얼굴을 문지르고 있었다. 카스텔라는 나를 한번 쳐다보더니 옆을 쏙 지나 사무실 안으로 들어왔다.

"오늘은 못 놀아줘. 우리 둘 다 데이트라서 바로 나가야 하니까."

카스텔라는 내 쪽을 돌아보더니 사사가와의 발밑으로 다가갔다. 이 녀석이 나한테 다가온 것은 손에 꼽을 정도다.

"와줬구나. 카스텔라는 정말 착하고 똑똑하다니까."

사사가와는 바짝 달라붙은 카스텔라를 안아 들더니 목을 몇 번 쓰다듬었다.

"걔하고 놀 시간이 어디 있어요. 데이트 늦어요."

"괜찮아. 카스텔라를 안고 있으면 따뜻하잖아."

"약속에 늦어서 여자친구한테 혼나도 몰라요."

"늦지는 않을 거야."

사사가와는 카스텔라를 내려놓더니 주방 쪽으로 가서 우유가 담긴 작은 접시를 바닥에 내려놓았다.

"크리스마스 선물이야. 리필도 돼."

카스텔라는 바로 우유를 먹기 시작했다. 사사가와는 웅크리고 앉아 카스텔라를 바라보았다.

건물 밖으로 나오자 시원한 공기에 기분이 좋아졌다. 숨을 하얗게 내쉴 때마다 입안이 바짝바짝 마른다. 전력질주를 하면 아슬아슬하게 약속 시간에 늦지 않을 것 같았다.

선물은 필요 없겠지……. 약속을 방금 잡았다고는 해도 처음이 가장 중요하다. 멈춰 서서 주위를 둘러봐도 편의점 몇 개와 술집밖에 없었다.

"필요 없을 거야."

다시 달리려고 했지만 한 번 떠오른 생각이 뇌리에서 떠나지 않았다. 조금 더 걸어가자 전통과자 가게와 정육점이 눈에 들어왔다. 크리스마스 선물로 만쥬와 고급 소고기 세트를 줘도 가에데는 절대 기뻐하지 않을 것이다.

그 가게를 발견한 것은 약속 장소인 교차로에 거의 도착했을 때였다. 유리 너머로 보이는 가게 내부에서 여러 종류의 빛이 흔들리고 있었다. 나는 빠르게 그 가게로 달려갔다. 자동문을 통과하자 난방으로 포근해진 공기 때문에 콧물이 흐를 것 같았다.

"어서 오세요."

나는 점원의 인사를 흘려들으며 가게 안을 휙 둘러보았다.

"뭐 찾으세요?"

"저, 혹시 반짝거리는 거 있나요?"

내 대답을 들은 점원은 당황해하는 표정이면서도 창가 쪽을 가리켰다. 그곳에는 스노볼이 나란히 놓여 있었고 자동으로 눈이 날리는 스노볼도 있었다. 스노볼들은 불빛에 반짝거렸다.

"이거 살게요."

"종류가 몇 가지 있는데 어떤 걸로 하시겠어요?"

줄지어 늘어선 스노볼은 크기도, 디자인도 모두 달랐다. 자동 스노볼의 가격을 확인해보니 1만 엔이 넘었다.

"……생각보다 비싸네요."

"저희 가게는 본고장인 유럽의 스노볼을 판매하고 있습니다. 현지에서는 스노 글로브라고 해요."

볼이든 글로브든 상관없다. 가장 작은 스노볼의 가격을 확인하니 2800엔이었다.

"이 작은 걸로 할게요. 선물용으로 포장해주세요."

내가 고른 스노볼은 안에 눈사람과 크리스마스트리가 들어간 흔한 디자인이었다. 이런 장난감이 거의 3000엔이나 하다니 바가지를 쓴 기분이었지만, 스노볼을 흔들면 눈 같은 것이 춤을 추 듯 흩날려서 넋 놓고 보게 될 만큼 예뻤다.

교차로에 도착하자 가에데가 가드레일에 기대어 있는 모습이 보였다. 스노볼을 사는 바람에 5분 지각을 했다.

"왜 이렇게 늦어! 1분만 더 늦었으면 집에 갔을 거야!"

목도리에 얼굴을 반쯤 가린 가에데가 꿍얼댔다. 평소의 작업복 차림과 달리 검은 롱코트를 입은 모습이 꽤나 어른스러워 보였다.

"미안해. 일이 늦어져서."

"내가 얼어 죽었으면 데드모닝이 특수청소 비용 전액 부담이야."

"농담을 해도."

가에데는 코트 주머니에 손을 넣고 혼자 빨리 걷기 시작했다.

"가고 싶은 가게 있어?"

"미리 예약했지."

"오, 센스 있는 여자는 다르다."

"이상한 소리 하지 말고 빨리 가. 아, 추워."

이런 별것 아닌 대화가 오늘은 묘하게 기분이 좋았다. 티격태격하는 듯한 말다툼. 옆에서 보면 분명히 커플로 보일 것이다. 그러나 그런 멋진 시간은 단박에 끝이 났다.

"빨리 안 가면 모치즈키 씨가 가게 술 다 마셔버린다? 그 사람 끝도 없이 마시니까."

"모치즈키 씨?"

"너랑 같이 일하는 모치즈키 씨. 누군지 까먹었어?"

물론 안다. 하지만 내 머리는 온 힘을 다해 가에데의 말을 이해하지 않으려 애쓰고 있었다.

"모치즈키 씨도 있어?"

"말하지 않았나? 나 모치즈키 씨랑 친해. 원래 둘이서 밥 먹으려고 했는데 너도 부른 거야. 오늘 아침에 모치즈키 씨에게 한탄

했다며. 약속 없다고.”

나는 떨리는 손가락으로 주머니에 든 작은 상자를 한 번 건드렸다.

“스노볼⋯⋯.”

“뭐라고?”

모치즈키 씨가 있는 자리라면 만쥬와 고급 소고기 세트를 더 반겼을 것이다. 나의 실망감을 전혀 눈치채지 못한 가에데가 말했다.

“오늘 현장은 어땠어?”

“아⋯⋯. 돌아가신 애인분의 유품 정리였어. 의뢰하신 분이 일 년 동안 유품을 버리지 못했대.”

“그렇구나. 그런 분한테 뭐라고 말을 건넸어?”

“뭐, 그냥⋯⋯ 메리 크리스마스라고 했지. 애인이랑 결혼할 예정이었대. 마지막에 애인이 남긴 반지를 끼셨어. 진짜 예쁘더라.”

“너도 조금은 도움이 됐나 보네. 돌아가신 남자친구분도 기뻐하셨겠다. 자신이 남긴 걸 소중히 다뤄줘서. 세상에는 죽은 사람의 마음을 헤아리지 못하는 바보들이 정말 많으니까.”

쭉 뻗은 가로등 불빛을 받으며 가에데의 샛노란 머리칼이 흔들리고 있었다. 문득 누가 봐도 요즘 젊은이인 가에데가 어떻게 부패액이나 파리 등이 가득한 폐기물을 운반하게 되었는지 궁금해졌다.

"가에데는 왜 이 일을 선택했어?"

"그걸 지금 물어본다고?"

"뭐, 지금 말 안 해도 되고."

"뭐야, 먼저 물어봤으면서. 어차피 나한테 관심 하나도 없지? 짜증나."

눈앞의 신호등은 빨간색이었다. 모처럼 대화를 잘 나누고 있었는데, 지금은 어색한 침묵이 흘렀다. 내가 사과하려고 하는 순간, 잠자코 있던 가에데가 입을 열었다.

"잔디 삼촌 덕분이야. 내가 이 일을 계속하는 건."

"잔디 삼촌?"

"응, 잔디 삼촌. 머리카락이 뻣뻣하고 짧아서 만지면 잔디 같았어. 그래서 잔디 삼촌이야."

가에데는 무언가 떠올리듯 혼자 미소 지었다.

"삼촌은 말이야, 먼 친척이었어. 내가 어렸을 때는 동물원이나 수족관에 자주 데려가 줬거든. 거기서 먹었던 아이스크림이랑 팝콘이 엄청 맛있어서 아직도 기억이 나. 자꾸 떼를 써서 집에 돌아갈 때는 기념품 같은 걸 많이 사줬어. 삼촌은 쭉 독신이었으니까 지금 생각해보면 나를 친딸처럼 여겼던 것 같아."

가에데에게도 그런 귀여운 시기가 있었구나. 당연한 생각이 들었다.

"삼촌은 무슨 사업을 하고 있었는데 일이 잘 안 됐어. 사람은 정말 잔인한 것 같아. 잘될 때는 굽실거리면서 추켜세우더니 형편이 안 좋아지니까 손바닥 뒤집듯이 매정해지더라. 결국 삼촌은 밤에 도망치듯 어딘가로 사라졌어. 난 아직 어렸으니까 나중에 엄마한테 들었지만."

"나도 성질부리는 집주인하고 유족을 많이 보거든. 왠지 상상이 간다."

"상황은 약간 다르지만, 사람이 아주 냉정해질 수 있다는 점에선 같을지도 모르지."

빨간불이 초록불로 바뀌어도 가에데는 움직이지 않았다.

"난 삼촌을 서서히 잊어버렸어. 어렸을 때밖에 본 적이 없고, 사춘기에는 그렇게 머리카락이 뻣뻣한 아저씨보다는 잡지 모델이나 꽃미남 배우한테 열광하게 되잖아? 오랜만에 삼촌의 이름을 들은 건 내가 고등학교 2학년 때였어. 삼촌이 집에서 고립사했으니까 유품 정리를 도와달라고 다른 친척이 엄마한테 연락을 했어. 그때 난 처음에는 싫다고 했는데, 엄마에게 용돈으로 낚여서 삼촌 집에 가게 됐어."

가에데의 말을 듣고 자연스럽게 잔디 삼촌이라는 사람을 머릿속에 그릴 수 있었다. 사업에 실패해 파산을 하고 근근이 살다가 생의 마지막을 맞이하는 사람은 의외로 많다. 나도 몇 번인가 그런 고립사 현장에 발을 들여놓은 적이 있었다.

"그럼 가에데는 거기서 열심히 돕다가 지금 일에 관심을 갖게 된 거야?"

가에데는 굳은 표정으로 고개를 흔들었다.

"하나도 열심히 안 했어. 삼촌 집은 직접 만들었냐고 묻고 싶을 만큼 정말 허름하고 비좁은 곳이었어. 함석지붕으로 덮은 집 안에서는 곰팡이 냄새도 나고 쓰레기도 굴러다녔지. 예전에 떵떵거리며 살던 사람의 집으로는 도저히 안 보였어. 그런 상태인데도 친척들은 문을 열자마자 신발도 벗지 않고 집 안에 들어가서 돈이 되는 물건을 찾았어. 엄마만 방바닥이나 화장실을 청소했지. 나는 구석에서 휴대전화 게임을 하면서 농땡이를 부렸고. 쓰레기 같은 건 만지기 싫고, 절대 이렇게 허름한 인생은 살기 싫다…… 그런 생각만 했지."

가에데를 나무랄 수는 없었다. 아마 나도 그런 상황이라면 똑같았을 테니까.

"어머니 대단하시다. 보통은 바로 청소하기 힘든데."

"엄마는 기가 세고 착한 사람이야. 화나면 엄청 무섭지만."

아마 가에데는 어머니를 닮았을 것이다.

"다른 사람들은 엄청 난폭하게 집을 휘저었어. 돈이 될 것 같지 않은 살림살이는 당연하다는 듯이 걷어차 버리고 말이야. 난 그런 모습을 보고도 별 생각이 안 들었어. 나한테는 방에 있는 모든 물건이 그냥 쓰레기로만 보였으니까."

"그런 상황에는 어쩔 수 없지. 가에데는 고등학생이었고."

가에데는 나의 위로를 무시하며 하얀 입김을 내뿜었다.

"그러다가 친척 중 한 명이 부엌에 있던 머그잔을 떨어뜨려서 쨍그랑 소리가 나며 잔이 깨져버렸어. 깨진 조각 하나가 내 쪽으로 굴러오기에 위험하니까 버려야겠다고 생각했지. 그런데 난 그 자리에서 움직일 수 없었어."

"왜?"

"그 조각에 말이야, 판다 캐릭터가 그려져 있었어. 얼굴이 반은 잘려 나갔지만 낯익은 그림이었거든. 옛날에 삼촌하고 동물원에 갔을 때 나랑 커플로 산 컵이었어. 내 컵은 아주 오래전에 버렸는데, 삼촌은 그때까지 사용했던 거야. 컵 안에 찻물이 들어서 지저분해졌는데도 아주 소중하게 간직하고."

가에데는 담담하게 말했지만, 손끝은 가늘게 떨렸다.

"저절로 눈물이 나더니 나는 어느새 부서진 조각들을 긁어모으고 있었어. 그런 내 모습에 친척들은 곱지 않은 시선을 보냈지만, 엄마는 도와줬어. 그러고 나서 나는 엄마랑 같이 청소를 했어. 내 욕심일지도 모르지만, 정말 다시 한번 삼촌을 만나고 싶다고 생각하면서……. 그런 생각을 하니까 온 방에 쌓인 쓰레기도 만질 수 있겠더라고. 신기하다니까."

이야기를 마친 가에데가 드디어 걷기 시작했다. 멀리서 상점가의 화려한 조명이 희미하게 보이기 시작했다.

"좋은 얘기다."

"그런가. 가끔은 너한테 나의 다른 면을 보여줘야지. 항상 말 많은 여자라고 생각할 테니까."

"그렇지 않아."

"나는 말이야, 이 일을 시작하고 한 번도 쓰레기를 운반한다고 생각해본 적이 없어. 누군가의 단 하나밖에 없는 삶의 단편을 운반한다고 생각하지. 아니면 너무 허무하잖아?"

멋쩍음을 감추려는지 가에데는 묘하게 가벼운 말투로 나에게 물었다. 크게 고개를 끄덕이려던 순간 가에데의 샛노란 머리칼에 뭔가 하얀 물체가 쌓인 것이 보였다.

"어? 가에데, 눈이다!"

"아, 짜증나. 다 젖겠네."

가에데는 얼굴을 찡그리며 슬며시 내리기 시작한 눈을 요리조리 피하듯 달려 나갔다.

10.

꽃병이 눈에 들어오는 순간, 나는 한숨을 내쉬고 말았다. 여기일 줄 알았다. 가게 안에서 새어 나오는 불빛이 기쁜 얼굴로 문에 손을 대는 가에데의 옆모습을 비췄다. 그 옆얼굴을 바라보고 있자 어째서인지 방금까지의 실망감이 깨끗이 사라졌다.

가게 안에 들어서자 카운터 끝자리에서 모치즈키 씨가 혼자 맥주를 들이켜고 있었다. 이미 모치즈키 씨 앞에는 빈 술잔들이 여러 개 놓여 있었다.

"둘 다 왜 이렇게 늦게 와. 난 먼저 마시고 있었어."

가게 안은 의외로 붐볐다. 카운터 안에서 바쁘게 일하는 에츠코 씨에게 인사를 하자 싱긋 한 번 웃어준 게 다였다.

"죄송해요. 데드모닝에 다니는 아사이 와타루가 약속에 늦게 왔거든요. 다 얘 때문이에요."

가에데는 카운터로 달려갔다. 문득 처음으로 가에데가 내 이름을 입에 올린 것 같다는 생각이 들었다.

가에데가 말한 대로 모치즈키 씨는 상당한 양의 술을 마셨다. 그것도 이것저것 가리지 않고 맥주부터 탄산주, 소주, 청주까지 말이다. 찹쌀떡 같은 뺨에 살짝 붉은빛이 돌긴 하지만, 발음이 이상하거나 눈에 초점이 없진 않았다. 게다가 음식을 주문하는 속도도 빠르다. 좀 전에 주문한 음식들은 깔끔하게 비워져 있는 경우가 많았다.

"모치즈키 씨는 진짜 빨리 마시네요."

"뚱뚱해서 잘 안 취하거든."

"그거 진짜 맞아요? 무슨 원리지."

"원리는 무슨. 그런 건 경험으로 알지."

모치즈키 씨는 가에데와 내가 평소처럼 뭔가 말다툼을 시작하자 부드러운 눈빛으로 우리를 바라봤다.

"친해져서 보기 좋네. 너네 의외로 잘 맞는 커플이 될지도 모르겠다."

"무슨 그런 소리를 해요. 전 절대로 이런 정신 빠진 자식은 못 만나요."

나도 술기운이 돌았는지 묘하게 신이 났다. 바로 옆에 있던 누구의 것인지 알 수 없는 술잔을 단숨에 들이켰다.

"오늘 하나도 안 취할 것 같아요. 에츠코 씨, 따뜻한 청주하고 레몬 탄산주 더 주세요!"

모치즈키 씨가 시원스레 잔을 비우는 모습에, 나도 잘 마시지 않는 청주를 주문했다.

누군가 내 이름을 부르는 것 같았다. 그 소리에 답하려고 했지만, 입이 꿰매어진 것처럼 아예 움직이지 않았다. 게다가 속이 아주 안 좋았다. 온 혈관에 썩은 토마토주스 링거를 맞은 기분이었다.

"아사이 군."

몇 번 이어진 부름에 나는 천천히 눈을 뜰 수 있었다.

"아사이 군."

"네…… 네……."

걱정스러운 표정의 에츠코 씨가 내 얼굴을 들여다보았다.

"괜찮아?"

주위를 둘러본다. 그곳이 꽃병이라는 걸 깨달은 나는 서둘러 자세를 바로잡았다. 가게 안에는 사람들이 없었다.

"어? 다른 사람들은?"

"아사이 군 몫까지 계산하고 방금 갔어. 중간부터 계속 자는 바람에 다들 챙겼던 것 같은데, 아사이 군이 일어나질 않아서."

"……정말요?"

"그렇다니까. 둘 다 막차 시간에 늦을 것 같아서 그만 가라고 했어. 내가 깨우겠다고 하고."

"기억이 안 나요……. 죄송합니다……. 괜히 저 때문에……."

"괜찮아. 단골손님이니까."

에츠코 씨는 냄비 뚜껑을 열고는 김이 폴폴 나는 된장국을 떠서 카운터에 놓았다.

"술 깨라고 서비스."

가볍게 감사 인사를 하고 나서 된장국을 들이켰다. 두부와 미역밖에 들어 있지 않은 단순한 된장국이었지만 엄청나게 맛이 좋았다.

"진짜 최악의 크리스마스이브예요. 술 취해서 자버리고…….
여자친구랑 오붓하게 보내고 있을 사장님이 부러워요……."

"사사가와는 혼자야."

개수대 앞에 선 에츠코 씨가 말했다.

"아, 그래요? 근데 데이트라고 들었는데……."

"크리스마스이브는 우리한테 중요한 날이라서."

"우리한테?"

"맞아. 부부였던 우리한테."

젓가락을 든 손이 멈췄다. 에츠코 씨는 낯빛 하나 바꾸지 않은 채 접시를 닦고 있었다.

"사장님하고 결혼하셨어요……?"

"맞아. 딱히 숨겼던 건 아닌데, 저쪽이 별로 말하고 싶지 않은 것 같아서."

"근데 사이좋아 보이시던데. 사장님은 여기 자주 오시네요."

"사이가 좋지만 이혼하는 부부도 있어. 그게 서로 최선이라고 생각하니까."

"사이가 좋지만 이혼하는 부부라니…… 들어본 적도 없어요. 보통 사이가 안 좋아서 이혼하지 않아요?"

"그렇지. 나도 객관적인 입장에서 보면 아사이 군 같은 반응일 거야. 그게 옳은 답이었는지 모르겠지만, 나와 케이스케는 그때 마주한 결론을 항상 가슴에 품고 살면서 지금도 여전히 발버둥치고 있어."

케이스케라는 생소한 호칭에 '아, 이 두 사람은 정말 부부 사이였구나' 하는 생각이 들었다. 나는 더 이상 질문을 하지 못하고, 된장국을 마저 먹었다.

"크리스마스이브에 우리 아이가 죽었어. 요코라는 이름의 여자애였어. 우리의 소중한 보물이었지."

에츠코 씨는 내 쪽을 쳐다보지 않고 담담한 목소리로 말했다. 수도꼭지에서 흘러나오는 물소리에 묻혀버릴 만큼 작은 목소리였다.

"오늘 아침에 케이스케하고 성묘를 다녀왔어. 요즘 날씨엔 묘비를 만져보면 얼음처럼 차가워. 갈 때마다 질색하게 돼."

"자녀분이 있으셨어요……?"

"겨우 석 달 동안이었어. 요코라는 이름은 케이스케가 지었어. 태양처럼 빛나고, 누군가를 비추는 사람이 되라는 마음을 담아서……. 기억하기 쉽고, 흔할 것 같은 이름이지? 그렇지만 이제 그 애는 어디에도 없어."

"어떻게 그런……."

중얼거린 내 목소리가 아주 멀리서 들려오는 것 같았다.

"갑자기 이런 얘기 해서 미안해. 그런데 크리스마스이브가 되면 자꾸 이래……. 요코가 살아 있었다는 사실을 누군가 기억해 줬으면 좋겠어."

에츠코 씨는 같은 접시를 몇 번씩이나 닦았다. 오랜 시간 찬물에 닿은 손끝은 핏기가 없었다. 보기만 해도 차가워진 것을 알 수 있었다. '뭔가 말을 해야 하는데'라고 생각할수록 머리는 혼란스럽고 아무리 애를 써도 말이 나오지 않았다.

에츠코 씨가 천천히 수도꼭지를 잠갔다. 물 떨어지는 소리가 사라진 가게 안은 눈이 내리는 소리가 들려올 듯 고요함이 가득했다.

"요코는 석 달 만에 하늘나라로 갔으니까 내 안에 남은 건 막연한 슬픔뿐이야. 그 애는 나와 말을 나눈 적도 없고, 분유만 먹었으니까……. 앞으로 펼쳐질 그 애의 장래를 상상할 겨를도 없었어."

에츠코 씨의 이야기를 듣고, 사사가와가 오늘 이야기했던 95일이라는 말을 떠올린다.

"요코를 떠나보내고 나서 한 가지 알게 된 사실이 있어. 눈물이 마른다고 하는데 그렇지 않다는 거지. 그렇게 펑펑 울었는데 요즘도 갑자기 눈물이 날 때가 있거든. 눈물은 마르지 않는다는 걸 알았어."

난 잠자코 고개만 끄덕였다. 어디선가 새 생명의 우렁찬 울음소리가 날 때, 또 다른 누군가의 심장이 멎는다. 매일 반복되는 어쩔 도리가 없는 이치가 묘하게 현실감을 가지고 가슴에 와 닿았다.

"잊고 싶은데, 잊히지 않는 일이 있다는 걸 처음 알았어. 그리고 사라지지 않는 슬픔이 있다는 것도. 아마 케이스케도 같은 마음일 거야. 그 사람이 항상 상복을 입는 것도 요코가 하늘나라에 간 다음부터였으니까."

사사가와의 상복 안주머니에 S·Y가 새겨져 있던 것이 생각났다.

"……사장님하고 처음 말을 나눈 것도 상복 때문이었어요."

"맞네. 그날도 아사이 군은 취해 있었구나."

에츠코 씨는 입가에 웃음이 가득했다.

"그…… 누구를 닮았어요?"

"요코의 얼굴?"

"네."

"당연히 나지. 그런데 머리칼은 케이스케를 쏙 빼닮아서 곱슬
머리였어."

"에츠코 씨를 닮았으면 진짜 예뻤겠네요."

에츠코 씨는 수건으로 손을 닦더니 병맥주를 꺼내 유리잔에
따랐다. 꼴꼴 소리를 내며 잔은 맥주로 가득 채워지고 하얀 거품
이 잔에서 흘러내렸다.

"아사이 군도 마실래?"

"저는 괜찮아요. 맛있는 된장국으로 입가심을 해서."

에츠코 씨는 살며시 고개를 끄덕이더니 맥주에 입을 댔다. 지
금까지 눈치채지 못했지만, 카운터 가장자리에 있는 꽃병에는 낯
익은 스위트피가 몇 송이나 꽂혀 있었다. 흰색, 연분홍색, 보라색
꽃잎이 더없이 화려하게 피어 있었다.

"그 꽃, 스위트피예요?"

"맞아. 잘 아네. 향이 참 좋지?"

내 자리에서도 스위트피의 달콤한 향기를 느낄 수 있었다.

"사장님이 현장에 들어갈 때, 항상 스위트피 조화를 현관 앞에
놓거든요. 자주 봐서."

에츠코 씨는 유리잔을 한 손에 들고 꽃병에 다가갔다. 그리고
검지로 스위트피 꽃잎을 부드럽게 건드렸다.

"내가 이 꽃의 향기를 좋아하거든. 케이스케하고 살 때 현관에

자주 꽂아뒀어."

에츠코 씨는 스위트피에 코를 대고 깊게 숨을 들이마셨다.

"요코를 떠나보낸 뒤로 이 꽃잎이 나비처럼 보일 때가 있어. 화려한 나비들이 멈춰 있는 것처럼 말이야. 예전에 케이스케한테 도 말했을지 모르겠다."

"그걸 기억해서 사장님은 항상 스위트피 조화를 놓는 걸까 요?"

"직접 물어보지 않으면 모르지. 우린 어디선가 꼬여 있어. 요 코를 떠나보내고 나서 서로 심하게 상처를 주지는 않았지만, 혼 자 상처를 입었어. 내 곁에 소중한 사람이 있는데도 보이지 않았 고, 서로 잃어버린 빈 공간을 메우지 못했거든. 슬픔의 장소를 찾 는 데만 간절했어. 지금 생각해보면 케이스케한테 그대로 털어놓 고 마음을 솔직하게 전할걸 그랬어. 결국 그걸 할 수 없었기 때문 에 우리가 내린 결론은 헤어지는 거였지."

"어렵네요, 부부라는 건."

에츠코 씨는 다시 한번 부드럽게 꽃잎을 만지더니 잔에 든 맥 주를 들이켰다.

"사랑만으로 모든 게 잘되면 좋을 텐데."

한숨 같은 그 말이 왜인지 귓속에서 계속 울렸다. 나는 의자에 서 일어나서 에츠코 씨에게 다가갔다.

"맛있는 된장국에 감사하는 마음이에요."

주머니에서 작은 상자를 꺼내 포장을 풀고 스노볼을 조용히 꽃병 옆에 놓았다.

"예쁘다……."

"오늘 샀어요. 반짝이는 빛에 끌려서. 크리스마스 분위기 나죠?"

스노볼 속에선 가랑눈이 흩날렸다. 액체 속에 떠도는 눈은 천천히 일렁이며 주위의 빛을 반사시켰다.

"오늘 밤만큼은 이 꽃잎이 나비처럼 날아오르더라도 난 놀라지 않을 거야."

"성스러운 밤이니까요."

에츠코 씨의 뺨에 눈물이 흘러내렸다. 나는 눈이 건조해져서 아플 때까지 스노볼을 바라볼 수밖에 없었다.

딸기 생크림 케이크

"집에 돌아오면 요코가 너무 예쁘게 나를 보고 웃어주는 거야.
아빠, 안녕. 좋은 아침이야.
나는 그런 아침을 잊고 있었어. 계속……. 쭉……."

1.

"아들? 새해 복 많이 받아. 몸은 좀 어때?"

엄마의 목소리가 휴대전화 스피커에서 지직거리며 들려왔다.

"지금은 괜찮아."

"그래, 도쿄는 춥니?"

"아니. 겨울은 원래 춥잖아."

"우리는 할머니 상중인데 유지 씨하고 아베 씨가 와서 술판을 벌이고 있어. 이번에 집에는 안 내려오려고?"

"응."

"밥은 잘 먹고 다녀? 매일 좋아하는 라면만 먹지? 자꾸 편식하니까 독감에 걸리는 거야."

"잘 먹고 다녀."

엄마는 사투리와 표준어가 섞인 말투로 이야기한다. 엄마는 내가 도시에서 데려갈 결혼 상대가 비웃지 않도록 사투리를 조금씩 고치고 있다고 했다.

"요즘 아빠가 정원에서 훈제를 하거든. 쌀이랑 같이 보냈어."

"응, 알았어."

엄마와의 대화는 금방 끝이 난다. 내 건강과 식사에 대해서밖에 물어보지 않으니까. 잠시 동안 친척들의 떠들썩한 목소리가 작게 들려왔다. 평소였으면 그대로 전화를 끊겠지만, 오늘은 마음에 계속 걸렸던 말이 훌쩍 입 밖으로 나왔다.

"할머니는 행복했나?"

전화기 너머로 엄마가 약간 입을 다무는 느낌이 났다. 내가 어렸을 때부터 두 사람의 대화는 삭막했고 함께 웃는 모습을 본 기억도 없다. 할머니와 함께 살던 시절이 있었지만, 내가 중학생일 때 아버지의 직장 문제로 따로 살게 되면서 두 사람은 거의 만나지 않았다.

"엄마는 할머니랑 사이가 안 좋았지?"

"그렇지. 할머니가 하신 잔소리를 적으면 사전보다 두툼해질걸?"

"할머니가 죽어서 슬퍼?"

나의 직설적인 질문에 엄마는 한 박자 느리게 대답했다.

"아니, 하나도 안 슬퍼."

아무리 노력해도 서로 이해할 수 없는 사람이 있다. 그 상대가 마침 한 가족이었다는 것은 운이 나쁜 일이지만, 막상 그런 대답을 듣고 나니 말로 표현할 수 없는 공허함이 느껴졌다.

"슬프지는 않지만 조금 섭섭해."

"뭐?"

"할머니 엄청 싫어했지. 근데 막상 돌아가시니까 좀 섭섭해."

엄마의 대답은 악의 없이 솔직했다. 나는 휴대전화를 든 손에 힘을 주었다. 엄마는 느긋한 목소리로 계속 말했다.

"더 이상 볼 수 없다는 생각에 이런 마음이 드는 건가 싶어. 그렇게 싫어했는데."

"그렇구나. 할머니 한 번 더 보고 싶어?"

수화기 너머로 엄마의 어이없어하는 웃음소리가 들렸다.

"당연히 싫지. 할머니는 진짜 본능대로 산 사람이야. 할아버지가 돌아가시고 나서 친구분들하고 자주 여행도 다니고 동네 어르신 중에 남자친구도 있었나 봐. 끝까지 당신 인생을 즐겼어. 마지막에는 누구 도움도 안 받고 덜컥 가셨잖아. 매일 불단에 올리는 향하고 꽃병의 물을 갈아드리는 걸로 충분하지 않겠어?"

"그렇구나."

"장례식도 잘 치렀고 와타루처럼 기억해주는 사람도 있으니까 아마 행복한 인생이셨을 거야. 할머니도 좋아하시겠다."

엄마의 목소리는 아주 밝았다. 나와 달리 엄마가 떠올리는 할머니의 얼굴은 웃고 있는 표정일지도 모른다.

"그러고 보니까 할머니가 손자 중에 와타루가 제일 착하다고 했었네."

"진짜? 왜?"

"할머니, 뜨개질했잖아. 해마다 장갑이나 목도리 같은 걸 떠서 와타루랑 누나한테 줬잖아. 기억나?"

할머니의 취미는 뜨개질이었다. 가게에서 파는 것과는 달리 살에 닿으면 털실이 따끔따끔해서 편하진 않았다.

"누나는 촌스럽다고 손도 안 댔지만, 너는 밖에 놀러 나갈 때마다 꼭 할머니가 준 장갑이나 목도리를 했잖아. 내가 사다 준 게 있는데도 꼭 할머니가 떠준 걸로."

"그랬나?"

"너 정말 기억 안 나? 엄청 마음에 들어 했잖아. 만화랑 애니메이션 캐릭터도 없었는데."

솔직히 그때 무슨 마음이었는지 기억은 나지 않는다. 그래도 할머니가 떠준 목도리는 따뜻했다.

"하루는 네가 놀이터에 갔다가 없어진 적이 있었어. 유괴됐다는 생각에 마음 졸이면서 동네방네 방송까지 했었다니까.”

“그런 일이 있었어?”

“그랬어. 결국 밤 9시가 넘어서야 발견됐는데 논두렁길을 혼자 걸어가고 있었대. 울면서.”

“그래?”

“얘 좀 봐. 정말 기억 안 나? 집에 돌아온 다음에 이유를 물었더니 놀다가 잃어버린 할머니 목도리를 한참 찾아다녔다는 거야. 눈은 빨갛게 붓고 콧물이 줄줄 흐르는 얼굴을 보니까 웃음이 나더라.”

“진짜야? 엄마가 지어낸 얘기가 아니고?”

“아니라니까, 얘. 생각해보면 이 이야기를 할 때는 할머니하고 같이 깔깔댔네.”

할머니의 얼굴이 희미하게 떠오른다. 영정 속의 얼굴이 아니었다. 뾰족한 얼굴형에 올라간 눈썹, 눈가에는 주름이 잡혀 있다. 언젠가 본 적이 있는 할머니의 독특한 미소였다.

“옛날에는 그런 한결같은 소년이었는데, 지금 보면 할머니가 엄청 화내겠다.”

“왜?”

“할머니는 대충 하는 사람 싫어했잖아. 가끔 입만 잘 터는 외판원들이 오면 혼자서 내쫓아버리고.”

작게 웃는 소리가 들린 뒤, 수화기 안쪽에서 어색한 헛기침 소리가 들렸다.

"열심히 살면 해파리도 뼈를 만난대."

엄마는 갑자기 진지한 말투로 듣도 보도 못한 말을 꺼냈다.

"그게 뭐야?"

"몰라? 옛날 속담이야. 해파리의 몸은 거의 수분이잖아. 그래서 물컹물컹하거든. 하지만 해파리도 오래 살면 언젠가 뼈를 만나서 뼈가 있는 해파리가 될 수 있을지도 모른다, 이런 말인가 봐. 오래 살면 큰 행운을 만날지도 모른다는 뜻."

"그런 말이 있구나."

"한마디로 살아 있으면 되는 거야. 살아가다 보면 너처럼 현재 막막한 사람도 언젠가 소중한 무언가를 만날 수 있을지 몰라."

그 말을 끝으로 엄마는 신주쿠에서만 파는 쿠키 이야기를 하며, 일방적으로 전화를 끊었다.

2.

오랜만에 데드모닝의 문을 여는 순간 나는 긴장했다. 연말에 독감에 걸리는 바람에 크리스마스이브가 마지막 근무였던 것이다. 독감 진단을 받았을 때 미안한 마음이 들면서도 살짝 안심했던 것이 사실이다. 사사가와의 과거를 안 다음 날에 출근을 했었다면 꽤나 어색하게 굴었을 것이다.

"새해 복 많이 받으세요. 연말에 쉬어서 죄송합니다."

사무실에 들어서자 작년과 다름없이 볼이 빵빵한 모치즈키 씨가 안쪽에서 얼굴을 내밀었다.

"아사이 군, 왔구나. 새해 복 많이 받아. 오랜만이네. 아파서 그런가, 살 좀 빠졌어?"

"3킬로그램 정도요. 심할 때는 요구르트도 못 먹었거든요. 모치즈키 씨도 살 좀 빠졌어요?"

"무슨 소리야. 자꾸 어른을 놀려. 명절 음식하고 떡을 하도 먹어서 3킬로그램 쪘어."

오랜만에 본 모치즈키 씨의 웃는 얼굴은 왠지 모르게 나의 마음을 편하게 했다.

"아무튼 연말이라 바쁜 시기에 쉬어서 죄송해요. 그리고 올해도 잘 부탁드립니다."

"올해도 잘 부탁해. 그리고 아사이 군은 술을 너무 많이 마시게 하면 안 된다는 걸 알았으니까 명심할게."

"그 얘기 하실 거예요?"

그날 이후 가에데도 만나지 못했다. 이불에 누워서 고열에 시

달릴 때, 밖에서 트럭 엔진 소리가 들리면 매번 이불에서 기어 나
와 창밖을 확인했던 일은 아무에게도 고백할 생각이 없다.

"명절 음식 남은 거 챙겨 왔거든. 밤과자 있는데 먹을래?"

"그래도 돼요? 먹을래요."

"다 먹을 수 있을 줄 알았는데, 역시 1킬로그램은 많았나 봐."

새삼스레 모치즈키 씨의 식욕에 할 말을 잃고 있는데, 현관문
이 열리는 소리가 났다.

"올해도 잘 부탁해."

사사가와는 작년과 다름없이 상복을 입고 있었다.

"연말에 쉬어서 죄송합니다. 올해도 잘 부탁드려요."

"이제 몸은 좀 괜찮아?"

사사가와의 눈언저리에는 다크서클이 짙게 생겼고, 얼굴도 부
어 있었다. 그는 지친 표정으로 자신의 책상으로 향했다.

"네, 괜찮아요. 저보다 사장님 얼굴이 더 안 좋아 보이는데
요."

그렇게 말하는 동안 한 번도 만난 적이 없고, 앞으로 만날 수
도 없는 한 아기의 모습이 내 머릿속을 스쳐 지나갔다.

"연말연시에 계속 일했거든. 요새 아사이랑 같이 현장에 갔잖
아. 오랜만에 혼자 하려니까 피곤하더라."

"어? 계속 일했어요?"

"아, 얘기 안 했나? 현장에서 자꾸 날 부르거든."

병치레를 했다지만, 집에서 잠만 자며 게으르게 연휴를 보냈던 나 자신이 부끄러워졌다. 내가 싸구려 술에 취해 코를 골고 있을 때도 사사가와는 녹아내린 사람의 일부와 싸웠다.

"하긴 기다리라고 해도 의뢰인이 그냥 기다리지 않죠. 냄새에, 더군다나 시신을 발견한 사람은 심기가 불편할 테고……. 많이 바빴어요?"

"뭐, 그렇게 많이는 아니고. 자살 세 건이랑 고립사 네 건. 평소에도 비슷하잖아."

"제게 연락했으면 같이했을 텐데."

"올해는 아사이가 그 말을 후회할 정도로 부려먹을게."

사사가와는 장난스러운 미소를 지으며 엄지를 치켜세웠다.

모치즈키 씨가 커피를 각자의 책상에 내려놓았다. 접시에 담긴 고운 색감의 밤과자도 함께였다.

"맛있겠다. 명절에 이런 거 먹는 거 오랜만이에요."

"많이 있으니까 더 먹어."

입에 넣은 밤과자에서 자연스러운 단맛이 퍼져 나온다. 의외로 커피와의 궁합도 나쁘지 않았다.

"올해는 아사이 군도 있으니까, 새로운 출발을 다짐하는 의미로 한 해 목표라도 서로 이야기해볼까?"

모치즈키 씨의 밝은 목소리가 들렸다. 나는 커피를 삼키면서 고개를 끄덕였지만, 사사가와는 고개를 떨구며 말했다.

"나는 괜찮아. 그런 거 안 해도 돼."

"또 그런 소리 말고……. 그냥 목표잖아."

"나는 이대로 괜찮아. 별로 바꿀 마음도 없고."

사사가와는 한 번도 얼굴을 들지 않고, 묵묵히 밤과자를 입에 넣었다.

"알았어. 나랑 아사이 군하고 하자. 우선 나부터. 올해는 체중 5킬로그램 감량을 목표로 삼겠습니다. 이대로 계속 찌면 역대 최고 기록이 될 것 같거든."

"하긴 처음 만났을 때보다 좀 쪘어요."

"시끄러워. 아사이 군의 목표는?"

모치즈키 씨의 재촉에 허공을 응시하며 생각한다. 스스로도 놀랄 만큼 아무것도 떠오르지 않았다. 지난 몇 년 동안 목표를 세우고 생활한 적이 없었다. 타성에 젖어 하루하루를 보냈다는 사실이 뼈저리게 가슴에 와 닿았다.

"음……, 목표가……."

"그렇게 고민하지 않아도 괜찮아. 그냥 목표인데."

얼굴을 너무 찡그렸는지 모치즈키 씨가 다시금 재촉하는 목소리가 들렸다. 그 목소리를 무시하고는 팔짱을 낀 채 허공을 응시했다. 올해는 뭔가 바꾸고 싶다. 그게 무엇인지조차 말로 딱 표현할 수 없지만.

"올해는 우리 사무실을 아침 햇살이 들어오는 밝은 곳으로 만들고 싶어요."

결국 아무 생각도 나지 않아 농담 같은 소리를 했다. 얼마 전에 모치즈키 씨가 이 사무실은 밤처럼 어둡다고 투덜댔던 것이 뇌리에 남아 있었을지도 모르겠다.

"그런 짓, 필요 없어."

사사가와의 목소리가 들려왔다. 평소와 달리 차가운 어조에 분위기가 얼어붙었다.

"좀 어둡잖아요. 눈 나빠져요."

"난 지금 이대로 괜찮아. 어두우면 시력이 떨어진다는 의학적 근거는 없어."

농담조로 말한 나의 발언을 사사가와가 가로막았다.

"사사가와 군……, 그렇게 정색하지 말고."

"누가 무슨 말을 한다고 해도 난 이대로가 좋아. 변화 따위 원하지 않는다고."

모치즈키 씨가 수습하듯 말을 붙였지만, 사사가와는 여느 때와 달리 단호했다. 그때 전화벨이 울렸다. 그 소리가 긴장된 분위기를 조금 풀어주었다.

"밤과자는 더 못 먹겠네."

사사가와는 그렇게 작게 중얼거리며 수화기를 들었다.

3.

아직 명절 연휴의 느슨한 분위기가 느껴지는 거리를 트럭이 달렸다. 사람의 왕래가 적고 셔터를 내린 가게도 많다. 그런 거리의 풍경을 잠에서 깨우듯 '블루 먼데이'의 비트가 여전히 담담하게 스피커에서 흘러나왔다.

"동반자살이요?"

"집주인분 말씀으로는 그래."

결국 모치즈키 씨가 만든 밤과자를 더 먹을 새도 없이 우리는 트럭에 올라탔다.

"해가 바뀌자마자 그랬네요."

"언제 돌아가셨는지는 아직 모르지만, 연말연시에 의외로 많아. 지금보다 밝은 미래를 상상하기 어려우니까."

"전 술 마신 다음 푹 자고 나면 싫은 건 다 까먹거든요."

"아사이 같은 사람이 적으니까, 이런 일이 없어지지 않는 거지."

동반자살은 삼류 멜로드라마에나 존재하는 일이라고 생각했다. 지금 그런 사건이 있었던 집으로 향하고 있다니 솔직히 실감이 나지 않는다.

"동반자살이면 자신 이외의 다른 누군가의 목숨까지 끌어들인다는 거죠? 전 절대 그런 짓은 못 할 것 같아요."

거듭 입 밖으로 내봐도 민폐인 데다 성가시기 짝이 없는 이야기였다. 혼자 죽을 수 없는 사람은 혼자 살아갈 에너지도 결여되어 있는 것이다.

"옛날 작가들처럼 사랑 때문에 같이 죽음을 선택하는 경우도 없진 않아. 하지만 요즘은 간병을 하다 동반자살 하는 경우가 많아. 노노개호(老老介護, 일본에서 노부부가 서로를 돌보거나 나이 든 자식이 부모를 수발하는 것을 뜻하는 말-옮긴이)라는 말 들어본 적 있지? 간병인도 고령이기 때문에 지쳐서 고민 끝에 자신도 상대도 죽여버리는 거야."

"이번에도 그런 경우예요?"

"집주인분이 전화로 자세히 설명해주지 않아서 모르겠어. 현장에 도착하면 알 수 있겠지."

나는 더 이상 아무 말도 묻지 않고, 창문에 비치는 경치를 바라보았다.

목적지 근처의 유료 주차장에 차를 세웠다. 새해 첫 번째 일이 동반자살 현장이라니 썩 내키진 않지만, 잘 생각해보면 남은 선택지는 고립사나 자살, 타살 현장 정도다.

"거의 다 온 것 같아요."

그렇게 몇 분 돌아다닌 끝에 현장 부근에 도착했다. 큰길에서 약간 벗어난 주택가로, 주위에는 단독주택이 나란히 들어서 있었다. 시내 중심가와 비교하면 딱히 명절 분위기도 나지 않았다. 빈 집들이 줄줄이 늘어서 있는 듯한 쓸쓸한 동네였다.

"이 목조 공동주택인가 본데요."

"그런가 보다. 살짝 냄새가 나네."

"그건 그렇고, 장난 아니네요."

눈앞의 건물은 금방이라도 무너질 것 같은 외관이었다. 부지 내에는 까마귀가 난장판을 만들어놨는지 음식물 쓰레기와 빈 깡통이 굴러다녀서 상황이 더욱 비참해 보였다. 1, 2층에 세 가구씩 들어가 있고, 현관문은 도장이 벗겨진 데다 파손도 눈에 띄었다. 2층의 한 집은 깨진 유리창을 박스테이프로 막아두었다. 그 집의 베란다에 설치된 녹슨 빨래건조대에는 색이 바랜 옷걸이가 하나가 바람에 흔들리고 있었다.

"정말 여기서 사람이 살 수 있을까요?"

"살고 있지 않을까? 창문으로 보면 세제 같은 것도 보이고, 저기 세발자전거도 있네."

사사가와가 가리키는 쪽을 보자 1층의 제일 안쪽 집 앞에 세발자전거가 서 있었다. 멀리서 봐도 오래된 자전거 같았다. 만화 캐릭터도 없고, 애들이 좋아할 만한 화려한 장식도 없었다. 이 건물을 보자니 죽은 사람이 금전적으로 궁핍했다는 사실을 대충 알 수 있었다. 특수청소를 의뢰한 것도 집주인이었다. 유족과 연락이 되지 않거나 지인이 하나도 없던 사람일지도 모른다.

사사가와가 도착했다는 연락을 하고 몇 분 만에 머리가 희끗한 여자가 건물로 다가왔다. 여자는 우리를 확인하더니 그 자리에서 깊게 머리를 숙였다.

"안녕하세요. 특수청소 전문회사 데드모닝에서 나왔습니다."

사사가와의 인사를 듣자 머리가 희끗한 여자가 고개를 한 번 끄덕였다.

"감사합니다. 연초부터 와주시느라 고생 많으셨죠. 저도 갑자기 이런 일이 생겨서 당황스럽네요."

"많이 놀라셨겠습니다. 전화로는 동반자살이라고 하셨죠?"

사사가와의 물음에 집주인은 눈을 내리깔더니 힘들게 이야기를 꺼냈다.

"그런 것 같아요. 유서도 발견됐고요. 이웃 주민이 냄새가 난다고 해서 경찰에 신고했더니 욕조 안에서 시체가 발견됐다고 했어요. 경찰 얘기로는 죽은 지 보름쯤 됐을 거라고…….”

“그렇군요. 유족과 연락은 되셨나요?”

“아니요. 연락처도 모르고……. 청소대금은 제가 내겠습니다…….”

계속해서 눈을 내리까는 집주인의 모습을 보면서 연초부터 이런 사태에 휘말린 것이 안쓰럽게 느껴졌다.

“알겠습니다. 현장은 보셨나요?”

“아니요. 안 봤어요. 경찰로부터 입실 허가가 난 후에도 방에는 들어가지 않았어요. 시체가 발견된 욕실이 아주 처참한 상태였다고 해요. 경찰도 안 보는 게 좋을 거라고……. 그리고 자꾸 살아 있을 때 생각이 나서…….”

여자의 눈가에 눈물이 고이기 시작했다. 이렇게 자신의 집에 세 들어 살다가 멋대로 자살한 사람의 죽음을 슬퍼하는 집주인은 드물다. 세입자와 가까이 지냈거나 원래 착한 사람일지도 모른다.

“괜찮습니다. 나머지는 저희가 알아서 하겠습니다. 오늘은 현장을 확인하고 견적을 낼까 하는데 괜찮으실까요?”

사사가와가 부드럽게 말을 건네자 약간 마음이 놓였는지 집주인의 뺨에 눈물이 흘러내렸다.

“네. 최대한 빨리 깨끗하게 정리해주시면 감사하겠습니다.”

“물론이죠. 견적에 합의하고 서류에 사인해주시면, 내일 시작할 수 있습니다. 그럼 어느 집인지 알려주시겠어요?"

집주인은 베이지색 코트 주머니에서 열쇠를 하나 꺼냈다. 열쇠에는 보라색 끈과 방울이 달려 있었다. 사사가와가 열쇠를 건네받자 쓸쓸한 방울 소리가 작게 울렸다.

"103호입니다. 1층 맨 끝이에요."

나도 모르게 건물 쪽을 쳐다보았다. 맨 끝 집 앞에는 그 세발자전거가 있다. 옆에 서 있는 사사가와가 침을 삼키는 소리가 또렷하게 들렸다.

"103호면 혹시 세발자전거가 있는 곳인가요?"

딱딱한 어조로 사사가와가 집주인에게 물었다.

"네. 유리가 타던 거예요. 세발자전거를 타고 동네를 돌아다녔거든요."

사사가와의 표정이 확연하게 흐려졌다. 언제나 담담하게 일하는 사사가와에게는 드문 일이었다.

"혹시 돌아가신 분이……."

"유리라는 아이와 그 애 엄마예요."

잠시 동안 사사가와는 아무 말도 하지 않고 깔끔하게 정리한 머리에 자꾸만 손을 댔다. 이럴 때, 우수한 아르바이트생이라면 센스 있는 말이나 의뢰인을 안심시키는 말을 할지도 모르지만, 나는 결코 우수한 아르바이트생이 아니었다. 나도 사사가와와 마찬가지로 입을 다물고 있었다.

어린아이와 어머니가 죽었다. 그것도 동반자살로 함께. 사사가와는 지금 무슨 생각을 하고 있을까.

"왜 그러세요?"

"아뇨……. 그럼 바로 현장 점검을 시작하겠습니다. 끝나면 다시 연락드릴게요."

사사가와는 가볍게 고개를 숙이고 건물을 향해 걷기 시작했다. 나는 그를 따라가며 흘끗 표정을 훔쳐봤다. 사사가와는 현관 앞에 놓인 낡은 세발자전거를 멍하니 바라보았다.

4.

현관문은 아주 얇은 나무판자였다. 칠이 벗겨지고 거스러미가 일어난 표면에는 얼룩이 흩어져 있었다.

"돌아가신 곳이 욕실이라고 했지?"

"네, 그렇다고 하셨어요."

현관에서 새어 나오는 지독한 냄새에 얼굴이 일그러졌다. 불투명한 창문에는 파리 몇 마리가 붙어 있는 것이 밖에서도 보였다.

"이번 현장은 안 할지도 몰라."

하마터면 듣지 못할 만큼 작은 목소리였다. 사사가와는 무표정하게 현관문에 열쇠를 꽂았다. 문이 오래된 탓에 잘 들어맞지 않았다. 열쇠를 몇 번 좌우로 돌리자 겨우 문이 열렸다. 곧바로 파리가 몇 마리 빠져나와 하늘로 날아갔다.

"냄새가 심하네요……."

콘크리트로 된 좁은 현관에는 지저분한 운동화와 장난감처럼 조그만 빨간 신발이 나란히 놓여 있었다. 다른 신발은 눈에 띄지 않고 신발장조차 없는 쓸쓸한 현관이었다.

"……나는 어린아이가 죽은 현장은 처음이거든. 기분이 정말 별로야."

사사가와의 뾰족한 목울대가 위아래로 움직인다. 관자놀이 부근이 불룩 올라와 있는 것을 보면 어금니를 꽉 깨물고 있는 것 같았다.

"이렇게 작은 신발밖에 신지 못하는데 죽다니……. 정말 아닌 것 같아요……."

"아이를 죽이는 부모는 쓰레기야. 어떤 이유라도."

아주 차가운 목소리였다. 사사가와의 과거를 알고 있는 내게는 죽은 어머니에게 내뱉는 말이라기보다 자기 자신을 책망하는 말처럼 들렸다.

데드모닝의 사무실도 햇볕이 들지 않아 어두컴컴하지만, 이 집에는 다른 종류의 어둠이 감돌았다.

사사가와의 지시를 받아 차단기 스위치를 올렸다. 전등이 몇 번 깜빡거리더니 노란 불빛이 들어왔다.

"정말 빛이 잘 안 드는 집이네요. 그래서 곰팡이 냄새가 나나."

집 안에 들어가자마자 보이는 부엌에는 아이용 플라스틱 식기가 놓여 있었다. 최대한 안 보려고 시선을 돌리며 사사가와의 뒤를 따라갔다. 평소에는 바닥에 떨어진 파리와 벌레의 사체를 처리하며 걷는 사사가와가 오늘은 아무런 망설임도 없이 짓밟고 있었다.

짧은 복도 끝에 있는 방에는 미닫이문이 달려 있었다. 그 문을 열자 세 평 남짓한 공간이 시야에 들어온다. 소파나 침대 같은 큰 가구가 없는데도 왜인지 갑갑함이 느껴졌다. 벽 한쪽에 붙은, 어린아이가 그린 듯한 여러 장의 그림이나 구석에 굴러다니는 장난감이 그런 느낌을 주는지도 모른다.

"그림 그리는 거 좋아했나 봐요."

방 한구석에 크레파스 상자가 보였다. 모든 색을 다 닳을 정도로 써서 끝이 들쑥날쑥했다.

"이만큼 그림이 붙어 있는 것을 보면 싫어하진 않았겠지."

쌀쌀맞은 사사가와의 대답을 듣고, 다시 한번 그림들을 바라보았다. 벽에 붙은 다채로운 색의 그림들은 빈말로도 잘 그렸다고 할 수 없었다.

햇볕에 그을린 다다미 위에 널브러진 블록이나 인형은 모두 색이 바랬고, 약간씩 더러워져 있었다. 최신 게임기는 하나도 없었다. 방의 한쪽 구석에는 오렌지주스 팩과 어디선가 본 적이 있는 유명 가게의 케이크 상자가 있었다.

"저게 마지막으로 먹은 걸까요?"

"응. 아이를 위해서 샀겠지. 마지막 만찬이었는지 모르겠지만, 완전히 부모의 자기만족을 위한 거지."

케이크 상자를 들여다보니 건조한 생크림이 묻은 은박지 한 장이 남아 있었다. 갈색으로 변한 딸기 꼭지도 보였다.

"동반자살 말고 다른 선택지는 없었을까요?"

"생각하고 싶지도 않아. 아이랑 같이 죽다니, 구역질 날 정도로 자기중심적인 선택이야."

옆에 서 있는 사사가와는 어떠한 아픔을 참는 듯 날이 서 있었다. 또다시 뇌리에 낯선 아이의 모습이 떠오른다.

"나는 진심으로 이렇게 생각해. 이 죽음은 잘못됐어. 이 죽음은 동반자살이 아니야. 그냥 폭력이지. 어떤 이유에서건 이건 불합리한 살인이야."

사사가와의 억양 없는 목소리가 들렸다. 목소리는 침착하고 덤덤했지만, 표정에는 감출 수 없는 분노와 증오심이 드러났다.

"그래도 마지막으로 먹은 케이크가 맛있었으면 좋겠네요."

나는 그런 얄팍한 위로의 말을 하며, 다시 한번 벽에 붙은 도화지를 바라보았다.

자살 현장인 욕실은 부엌 맞은편에 있었다. 아직 욕실 문을 열진 않았지만, 거기서 두 사람이 죽었다는 것은 분명했다.

"냄새가 심하네요……. 평소에 현장에서 맡던 냄새와는 다르게…… 뭔가 이것저것 섞인 것처럼……."

"그러게, 엄청나다. 살충제는 준비됐어?"

"네, 세 개 정도 챙겨 왔어요."

문을 여는 순간, 정신없이 들려오는 파리의 윙윙대는 소리에 나는 반사적으로 살충제를 뿌렸다.

"미안해. 너희들한텐 아무 감정도 없어."

어느 정도 파리를 쫓아내고 곧바로 안으로 발을 들여놓았다. 먼저 좁은 탈의실이 나왔다. 탈의실 바닥에는 몇 개의 발자국이 남아 있었다. 경찰이 시체를 수습할 때 생긴 것일까. 혈흔을 가차없이 밟은 탓에 검붉은 발자국이 섬뜩하게 번져 있었다. 탈의실 안쪽에는 욕실이 있었다. 어둠 속에 욕조의 실루엣이 희미하게 떠올랐다.

"불 켤게."

사사가와가 스위치를 누르자 어두컴컴한 욕실이 눈에 들어왔다. 곳곳에 혈액이 말라붙어 있었다. 소름이 끼쳤다.

"아니, 무슨 피가 이렇게……. 멀리서 보면 커다란 동물의 사체로 보이겠는데요……."

옆에 선 사사가와도 힘껏 얼굴을 일그러뜨리며 입가를 손으로 감쌌다.

"너무 심한데……. 타일 바닥에도 피가 굳어 있고, 구더기와 파리 사체도 많아."

"저…… 죄송해요……."

나는 오랜만에 올라오는 토기에 등을 돌린 다음 필사적으로 입가를 꾹 눌렀다. 평범한 집 한구석에 지옥이 펼쳐져 있었다. 의식을 욕실에서 멀리 떨어뜨리려고 안간힘을 쓰는데 사사가와의 차가운 목소리가 들렸다.

"천장에도 피가 튄 걸 보면 동맥을 절단했을 거야. 동맥을 절단하면 정말 분수처럼 피가 튀거든."

"그렇다고 해도 이 상황은 너무 심한데요."

"보통 목욕을 하면서 자살을 시도하는 이유는 얕게 상처를 내도 출혈이 크게 발생해서 죽기 때문이야. 목욕을 하면 체온이 높아지잖아. 그래서 혈액 응고가 잘 안 되기 때문에 비교적 통증이 없는 얕은 자상으로도 피가 계속 흐르거든."

"얕은 상처로도 죽을 수 있는데 이 사람은 왜 동맥을 절단했을 까요?"

"이 현장에서는 나약함이나 망설임은 느껴지지 않아. 아마 정 말로 되돌릴 수 없었을 거야. 죽을 장소로 욕실을 선택한 건 청소 하는 사람들에게 되도록 피해를 끼치지 않으려던 것이 아니었을 까."

다시 욕실을 둘러봤다. 이곳저곳에 피가 튀어 있었다. 온몸의 혈액을 전부 흩뿌린 듯한 양이었다.

"아사이, 욕조 안을 봐."

욕조 안에는 적갈색 액체가 반쯤 채워져 있었다. 도저히 욕조 바닥이 가늠되지 않았다.

"……이게 뭐예요?"

"집주인 아주머니 말씀으로는 보름 동안 여기에 몸을 담그고 있었던 거잖아? 고인의 몸 일부가 녹아 있을 거야."

그 액체가 시야에 들어오는 것만으로 다시 위가 욱신대고 입 안이 말라갔다.

"마개를 뽑아서 얼른 빼내면 되잖아요."

"안 돼. 배수구가 막히면 보통 일이 아니거든. 보통은 흡수제 로 처리하는데, 이 정도 양이면 어렵겠다."

"그럼 어떻게 할까요?"

"떠내야지."

다시 한번, 조심조심 욕조 안으로 시선을 옮긴다. 액체의 표면에는 기름막 같은 것이 생겼고, 죽은 파리도 떠다녔다.

"우리가 하지 않으면 계속 이 상태겠죠……."

이 욕실에 있으면 구역질이 가라앉지 않는다. 조금만 방심해도 한 번에 쏟아져 나올 것 같았다.

"우리가 청소하지 않아도 다른 업자에게 의뢰하면 그들이 깨끗하게 치울 거야."

"그렇긴 하지만……."

"이 욕실을 보면 꼭 죽고 싶다는 어머니의 간절한 마음이 느껴져."

사사가와 말에, 나란히 서서 우리를 바라보는 모녀의 모습이 보이는 듯했다.

"죽음에 대해 그렇게 굳센 의지가 있었다면, 그 마음으로 조금만 더 살지……."

절로 흘러나온 나의 말은 지금으로선 아무런 의미도 없는 바람이었다.

5.

다시 거실로 돌아오자 사사가와가 조용한 목소리로 말했다.

"이 현장은 하지 않을 거야."

단언하듯 말한 다음, 사사가와는 방 한구석에 뒹굴고 있던 블록 하나를 손에 쥐고 가만히 만지작거렸다.

"왜요?"

"현장이 비참해서가 아니야. 개인적으로 어린아이가 죽은 현장은 힘들거든. 일단 왔으니까 상황은 확인했지만, 역시 어렵겠어."

사사가와는 손에 든 블록을 원래 자리에 갖다놓았다. 그의 옆얼굴은 울음을 터트릴 것 같기도 하고, 미소를 짓는 것 같기도 한 이상한 표정이었다.

"자녀분 일이 있었으니까요?"

어느새 나는 그렇게 묻고 있었다.

"알고 있었구나⋯⋯."

"말씀 안 드려서 죄송해요. 에츠코 씨한테 들었어요. 크리스마스이브에."

나의 고백을 듣고도 사사가와의 표정에 변화는 없었다. 그저 깔끔하게 정리된 머리카락을 계속 만지작거릴 뿐이었다.

"나도 딱히 숨겼던 건 아니야. 하지만 사람들이 걱정하고 동정하는 걸 원하지 않았거든. 그리고 이런 이야기를 들으면 상대방도 난감해하잖아. 요코는 우리 두 사람의 마음속에 있으면 돼."

스위트피를 부드럽게 만지는 에츠코 씨의 모습이 떠올랐다. 슬픔이 감도는 그녀의 옆얼굴에 가슴 한구석이 꽉 죄어온다.

"에츠코 씨는 저도 기억했으면 좋겠다고 했어요. 만난 적은 없어도 요코라는 사람이 정말 살아 있었다는 걸."

"우리는 생각이 달라. 에츠코는 그렇게 생각할지도 모르지만 나는 아니야."

"그래도……."

"아무튼 됐고. 이 집에서 나가자. 이런 곳에 계속 있기 싫어."

사사가와의 말투에 흔치 않게 가시가 돋쳐 있었지만, 그 따가운 말과 정반대로 시선은 흔들렸다.

'태양이 죽고 아침이 찾아오지 않아도 어두운 밤의 바닥에서 살아가면 돼요.'

사사가와가 딸의 기일에 내뱉은 말이 고막 안쪽에서 소용돌이처럼 맴돌았다.

"사사가와 씨는 계속 혼자 슬픔을 끌어안고 있네요. 혼자 괴로워하면서, 결국 억지로 어딘가에 묻어두죠."

밤의 어둠은 불필요한 것들을 덧칠해준다. 그렇게 말한 사사가와의 슬픈 결의를 지금 겨우 이해할 수 있었다. 태양이 죽은 세상에는 영원히 아침이 오지 않는다. 어둠이 지배하는 곳에서 사사가와는 숨을 죽인 채 슬픔과 함께 살아가고 있다.

"내가 그런 삶을 원하는 거야. 어쨌든 빨리 가자."

"그걸로 괜찮아요?"

방에서 나가려던 사사가와의 다리가 멈췄다.

"무슨 소리야?"

"그렇게 어두운 곳에 쭉 고립되어 있는 거요."

사사가와는 시선을 한번 돌리더니 벽에 붙은 그림을 바라보았다. 나는 그런 사사가와의 눈동자를 말없이 바라보았다. 침묵이 아프다는 것을 처음 알았다. 몇 번이나 흐린 눈동자의 안쪽을 응시해도 사사가와가 지금 무엇을 느끼고 있는지 알 수 없었다.

"뭐라고 해도 상관없어. 내 마음은 아무도 이해하지 못해."

사사가와는 그렇게 대답하고는 다시 현관을 향해 걸어가려고 했다. 어느새 나는 집에서 나가려는 사사가와의 팔을 힘껏 잡았다.

"따님이 살았던 석 달이라는 시간을 슬픈 추억으로만 채우는 건 잘못됐어요."

사사가와의 관자놀이 근처에 순간적으로 경련이 일어난 것처럼 보였다.

"정확히 말하면 95일이야. 게다가 남이 뭐라고 하든 소용 없어. 어차피 그냥 그럴싸한 소리니까."

"그럴지도 몰라요. 하지만 그렇게 멈춰 있는 모습, 전 보고 싶지 않아요."

작게 혀를 차는 소리가 들리더니 사사가와의 입가가 일그러졌다.

"난 이제 달라질 수 없어. 아무리 기쁜 일이 있어도 그날의 일을 떠올리고, 결국 끝에는 자신을 책망하게 돼. 언제나 안 좋은 결말이야. 똑같은 장소를 빙글빙글 도는 원숭이처럼. 그렇게 살 수밖에 없어."

사사가와는 충혈된 눈으로 날카롭게 나를 쳐다봤다. 그의 목소리에는 슬픈 각오가 배어 있었다.

"놔주면 안 될까?"

"싫어요. 여기서 도망치면…… 데드모닝에 아침이 오지 않으니까요."

데드모닝은 사사가와가 만들어낸 슬픔의 장소다. 벽에 걸린 상복에도, 해가 잘 들지 않는 창문에도, 박스테이프로 만든 간판에도 보답받지 못하는 슬픔이 배어 있다. 그런 슬픔이 사사가와 혼자만의 밤을 만들어내고 언제까지나 아침을 죽이고 있었다.

"무슨 소리를 하는 거야?"

"가슴에 대고 물어봐요. 사실 알고 있잖아요."

사사가와가 팔을 뿌리치고 밖으로 나가면, 더 이상 이 집에 오지 않을 거라는 예감이 내 팔에 힘을 주었다.

"적당히 하지 그래."

"이 집에서 도망치면 안 될 것 같아요."

우리의 교착 상태를 싹 지워버리듯 현관문 열리는 소리가 들렸다. 손수건을 코에 댄 집주인이 모습을 드러내자 나와 사사가와 사이에 감돌던 긴장감은 실이 끊어지듯 탁 끊겼다.

"왜 그러세요?"

나는 얼굴을 찌푸리고 있는 집주인에게 물었다. 집주인은 불안한 표정을 지으며 현관 앞에 방치된 작은 구두를 바라보았다.

"두 분이 있는 동안 방을 봐둘까 해서요……. 내일 청소를 해주실 거라고 생각하니까 겨우 결심이 섰어요……."

"아직 작업하기로 결정하진 않았는데요……."

사사가와가 조심스레 목소리를 냈지만, 집주인에게 전달되지 않은 것 같았다.

"저 같은 노인네라도 집주인은 집주인이니까요. 무엇이 있었는지 봐두는 편이 좋을 것 같아서요. 같이 계셔주니까 든든하고요."

집주인은 바닥에 굴러다니는 파리 사체를 무서워하면서도 한 걸음 한 걸음 천천히 복도를 걷기 시작했다.

"아주 처참한 상황입니다. 정말 보시겠어요?"

사사가와의 질문에 집주인은 조그맣게 고개를 끄덕였다.

"네. 적어도 청소를 시작하기 전에 손을 모으고 싶어요."

욕실의 불을 켜자 방금 전과 다를 바 없는 컴컴한 광경이 펼쳐졌다. 욕실을 둘러보는 동안 집주인은 한 번도 눈을 깜빡이지 않았다.

"……왜 이렇게 됐을까요. 이렇게 하지 않아도 되는데……. 내일은 내일의 해가 뜨는데……."

집주인은 조용히 합장했다.

"유리의 사인은 목이 졸린 거래요……. 경찰의 말로는 유리가 욕조 안에서 엄마의 사체에 안긴 채 발견됐다고……."

떨리는 집주인의 목소리가 멈칫멈칫 창문이 없는 욕실에 울려 퍼졌다.

"자기 자식을 목 졸라 죽이는 건 어떤 기분일까요……. 죽은 자식을 껴안는 건 무슨 마음일까요……. 이렇게 오래 살았어도 모르겠어요, 정말로."

집주인은 눈에 고인 눈물을 손수건으로 닦았다.

"적어도 깨끗하게 만들어주세요. 잘 부탁드립니다……."

그 말을 듣는 순간, 오늘 아침 내뱉은 계획이 되살아났다.

아침 햇살이 들어오는 밝은 곳.

아까는 농담이었지만 지금은 진짜 목표가 되었다. 어느새 나는 사사가와보다 먼저 고개를 끄덕이며 말했다.

"맡겨주세요."

6.

내가 못마땅해하는 표정으로 주차장 반대 방향으로 걸어가도 사사가와는 나를 전혀 말리지 않았다. 그가 나를 불러 세운다고 해도 뒤돌아볼 생각은 없었다.

사사가와는 집주인에게 내일 오전 중에 다시 연락을 드리겠다고 말했다. 내 마음대로 맡겠다는 식으로 대답을 해버렸으니 그럴 수밖에 없었던 것이다. 그래서인지 집주인은 여벌 열쇠를 우편함 안에 넣어두었다.

어지러운 마음으로 낯선 거리를 걷는다. 매서운 추위에 관자놀이 주위로 묵직한 통증이 느껴졌다. 나는 걸음을 멈췄다.

"밤을 해치우지 않으면, 평생 그 어둠 속인 거야……."

사사가와가 그 방에서 보였던, 우는 것 같기도 하고 웃는 것 같기도 했던 표정이 떠올랐다. 이제 그런 얼굴을 보고 싶지 않았다.

'내 마음은 아무도 이해하지 못해.'

그 집에서 내뱉은 그 말은 사사가와를 아득히 먼 존재로 만들었다. 다른 사람을 완전히 거부하고, 자신이 만들어낸 어둠에 숨어들려는 신호와도 같은 말이었다. 그런 생각이 들면서도 한편으로는 희미한 후회도 느꼈다. 나는 그 방에서 사사가와의 마음을 무시하고, 내 입장에서 멋대로 말을 던졌는지도 모른다. 나만의 정의감을 강요했는지도 모른다.

지나가는 차가 경적을 울려 고개를 들었다. 주변에는 낯선 경치가 펼쳐져 있었다. 어디로 향하는지 알지 못한 채 다시 걷기 시작했다.

"데드모닝, 데드모닝, 데드모닝, 데드모닝."

내 혼잣말에 지나가는 사람들이 의아해하는 시선을 던졌다. 더 이상 그저 음침한 느낌의 회사 이름이라고 생각할 수 없었다. 이 이름에는 사사가와의 뒤틀린 마음이 배어 있었다. 어두운 밤의 밑바닥에서 슬픔과 함께 살아갈 각오. 그렇다고 해도 그런 삶을 선택하는 것은 잘못됐다. 어떻게 잘못된 것인지 설명할 수는 없지만.

온몸이 꽁꽁 얼었는지 콧물이 흘렀다. 작업복 소매로 코를 슥 닦고, 다시 걸음을 재촉했다. 다양한 현장에서 몇 번이나 보았던 사사가와의 뒷모습이 생각났다. 나는 지난 몇 달 동안 그 뒷모습을 따라 누군가가 남긴 흔적을 지워왔다. 남들 눈에는 아주 허름한 집일지라도 딱 하나뿐인 삶이 존재했었다.

작업복 주머니에 손을 넣자 차가운 손가락이 전자사전에 닿았다. 바로 문장을 입력하고, 거리 한복판에서 읽기 버튼을 눌렀다.

'나는 언제 뼈를 만날까?'

혼자서 이리저리 헤매다 꽃병에 도착한 것은 다음 날로 날짜가 바뀌려 할 즈음이었다. 이미 문을 닫았으리라 생각했기 때문에 가게에서 새어 나오는 불빛을 보는 순간 울고 싶을 만큼 반가운 마음이 들었다.

꽁꽁 얼어 무감각해진 손으로 미닫이문을 열자 익숙한 웃음소리가 흘러나왔다.

"어? 너 작업복 차림으로 뭐 해?"

카운터에는 가에데 혼자 앉아 있었다. 다른 손님은 없었다. 따뜻해 보이는 하얀 니트를 입은 가에데는 닭꼬치를 입으로 가져갔다.

"모르는 동네에서 조난당해 옷을 갈아입을 새가 없었어⋯⋯."

"응? 뭔 소리야?"

가에데는 지난 크리스마스이브에 꽃병에 두고 갔던 목도리를 찾으러 왔다가 한잔하던 중이었다고 했다.

"새해 초부터 왜 우울한 표정이야. 새해 첫날에 악몽이라도 꿨어?"

"대충 비슷해."

"으, 기운 빠진 것 봐. 아사이 옆에 있으면 좋은 기운도 없어지겠다."

가에데의 쾌활한 목소리를 듣고 있자니 사사가와와 다툰 것을 고백하고 웃음을 터뜨리고 싶어졌다. 하지만 그런 마음을 꾹 참고 뜨끈한 차를 홀짝였다.

에츠코 씨가 내준 두부튀김을 단숨에 먹어치우자 방금까지 느꼈던 추위가 서서히 녹아내렸다.

"아사이는 내일도 일해?"

"모르겠어."

"모른다고? 아르바이트생은 속이 참 편해."

"진짜로 몰라……."

내일, 사사가와가 현장에 갈 일은 없을 것이다. 사실 이미 마음속으론 포기했다. 내가 아무리 발버둥 쳐도 사사가와의 고독에는 다가갈 수 없을지도 모른다.

"케이스케랑 싸웠구나?"

부드러운 목소리가 들려왔다. 카운터 안쪽의 에츠코 씨는 냄비에서 시선을 떼고는 나에게 미소를 건넸다.

"어떻게 아셨어요?"

"소중한 단골손님이니까 얼굴을 보면 알거든."

정확한 추측에 아무 대답도 하지 못한 채 고개를 숙이자 카운터 너머로 내 잔에 맥주를 따르는 소리가 들렸다.

"케이스케는 좋게 말하면 성실하지만, 나쁘게 말하면 고집불통이야. 특수청소 일을 시작하기 전부터 그랬거든. 전에 다니던 직장 상사와도 서로 의견이 달라서 여러 번 다투기도 했어."

가에데가 감자 샐러드를 집어 먹으며 태평하게 말했다.

"에츠코 씨는 사사가와 씨를 잘 아네요. 혹시 사귀는 사이?"

"사귀는 사이는 아니고, 부부였어."

가에데가 절규하더니 곧바로 에츠코 씨에게 질문 공세를 퍼붓기 시작했다. 나는 조용히 잔에 든 맥주를 입으로 가져갔다. 이 부부의 결말을 알고 있는 사람으로서 가에데의 입을 당장에라도 틀어막고 싶었다.

"케이스케는 말이야, 특수청소 일을 하기 전에는 응급구조사였어. 구급차를 타고 누구보다 먼저 현장에 가서 응급 처치를 하는 일이야. 그래서 매일 긴장을 하고 있느라 성격도 까칠했어. 어떨 때는 위험한 재해 현장에 가기도 했거든."

사사가와의 과거를 몰랐던 나는 깜짝 놀라 맥주를 뿜을 뻔했다.

"금시초문이에요. 근데 듣고 보니까 의료 지식이 있는 듯한 얘기를 했던 기억이……."

처음 현장에 갔을 때도 심박조율기에 대해 설명해줬고 약에 대해서도 지식이 있는 것처럼 보였다. 나는 듣도 보도 못한 환상통에 대해서도 알고 있었고, 오늘 그 욕실에서도 한눈에 자살 방법을 정확히 파악했다.

"일을 정말 열심히 했어. 쉬는 날에도 동네 사람들을 상대로 심폐소생술을 가르치곤 했거든. 구급차 소리가 들릴 때마다 늘 조마조마해하고."

"그랬군요……."

에츠코 씨는 수도꼭지에서 물 한 잔을 받아 반쯤 마시고는 다시 입을 열었다.

"그날도 요코가 이상한 걸 가장 먼저 알아챈 건 케이스케였어. 한밤중에 화장실에 가려고 일어났는데 요코가 숨을 쉬지 않았던 거야."

가에데는 평소와 다른 에츠코 씨의 말투에서 뭔가를 깨달았을지도 모른다. 방금까지 질문을 쏟아냈던 것이 거짓말인 것처럼 입을 다물고 진지한 눈빛을 하고 있었다.

"케이스케는 바로 요코의 심폐소생술을 시작했어. 나는 상황이 이해되지 않아서 케이스케가 지시하지 않았으면 구급차를 부를 생각도 못했을 거야. 정말 엄마 자격이 없지?”

에츠코 씨의 어조는 담담했다. 그녀가 아주 잠깐 우리에게서 시선을 떼고 카운터 가장자리를 바라보았다. 시선의 끝에는 한 송이의 스위트피가 꽂혀 있는 꽃병이 있었다.

“정신을 차리지 못하는 나와 다르게 창백해진 요코에게 케이스케는 계속 말을 걸었어. 몇 번씩이나. 목이 쉴 정도로 요코의 이름을 불렀어. 마침 우리 집에 온 구급대원이 후배였나 봐. 케이스케는 ‘내가 할게!’라고 외치고는 잠옷 차림으로 구급차에 올라서 요코의 심폐소생술을 계속 반복했어. 그리고 원래 의사의 지시가 없으면 맞힐 수 없는 링거도 맞혔어. 케이스케는 눈물범벅이 돼서 계속 요코의 이름을 외쳤어. 그때 그 간절했던 목소리가 아직도 귀에 남아 있어.”

옆에 있던 가에데는 뭔가 알았는지 울먹이는 목소리로 말했다.

“저…… 아이는 살았나요?”

“이제 그 애의 목소리는 들을 수 없어. 진단명은 영아돌연사증후군이야. 의사 선생님 말로는 일본에선 7000명에 한 명 정도 발생한대. 난 동네 가게에서 하는 추첨도 당첨된 적이 없는데……. 참 얄궂어.”

불에 올린 냄비에서 국물이 끓어 넘치는 소리가 나자 에츠코 씨는 냄비 쪽으로 갔다. 카운터에 남겨진 우리는 아무런 말도 나누지 않고 각자 테이블 위를 바라보았다. 문득, 한 가지 의문이 떠올랐다.

"사사가와 씨는 왜 응급구조사를 그만뒀어요?"

에츠코 씨는 불을 끄고 나서 주문하지 않은 메뉴를 우리에게 내밀었다. 작은 그릇에는 새하얀 샹린더우푸(간 살구씨를 설탕, 우유, 한천과 함께 끓이고 굳혀낸 푸딩−옮긴이)가 들어 있었다.

"가에데 씨를 울렸으니까 서비스야. 맛있을 거야."

고맙다고 말하고 나서 에츠코 씨의 대답을 기다렸다.

"아무리 내 딸이라고 해도 의사의 지시 없이 의료 처치를 해버린 데다 근무 중이 아닌데도 응급 처치를 한 게 알려졌거든. 케이스케는 6개월 근신 처분을 받았어. 근신 기간이 시작되기 전에 사표를 냈지만."

"그랬군요……."

"그 이후로 이젠 아무도 구할 수 없다고 입버릇처럼 말했으니까……. 요코가 하늘나라에 가고 나서 생각이 많았던 게 아닐까. 나도 마찬가지거든."

에츠코 씨는 우는 것 같기도 하고, 웃는 것 같기도 한 표정을 지었다. 그 방에서 본 사사가와의 표정과 비슷했다.

"케이스케는 말이야, 요코가 죽은 그날 밤에 아직 남겨져 있어. 그래서 어려운 부분이 있을지도 모르겠지만, 손을 놓지 않아

줬으면 해. 전 부인이 하는 작은 부탁이야."

에츠코 씨는 장난스럽게 두 손을 모았다. 나는 애매하게 고개를 끄덕이고는 어떻게 대답해야 할지 몰라 작은 그릇에 담긴 샹린더우푸를 입으로 가져갔다.

7.

꽃병을 나온 것은 새벽 5시가 지났을 무렵이었다. 좀처럼 일어날 생각이 없는 나를 배려한 건지 에츠코 씨는 귀찮아하는 기색 없이 따뜻한 요리를 계속 만들어주었다. 가에데도 잠이 오는지 눈을 비비면서도 끝까지 자리를 지켰다.

"사사가와에게 그런 아픈 과거가 있는지는 몰랐어……. 나중에 똑바로 사과해. 어차피 네가 바보 같은 짓을 했겠지. 남자 둘이 싸우고는 계속 꿍해 있지 말고. 보기 흉하다?"

가에데의 졸린 듯한 목소리가 들렸다.

"그게 쉽지가 않아. 난 뼈 없는 해파리니까."

"그게 뭐야? 내가 정신 빠졌다고 맨날 뭐라고 그랬더니, 정말 이상해진 거야?"

"아니야. 계속 살아가다 보면 해파리라도…… 언젠가 다시 태어나거든. 소중한 걸 만나서…… 뼈가 있는 해파리로."

요란한 한숨 소리가 들리더니 어이없어하는 가에데의 옆얼굴
이 보였다.

"신종 해파리라도 발견하려고?"

사사가와의 집은 에츠코 씨가 가르쳐주었다. 작업복 주머니에
손으로 그린 지도를 작게 접어 넣어두었다. 하지만 이대로라면
언제까지나 이 종이를 열어볼 수 없을 것 같았다. 옆에서 걷던 가
에데는 택시를 잡기 위해 도로 쪽으로 나갔다.

"사사가와 씨를 밤의 어둠 속에서 데리고 나오고 싶어."

내가 중얼거리는 소리를 듣고, 가에데는 택시를 잡으려던 손
을 내렸다.

"왜 네가 그런 짓을 해?"

"그렇게 계속 과거의 괴로움에 사로잡혀 있으면……."

"아사이는 정말로 사사가와의 슬픔을 이해하고 있어? 자신의
아픔처럼 느끼는 거야?"

가에데의 바늘처럼 따가운 시선에 눈을 피했다. 빈 택시가 천
천히 우리 앞을 지나갔다.

"이해하냐니……."

"넌 하나도 몰라. 그럴듯하게 감상에 젖어 있는 것뿐이니까.
이대로 평소와 다름없는 나날이 며칠 계속되면 넌 금세 잊을걸."

"아니야……."

"사사가와의 아픔을 진심으로 느낀다면, 한가하게 맥주는 못 마시지."

가에데가 딱 잘라 말했다. 난 뜨끔했다. 그 말에 아무런 대꾸도 못 하는 나 자신이 부끄러웠다. 난 얼버무리듯 헛기침을 한 번 하고는 고개를 숙였다. 또다시 가에데의 담담한 목소리가 들렸다.

"밤의 어둠 속에서 데리고 나오고 싶다고? 그런 말은 누가 못 해. 그럼 누가 그 어둠 속에 발을 집어넣고 사사가와의 손을 잡을 건데? 그럴싸한 말을 아무리 늘어놓아도 아무것도 안 돼. 그런 말을 할 시간 있으면 네 손을 어둠 속으로 뻗어야지."

"나도…… 생각 많이 해서……."

"결국 넌 난방이 되는 방에서 이불 속에 들어가 사사가와가 잠겨 있는 차가운 밤의 어둠을 들여다보고 있는 것뿐이야. 어중간한 기분으로 사사가와의 아픔과 마주할 생각이라면, 그냥 내버려 둬. 괜히 더 상처 줄 뿐이니까."

아니라고 속으로 부인하면서도 나는 침을 꿀꺽 삼킬 수밖에 없었다.

"아사이의 부족한 머리로, 그럴싸하게 들리는 말을 아무리 고민해봐야 사사가와는 변하지 않을 거야."

"그런 거 아니야……."

"어쨌든 그 밤의 어둠에 돌진해봐. 머리를 텅텅 비우고 말이야. 그게 먼저지."

도로에 신문 배달 오토바이가 달려간다. 주변엔 맑은 공기가 느껴지고, 군청색 하늘에 희미한 주황빛이 감돌기 시작했다. 거리가 깨어나는 기척을 온몸으로 느끼며 나는 깊게 숨을 들이마셨다.

"날 때려줘."

그렇게 말하고는 내 머릿속을 마구 뒤섞듯이 머리카락을 마구 헤집었다.

"뭐?"

"사사가와 씨를 지금 바로 만나러 가고 싶어. 그러니까 기합 좀 넣게. 이 현장을 계기로 나도 사사가와 씨도 변해야 해. 그러기 위해선 그 집을 온 마음을 다해 마주해야 할 것 같아……."

내가 머리카락 쥐어뜯는 것을 멈추고, 고개를 들어보니 가에데의 냉정한 표정이 보였다.

"그거 진심이야?"

"진심이야. 사사가와 씨를 어두운 곳에서 데리고 나오고 싶어. 나도 뼈 있는 해파리가 되고 싶고……. 그러니까 기합을 넣……."

귓가에 짝 하는 소리가 들렸다. 꽁꽁 언 볼이 갑자기 뜨끈해졌다. 그리고 시야가 왜곡되며 날카로운 아픔이 순식간에 퍼졌다.

이어서 반대쪽 뺨에도 똑같은 충격이 느껴졌다.

"윽!"

양 볼에 퍼지는 매서운 통증에 제대로 서 있을 수가 없었다. 두 손으로 짚은 아스팔트 바닥은 믿기 힘들 정도로 차가웠다.

"한 대로도 충분했는데……."

올려다본 가에데의 얼굴은 악마 같은 미소를 머금고 있었다.

"정신 차려! 정신 빠진 놈에서 신종 해파리로 거듭나야지!"

가에데는 손을 내밀지 않고, 마침 눈앞을 지나는 택시에 올라탔다.

나는 잠시 동안 차디찬 아스팔트를 손으로 짚고 있었다. 아직도 양쪽 귀에 삐 하는 소리가 났다.

언뜻 보니 손가락 끝에 붉은 피가 배어 나오고 있었다. 아스팔트를 손으로 짚을 때 상처가 났을지도 모른다. 통증조차 느껴지지 않는 작은 상처였다. 반창고를 붙이지 않아도 피가 멎고 딱지로 메워질 그런 상처.

손끝에 번진 붉은색을 가만히 바라보았다. 나도, 사사가와도, 이렇게 붉은 액체가 온몸에 돌고 있다. 그 사실이 그 방에 살았던 모녀, 우리가 지금껏 흔적을 지워온 사람들, 지금 내 머리에 떠오르는 아기와 너무도 분명하게 달랐다.

주머니에서 쪽지를 꺼낸 나는 어느새 달리고 있었다. 차가운 바람이 뺨을 어루만졌다. 동쪽 하늘은 방금 올려다보았을 때보다 더 짙은 주황빛이 감돌았다. 새벽은 그리 멀지 않았다.

8.

지도를 따라 도착한 사사가와의 집은 사무실 바로 뒤편에 있는 오래된 아파트였다. 이른 새벽이라 그런지 모든 집에 불이 켜지지 않았다. 바로 사사가와의 집으로 올라가려는데 주차장 한편에서 작은 물체가 다가오는 것이 보였다.

"너 왜 여기서……?"

카스텔라는 바로 방향을 바꾸더니 아파트의 복도를 걸어갔다.

"야, 카스텔라!"

꼬리를 살랑대며 카스텔라는 어딘가로 휙 달려갔다. 서둘러 뒤를 따르자 카스텔라는 어떤 문 앞에서 멈추었다.

"이 집은……."

지도를 확인할 필요도 없었다. 꾀죄죄한 우편함에는 휘갈긴 글씨체로 '사사가와'라고 적힌 박스테이프가 붙어 있었다.

"네가 데려다준 거야?"

내 발에 가만히 다가오는 카스텔라를 안아 들었다. 팔 안에서

카스텔라가 한 번 울더니 작업복 소매에 차가운 감촉이 퍼져나
갔다.

"으, 더러워."

카스텔라는 내 팔에 오줌을 싸고는 다시 어디론가 사라졌다.
찝찝한 기분으로 그 작은 뒷모습을 바라본다.

"뭐야, 저 자식……."

이 오줌은 카스텔라 나름의 응원이라고 긍정적으로 생각하며
인터폰을 힘차게 눌렀다.

잠시 후, 삐걱거리는 소리가 들리더니 사사가와의 창백한 얼
굴이 나타났다. 그는 충혈된 눈에 평소와 같이 상복 차림을 하고
있었다. 어쩌면 사사가와는 나와 헤어지고 나서 샤워도 하지 않
은 채 잠을 설쳤는지도 모른다.

"이 시간에 무슨 일이야?"

나의 갑작스러운 방문을 전혀 환영하지 않는 차가운 목소리
였다.

"말하고 싶은 게 있어요."

"미안하지만 너랑 할 얘기는 없어. 돌아가 줘."

사사가와는 일방적으로 그렇게 말하곤 문을 닫으려고 했다.
나는 반사적으로 문틈 사이로 발을 밀어 넣었다.

"잠깐이면 돼요. 지금 아니면 안 돼요."

"다시 한번 말할게. 돌아가 줘."

이 문이 닫혀버리면 모든 게 끝날 것 같은 싸한 예감이 온몸에 퍼졌다. 그러니까 저항을 멈추지 않는다. 멈추고 싶지 않다.

"제 말 좀 들어주세요."

"끈질기다, 너."

사사가와의 얼굴에는 듬성듬성 수염이 자랐고, 수척해진 뺨은 아픈 사람처럼 보였다. 목에 맨 검은 넥타이가 그런 낯빛에 묘하게 어울렸다.

"잠깐이면 되니까 제 얘기를……."

문을 닫으려던 힘이 갑작스레 약해졌다. 거의 닫혔던 문 사이로 선이 가는 사사가와의 몸이 빠져나왔다.

이제 이야기를 나눌 수 있겠다는 생각에 안도의 한숨을 내쉰 것도 잠시, 사사가와는 아무것도 보이지 않는 듯한 텅 빈 시선을 보내왔다.

"제발 혼자 있게 해줘. 부탁할게……. 정말 누구와도 이야기하고 싶지 않아."

사사가와는 깊게 머리를 숙였다. 손끝을 쭉 뻗은 한 치의 오차도 없는 인사였다. 숙인 머리를 들어 올릴 기색은 보이지 않았다. 그런 모습에 난 아무 말도 건넬 수 없었다.

사사가와는 잠시 후에 고개를 들더니 나와 한 번도 시선을 마주치지 않고 다시 집 안으로 사라졌다. 문이 닫히고 자물쇠가 잠기는 소리가 들렸다.

"사장님······."

마지막에 보았던 사사가와의 표정이 자꾸 가슴속 깊은 곳을 꽉 죄어왔다. 다양한 상황에서 몇 번이나 보았던 사사가와의 뒷모습이 뇌리에 떠올랐다. 사사가와는 또다시 어둠이 깔린 밤 속에 잠기고 말았다. 그런 생각이 마음속에 퍼지기 시작했을 때, 희미하게 그 냄새를 느꼈다.

한 번의 드라이클리닝으로는 지워지지 않는 냄새.

크리스마스이브에 사사가와에게서 났던 냄새.

사사가와와 처음 만났던 날의 냄새.

"요코에게 향을 올리고 싶어요!"

얼마 동안의 침묵이 흐른 뒤에 다시 자물쇠 여는 소리가 들렸다. 그 소리를 듣는 순간, 나는 아무 생각도 할 수 없었다.

눈앞의 문이 천천히 열리고, 차가운 눈의 사사가와가 살짝 얼굴을 내밀었다.

"향을 올리고 나면 돌아가."

사사가와의 방은 그저 어둑했다. 작지도 크지도 않은 원룸은 물건이 극단적으로 적었고, 어딘지 쓸쓸한 분위기가 감돌았다. 창문에는 바닥에 끌릴 정도로 기다란 검은 커튼이 달려 있어 바깥의 빛을 완전히 차단하고 있었다. 소리를 줄인 텔레비전에서 새어 나오는 불빛만이 방의 물건들과 사사가와의 표정을 은은하게 비추었다.

그런 어두컴컴한 방 한쪽에 요코의 위패가 놓여 있었다. 위패 옆에는 하얀 분유가 반쯤 채워진 젖병이 있었다. 젖병과 함께 유명한 애니메이션의 캐릭터 인형이 놓여 있었다. 산타클로스 복장을 하고 있는 것을 보면 그 인형은 작년 크리스마스이브에 산 건지도 모른다.

벽에 기대어 아무 말이 없는 사사가와를 쳐다보지 않고 나는 향에 불을 붙였다. 어두운 이 방에선 향 끝의 불이 허무해질 만큼 선명하게 타올랐다.

영정사진 속의 요코는 아직 머리카락이 다 나지 않았지만 머리끝은 확실히 곱슬곱슬했다. 에츠코 씨의 말대로 머리칼은 사사가와를 닮았다. 둥글게 부풀어 오른 뺨에서는 나도 모르게 만져 보고 싶어질 만큼 보드라움이 느껴졌다. 그런 영정사진을 텔레비전 불빛이 은은하게 비추고 있었다.

'하늘나라에서 즐겁게 놀아.'

손을 모은 동안 그런 말밖에 떠오르지 않았다.

"이제 됐지. 그만 돌아가."

계속 손을 모으고 있는 나를 향해 사사가와의 재촉하는 듯한 목소리가 들렸다. 코로 들어온 향냄새에 목 안쪽이 바짝바짝 말랐다.

눈을 떴을 때 사사가와에게 전하고 싶은 말이 저절로 입 밖으로 흘러나왔다.

"오늘 그 집을 청소하지 않으실래요?"

희미하게 사사가와의 어이없어하는 표정이 보였다. 침묵을 메우듯 켜놓은 텔레비전에서 오늘의 날씨를 알리는 누군가의 목소리가 들려온다.

"네가 뭐라고 하든 내 대답은 변하지 않아. 날 내버려둬."

"우리 처음 만났을 때, 죽음은 더럽혀진 게 아니라고 했잖아요. 그 집을 깨끗하게 만들어요. 그 모녀를 위해서 그리고 사장님 자신을 위해서……. 이렇게 도망 다니는 모습을 요코는 보고 싶어 하지 않을……."

"요코는 죽었어!"

내 말을 끊은 사사가와의 목소리가 어두운 방에 날카롭게 울려 퍼졌다. 이렇게 감정이 드러난 사사가와의 목소리는 처음 들었다.

"넌 어린아이의 심폐소생술을 해본 적 있어?"

"……그런 경험은 없어요."

텔레비전 불빛이 짙게 음영이 드리워진 사사가와의 차가운 표정을 비췄다. 사사가와가 그날 밤의 일을 떠올리고 있는 것이 느껴졌다.

"말해줄게! 성인과 달리 아이들의 경우 중지와 약지 두 개만으로 가슴뼈를 압박해! 힘을 주면 몸이 으스러지니까! 요코는 그만큼 작았어. 아주 작았다고⋯⋯."

사사가와는 몇 번이나 두 손가락을 들어 올리면서 봇물 터지듯 말을 이어갔다.

"넌 심장이 움직이지 않는 조그만 몸을 껴안아본 적 있어? 얼음보다 차가워져서 축 늘어진 손을 잡아본 적은 있나? 아주 조금밖에 남지 않은 메마른 뼈를 주워 담아본 적은 있어? 거짓말처럼 조그만 옷을 몇 벌씩이나 버린 적이 있어? 아사이! 대답해! 너는 아무것도 몰라! 알 리가 없다고!"

사사가와는 거친 숨을 내쉬며 어깨를 들썩였다. 그의 상복이 방 안에 감도는 어둠과 완벽하게 동화되어 있었다.

"넌 자기 목숨보다 소중한 존재를 잃은 적이 있어?"

몸속 깊은 곳에서 쥐어짜내는 비명과도 같은 목소리가 들렸다. 주변의 어둠이 더욱 짙어지는 듯했다.

"전⋯⋯ 하나도 몰라요⋯⋯."

사사가와가 어둠 속에서 쥐어짜낸 말들이 내 가슴속을 흐릿하게 만든다. 이렇게 좁은 방 안에 있는데도 사사가와가 아주 멀리서 있는 것 같았다.

"그래, 맞아. 넌 아무것도 몰라. 난 그날로 모든 걸 버렸어. 더 이상 그런 슬픔을 겪고 싶지 않아. 홀가분해지면, 소중한 게 없으면, 기대를 하지 않으면 살아갈 수 있어……."

사사가와는 담배를 꺼내 거칠게 불을 붙였다. 곧바로 담배 냄새와 향냄새가 뒤섞여 방 안이 흐릿해진다.

"나는 그날 밤 속에서 살아갈 거야. 앞으로도 계속."

사사가와는 모든 것을 토해냈는지, 그 말을 끝으로 입을 다물었다. 담배를 쥔 손이 가늘게 떨렸다. 그런 모습을 보면서 나는 무언가 놓칠세라 주먹을 불끈 쥐었다. 손톱이 손바닥에 파고들었다. 어느새 나는 이 자리에 어울리지 않는 미소를 희미하게 머금고 있었다.

"제가 그날 상복 차림으로 꽃병에 가서 정말 다행이에요. 돌아오는 길에 엄청 속이 안 좋아서 토하고 난리였지만."

방 한구석에 놓인 영정을 바라보았다. 요코는 이렇게도 어두운 방에서 얼굴 가득 미소를 짓고 있었다. 그 영정을 보고 있자니 가슴 깊은 곳에 작은 빛줄기가 스며들었다.

"전 아직 소중한 사람을 잃는 슬픔을 몰라요. 하지만 지금 사사가와 씨의 모습을 보면 마음 한구석이 아파요."

텔레비전에서는 여전히 일기예보를 전하는 누군가의 목소리가 들려왔다. 오늘은 빨래하기 좋은 날씨라는 것 같았다. 검은 커튼 너머로 새소리, 자동차 소리가 또렷하게 들려온다.

"네가 어떻게 생각하든 상관없어. 이제 돌아가."

사사가와가 현관 쪽을 손으로 가리켰다. 나는 침을 한번 꿀꺽 삼키고 사사가와가 가리킨 현관과 반대쪽에 있는 창가를 응시했다. 얇은 벽을 사이에 둔 옆집에서 때마침 울리기 시작한 알람 소리가 작게 들려왔다.

내 눈동자에는 바깥의 빛을 완전히 차단하는 검은 커튼이 들어왔다. 그 커튼은 끝없이 이어지는 짙은 어둠처럼 보였다. 정신을 차려보니 난 눈앞의 어둠에 손을 뻗고 있었다.

"뭐가 데드모닝이야……. 뭐가 죽은 아침이냐고……."

난 어금니를 꽉 깨물고, 혈관이 터질 듯 양손에 힘을 주었다. 바로 커튼 고리 몇 개가 튕겨 나가는 소리가 들렸다. 한 번 힘을 주는 것만으로는 이 검은 커튼을 완전히 벗기기 힘들었다. 나는 몇 번이고 양손에 힘을 주었다. 커튼 고리가 저항했지만, 주저하지 않고 힘을 계속 주었다.

"뭐 하는 거야! 그만해!"

고막을 찢을 듯한 사사가와의 고함 소리가 들렸다. 나는 그 소리를 무시하고, 서서히 떨어져 내리는 커튼 사이로 보이는 경치를 바라보았다.

"무슨 짓이야!"

바닥에 팽개쳐진 커튼 고리와 검은 천이 선명하게 보일 만큼 사사가와의 방에 아침 햇살이 들어왔다. 공중을 떠다니는 먼지조차 빛을 받아 반짝거렸다. 창문으로 쏟아져 들어오는 빛은 모든 것을 드러내는 동시에 모든 것을 감싸 안는 듯한 아침을 이 작은 방에 안겨주었다.

나는 검은 커튼을 창문에서 벗겨낸 후, 천천히 사사가와를 향해 돌아섰다. 시야의 한편으로 요코의 영정이 들어왔다. 그 미소에는 빛이 스며드는 집이 훨씬 잘 어울렸다.

"이렇게 어두컴컴한 곳에 틀어박혀 있으면, 계속 아침은 안 온다고!"

심장이 쿵쾅거리고 뇌가 흔들렸다. 이렇게 큰 소리를 낸 게 너무 오랜만이라 폐 안쪽이 아파왔다. 하지만 그 아픔 너머로 전하고 싶은 간절한 마음이 있었다.

사사가와를 데리고 나오고 싶다. 눈을 가늘게 떠야 할 만큼 빛이 넘쳐흐르는 곳으로.

"저, 그 집 앞에서 기다릴게요."

그렇게 내뱉고는 사사가와의 옆을 빠져나와 현관으로 향했다. 내 가슴에 남은 것은 희미한 희망과 계속 울려대는 알람 소리뿐이었다. 발소리를 내며 밖으로 나오니 태양이 이렇게나 보잘것없는 나 자신을 비추고 있었다.

9.

그 집 근처에서 주머니에 손을 넣고 사사가와를 기다리는 동안 시간이 흐르지 않는 듯한 기분이 들었다. 사사가와의 집을 뛰쳐나온 것이 몇 시간 전의 일이건만 아주 먼 옛날처럼 느껴졌다.

시간은 이미 오후 1시를 지났다. 갑자기 차 소리가 들려 시선을 돌려봤다. 음료수 광고가 그려진 트럭이 지나갔다. 나는 괜스레 어깨를 축 늘어뜨렸다.

하긴 올 리가 없지…….

냉정하게 생각해보면 사사가와가 나타날 리가 없었다.

또 다른 방향에서 차 소리가 들려오기에 그쪽을 살펴봤다. 이번에는 이삿짐 트럭이 눈앞을 지나갔다.

겨우 체념하고 걸음을 내딛을 때 내 가슴에는 각오와 불안이 뒤섞여 있었다. 솔직히 말하면 불안이 훨씬 컸다. 하지만 이대로 사사가와가 오지 않는다고 해서 조용히 돌아갈 마음은 도무지 들지 않았다. 적어도 내가 할 수 있는 만큼 저 집을 청소하고 싶었다. 아마 내일이면 데드모닝에서는 잘릴 것이다. 이것이 마지막 근무가 되리라는 것은 어렴풋이 알고 있었다.

그러한 예감 때문인지 작업에 필요한 가장 기본적인 청소 도구를 집에서 챙겨 왔다. 양동이와 어디서 기념품으로 받은 수건, 주방세제와 스펀지, 일반 비닐봉투와 고무장갑, 감기 예방용 마스크. 평소에 쓰던 장비와 비교하면 그 어느 때보다 믿음직스럽지 못했지만, 어쩔 수 없었다.

도망치고 싶은 마음을 애써 억누르며 녹슨 우편함에서 여벌 열쇠를 꺼냈다.

몇 번인가 망설이고 나서 간신히 자물쇠에 열쇠를 꽂아 넣었다. 어제처럼 열쇠가 잘 맞지 않는지, 잠시 시간이 걸리고 나서야 겨우 자물쇠가 열리는 소리가 들렸다.

문손잡이에 손을 대기 전에 묘한 위화감을 느꼈다. 몇 초 동안 그 위화감의 정체를 곰곰이 생각하다가 나는 한숨을 쉬었다.

아…… 스위트피 조화…….

그런 조화를 놓는다고 무슨 소용이 있냐고 항상 생각했는데. 막상 이 집에 혼자 들어가려니, 그 별 볼 일 없는 조화라도 한쪽에 피어 있으면 좋겠다는 생각이 들었다. 어쩔 수 없이 머릿속으로 익숙한 조화를 상상하며 현관문을 열었다.

거주자가 사라져버린 집에는 특유의 공기가 감돈다. 정체되고 섞이지 않은 꽉 막힌 공기는 시신이 부패한 냄새와 혼합되어 일반

마스크로는 막을 수가 없다.

숨을 참으며 욕실로 이어지는 문을 열었다. 탈의실에 어제와 다름없는 거무칙칙한 구두 자국이 보였다.

실눈을 뜨고 문을 몇 번 여닫았지만, 아무래도 나 혼자 욕실을 깨끗하게 만드는 것은 불가능할 것 같았다.

"할 수 있는 것부터 해볼까."

스스로 기운이 나도록 일부러 밝은 목소리를 내며 욕실 문을 열었다. 그리고 바로 옆에 있는 화장실로 향했다. 최후의 저항을 하듯 파리 몇 마리가 내 귓가에서 불쾌한 윙 소리를 내며 어디론가 사라졌다.

화장실 문을 열자 오래된 화변기가 눈에 띄었다. 일단 수세식이긴 했지만 전체적으로 누르스름했고 지저분했다. 게다가 파리 몇 마리가 변기 안에 빠져 있었다.

나는 머릿속을 비우면서 변기에 주방세제를 뿌리고, 화장지로 닦아냈다. 설마 주방세제로 변기를 닦는 날이 오리라고는 상상도 못 했다.

화장실 벽에 붙은 달력에는 중간까지 빨간 매직으로 날짜에 엑스 표시가 되어 있었다. 어설프게 그어진 두 개의 선은 작년 12월 중순에 멈춰 있었다.

아이 어머니에게 살아 있는 것은 그저 고통이었을지도 모른다. '하루 더, 하루만 더'라고 생각하며 캘린더의 날짜를 바라봤을지도 모른다. 그렇게 오직 아픔이 지배하는 일상 속에서 어떤 생각을 했을까. 떨리는 손으로 빨간 매직을 들고, 어쩔 도리가 없던 나날을 지워갔을까. 그런 삶 속에서도 죽은 아이가 조금이나마 웃을 수 있었기를 바라며 달력을 비닐봉투에 버렸다.

화장실을 나름대로 깨끗하게 청소한 뒤, 현관 쪽에 있는 작은 싱크대로 발길을 돌렸다. 오래된 은색 싱크대에는 포크 한 개와 작은 하얀 접시가 방치돼 있었다.

집어 든 포크는 손안에 쏙 들어올 만큼 작았다. 포크 손잡이에는 만화 캐릭터가 들어간 것처럼 보이지만 벗겨져서 거의 지워진 상태였다.

자세히 보니 포크 끝에는 생크림이 말라붙어 있었다. 거실에 빈 케이크 상자가 있었으니까 이 포크로 그걸 먹은 것이 분명했다.

엄마가 갑자기 케이크를 사 왔을 때, 아이는 무슨 생각을 했을까. 신나게 깡충깡충 뛰었을 수도 있고, 어머니의 눈동자에 번진 슬픔을 느꼈을 수도 있다.

상자에 남아 있던 딸기 꼭지가 생각난다. 케이크의 은박지는 하나밖에 없었으니 아이 혼자 먹은 걸까. 어쩌면 아이는 여느 때와는 다른 분위기인 엄마에게 딸기를 나눠줬을지도 모른다.

나는 수도꼭지를 틀었다. 무언가 쿨럭 토해내는 듯한 소리가 들리더니 갈색 녹물이 수도꼭지에서 흘러나왔다. 계속 틀어놓자 물이 서서히 투명하게 변해갔다. 그것을 확인하고, 포크에 주방 세제를 묻혀 스펀지로 얼룩을 닦아냈다. 어차피 버릴 포크를 닦을 필요는 없을지도 모르지만 아주 짧은 시간만이라도 죽은 아이를 생각하고 싶었다.

거실에 발을 들여놓는다. 벽에는 어제처럼 도화지가 몇 개 붙어 있었다. 그 도화지는 그냥 마지막에 떼어내기로 하고, 누가 봐도 쓰레기로 보이는 깡통과 케이크 상자를 주워 비닐봉투에 차례차례 넣었다.

나는 도대체 뭘 하고 있는 걸까…….

주인이 사라진 집에 멋대로 들어와 내 마음대로 흔적을 지우고 있었다. 막상 죽음의 현장인 욕실에는 혼자 들어가지 못해, 이렇게 간단한 청소를 반복하면서.

"나는 좀도둑이 아니라고……."

뒤숭숭한 마음을 달래듯 어느덧 혼잣말이 늘어갔다. 물론 지금 들려오는 것은 파리가 윙윙대는 소리나 집 어딘가가 삐걱거리는 소리뿐이었다. 이런 제멋대로인 짓은 때려치우고 술이나 마시러 갈까. 지금껏 아르바이트가 싫으면 바로 그만두는 일을 반복해왔다. 나도 모르게 뼈가 있는 해파리가 되고 싶다고 가에데에게 말해버렸지만, 그런 해파리는 실제로 존재하지 않는다. 그냥 속담일 뿐이다. 가공의 생물. 역시 나는 아무 생각 없이 도시를 떠다니는 평범한 해파리가 어울린다. 그런 생각을 하고 있자니 서서히 손이 멈췄다.

정말로 사사가와의 슬픔을 이해하고 있어?

가에데의 말 한마디가 머릿속에 되살아난다. 다른 사람의 아픔을 정말로 이해할 수 있을까. 그 아픔을 위로하는 듯한 말을 아무리 늘어놓아도 그저 나는 다 이해한다고 혼자 생각하는 것뿐일지도 모른다. 하지만…… 나는 사사가와의 아픔을 알고 싶다고 생각했다. 그 마음은 거짓이 아니다. 진심으로 내 아픔처럼 느끼고 싶었기 때문에 나는 지금 이 방에 있는 것이다.

나는 몇 번 머리를 흔들고는 벽에 붙은 수많은 그림을 바라보았다. 아무리 봐도 잘 그린 그림이라는 생각은 들지 않았지만, 어느새 가슴속에 등불이 일었다.

옷이라도 비닐봉투에 담으려고 벽장의 손잡이를 당기는 순간, 안에서 무언가가 엄청난 기세로 튀어나왔다.

"으악!"

동그랗게 살이 오른 쥐였다. 쥐는 방황하는 총알처럼 벽을 따라 돌아다니며 방 안에 있는 물건들을 이리저리 흩뜨렸다.

"저리 가!"

나는 걸레를 휘둘렀다. 도망 다니던 쥐는 방구석에서 멈추더니 방향을 바꿔 나를 향해 돌진해왔다.

"악! 오지 마!"

발바닥에 기분 나쁜 느낌이 퍼졌다. 파리의 사체를 밟았을지도 모른다. 그렇게 생각한 순간, 자세가 무너지며 시야에 비가 샌 흔적이 있는 천장이 펼쳐졌다.

"아, 머리야……."

방바닥에서 퍼지는 꿉꿉한 곰팡이 냄새를 맡으면서도 나는 몸을 일으킬 수가 없었다. 현기증과 메스꺼움이 동시에 밀려들었다. 부패액도, 검은 핏자국조차 없는 곳에서 이러지도 저러지도 못한 채 쩔쩔매는 나 자신에게 혐오감이 치밀었다. 내 안에 아주 희미하게 남아 있던 등불이 휙 하고 꺼졌다.

아무리 있어 보이는 말들을 나열한다고 해도 쥐 한 마리가 등장하면 소멸될 가벼운 각오다. 그런 자기혐오가 차가운 사슬처럼 몸을 조여 왔다. 천장에 매달린 알전구를 바라보는데, 어느새 오열이 새어 나왔다. 도저히 멈출 수가 없었다.

진짜 울고 싶을 때는 눈물 한 방울 안 나오더니.

이런 상황에서 울면 더 비참할 뿐인데.

"난 역시…… 그냥 해파리야……."

그때 갑자기 현관에서 열쇠 돌아가는 소리가 들렸다. 역시나 잘 들어맞지 않는지 몇 번 열쇠를 뺐다가 다시 넣는 소리가 들렸다. 집주인이 들어오는지도 모른다. 머릿속이 더욱 혼란스러워진다. 불법 침입이라며 화를 낼지도 모른다. 내 멋대로인 행동을 비난할지도 모른다. 나는 열쇠가 돌아가는 소리를 들으며 열심히 일어나려고 했지만 힘이 들어가지 않았다. 온몸이 이리저리 저려왔다. 변명을 생각해낼 겨를도 없이 겨우 기어가 현관으로 이어지는 복도에 얼굴을 내밀었다.

삐걱거리며 현관문이 천천히 열렸다. 열린 문틈으로 차가운 바람이 들어왔다.

"네가 뜯은 암막 커튼 값은 이번 달 월급에서 제할 거야."

문을 닫는 소리가 들리고, 현관에 선 긴 다리가 뿌옇게 보였다. 현실도피를 하다가 환상을 보고 있는지도 모른다.

"우리 집은 햇빛이 쨍쨍 들어와. 짜증날 정도로 말이지. 그래서 몇 년 동안 암막 커튼을 달아놨어."

사사가와는 곧바로 작업을 시작할 수 있는 복장을 하고 있었다. 평소처럼 담담한 말투를 듣고 있자니 느껴본 적이 없는 따스함이 가슴 깊은 곳에서 흘러나왔다.

"오늘 내 방에 오랜만에 아침이 왔어. 고마워, 아사이."

"사사가와 씨……."

간신히 쥐어짜낸 나의 목소리를 듣더니 사사가와는 조용히 고개를 끄덕였다. 거기에는 처음 보는 부드러운 웃음이 떠올라 있었다.

"아침 햇살이 비치는 방 안에서 요코의 목소리가 들린 것 같았어. 아아, 우우, 이렇게 옹알이하는 목소리가."

사사가와는 살짝 고개를 숙이고는 몇 번인가 올백으로 정리한 머리를 만지작댔다. 내 뿌연 시야로도 그가 현관에 방치된 작은 빨간 구두를 바라보는 것을 알 수 있었다.

"그 목소리를 듣는 순간, 지금을 열심히 살고 싶어졌어."

나는 뿌연 시야를 털어내듯 작업복 소매로 두 눈을 비볐다. 서서히 눈앞의 장면이 또렷하게 들어왔다. 어느새 뒤통수의 통증은 사라졌다.

"자, 그만 엎어져 있고, 이 방에 남은 흔적을 지워볼까?"

사사가와는 느릿한 동작으로 현관 앞에 무언가를 놓았다. 낯익은 스위트피 조화였다. 내게는 그 조화가 진짜 꽃보다 훨씬 생기 있어 보였다.

10.

장비를 갖추고 마음을 가라앉힌 다음 집으로 돌아왔다. 사사가와가 빨간색 플라스틱 통을 양손에 들고 있었다.

"먼저 욕실부터 할까? 탈의실은 나중에 하자."

사사가와는 평소와 같은 담담한 태도였다.

"네!"

나의 우렁찬 대답을 듣고, 사사가와의 입술 끝이 살짝 올라갔다.

욕실의 불을 켜고, 조심조심 욕조 안을 들여다보았다. 변함없이 기괴한 액체로 가득 차 있었다. 어제보다 표면에 떠 있는 파리의 수가 늘어났다.

"아무래도 여기만큼은 저 혼자서 깨끗하게 청소할 수 없었어요."

내 옆에 서 있는 사사가와의 옆얼굴을 응시했다. 어제처럼 표정이 일그러지진 않았다. 어둠을 가르는 듯한 진지한 눈빛이 욕조를 향하고 있었다.

"우리한테는 이 장소를 원래대로 깨끗하게 청소할 기술도 있고, 도구도 있어. 한번 해보는 거야. 특수청소의 전문가로서."

그 한마디를 듣자 차가운 몸에 열을 실어 나르듯 심장이 빠르게 뛰기 시작했다. 나는 고개를 깊게 끄덕인 후 초기 소독을 준비했다.

약품 분무기로 욕실 전체 소독을 마치고 동선을 확보한 후 사사가와는 양동이를 욕조에 집어넣었다. 표면에 떠 있는 기름막이 찢어지면서 고약한 냄새가 더욱 퍼져나갔다. 잠깐 사이에 양동이는 적갈색 오염수로 가득 찼다.

"플라스틱 통은 준비됐어?"

"네."

작업하기 쉬운 위치에 플라스틱 깔때기를 꽂은 통을 내려놓자 사사가와가 욕조에서 양동이를 퍼 올렸다.

"감염 위험이 있으니까 장갑을 꼈어도 오염수에 닿지 않도록 조심해."

사사가와와 함께 플라스틱 통에 오염수를 부었다. 양동이 속의 오염수를 모두 따라내자 깔때기에는 몇 가닥의 긴 머리카락이 붙어 있었다.

이 집에서 살았던 모녀가 이 액체에 녹아 있는 것이다. 그것이 확실하게 느껴지자 소름이 돋았다.

"아사이, 쉬지 않고 계속할게."

"네!"

사사가와는 다시 양동이를 욕조에 집어넣었다. 나도 또 하나의 양동이를 손에 들고, 오염수를 퍼냈다. 양동이는 빛 같은 건 한줄기도 닿지 않을 듯한 기괴한 액체로 채워졌다.

욕조에서 퍼낸 액체는 플라스틱 통을 네 개나 채웠다. 욕조 바닥엔 부패해 점토처럼 변한 조직이 진흙처럼 쌓여 있고 그 속에는 머리카락이나 손톱 같은 것도 있었다. 몇 번이나 무거운 부패액을 퍼냈기 때문에 양팔이 살짝 저렸다.

"드디어 바닥이 보인다."

사사가와는 삽 같은 도구를 이용해 욕조에 가라앉은 점토를 긁어냈다. 나는 욕실에 있던 샴푸와 비누 등을 비닐봉투에 넣기 시작했다. 욕실에는 핏방울이 튄 오리 장난감도 있었다.

매일 이걸 둥둥 띄워놓고 욕조에서 놀았을까.

"이 아이는 욕실에서 죽을 줄은 생각도 못 했을 텐데……."

"이 아이에게는 목욕 시간이 엄마랑 노는 가장 행복한 시간이었을지도 몰라."

"이 장난감을 버리면 그런 즐거운 추억도 사라져버릴 것 같아요."

사사가와는 대답하지 않았다. 나는 조용히 손에 들고 있던 오리 장난감을 비닐봉투에 버렸다.

사사가와가 욕조 바닥을 어느 정도 정리한 다음, 특수 소독액을 뿌리고 마른 걸레로 닦았다. 오염되었던 욕조가 서서히 제 색깔을 찾아갔다.

"이 욕조는 내가 아무리 열심히 닦아도 바꾸겠지……."

"동반자살한 시신이 들어 있던 욕조는 찝찝해서 싫겠죠. 그럼 우리가 하고 있는 일은 의미가 없네요?"

내 질문에 사사가와가 가볍게 고개를 흔들었다.

"의미는 있어, 반드시. 집주인 아주머니도, 숨을 거둔 모녀도, 이대로는 싫을 거야."

"그렇긴 하겠지만……."

"얼룩 하나도 남기지 말자. 남은 자국을 완벽하게 지우는 거지. 그러면 우리 말고 다른 누군가가 이 작업의 의미를 발견해줄 거야."

말끔해진 욕조에 샤워기로 물을 뿌린다. 배수구로 흘러가는 물은 이미 투명해져 있었다.

천장의 핏자국이나 타일 바닥의 얼룩을 제거하는 것은 꽤 어려웠다. 천장의 핏자국을 닦아낼 때는 사다리 위에서 균형을 잘 잡아야 했다.

"아사이, 그 세제 좀 집어줄래."

"네!"

장거리를 달린 것처럼 나와 사사가와의 뺨에는 땀이 흐르고 있었다. 기분 탓인지 우리의 열기로 실내온도도 올라간 것 같았다.

"조금만 더 하면 되겠다."

"내일 온몸에 근육통이 올 것 같은데, 대충은 못 하겠어요."

몇 시간 전까지 존재했던 눈을 감고 싶어지는 처참한 광경은 이제 온데간데없이 사라졌다. 그곳에는 낡고 오래된 욕실이 나타나기 시작했다.

"나는 특수청소를 하는 동안 한 번도 울어본 적이 없어."

사사가와가 손을 멈추지 않고 중얼거렸다. 그 목소리는 창문이 없는 욕실에 희미하게 울려 퍼졌다.

"특수청소를 처음 시작했을 때부터 계속이요?"

"맞아. 별로 자랑도 아니고 일부러 참는 것도 아니야. 그냥 눈물이 나지 않았어. 어떤 현장에 가도."

나는 어떤 말을 해야 할지 알지 못한 채 눈앞의 핏자국을 스펀지로 긁어내는 작업을 계속했다. 욕실에 우리의 땀 냄새가 짙어져갔다. 약간의 침묵 뒤에 사사가와가 계속 말을 이었다.

"오늘 이곳에 오는 동안 생각한 게 있어."

"뭔데요?"

"오늘 현장을 무사히 마치면 아사이와 꽃병에 가야겠다."

나는 손을 멈추고는 괜스레 어깨를 휙 돌렸다.

"제가 한턱낼게요. 커튼 값은 그걸로 봐주세요."

내 대답을 들은 사사가와는 이 욕실에 들어오고 처음으로 미소를 지었다.

11.

욕실과 탈의실 작업이 완료됐을 때 나도 모르게 털썩 주저앉고 말았다. 엉덩이에서는 단단한 타일 바닥의 감촉이 느껴졌다. 전혀 불쾌하지 않았다. 그것이 이 작업의 의미를 보여준다는 생각이 들었다.

새삼스레 욕실을 보니 오래되긴 했지만, 앞으로도 충분히 사용할 수 있을 만큼 깨끗했다. 직접 청소해서 그런지 묘한 애착마저 생겼다.

"피곤하네요."

"응, 그래도 깨끗해졌다."

욕실을 나온 우리는 고무장갑과 방독 마스크를 교체하고 다시 전투 태세를 갖췄다. 이제 방 안의 유품을 정리하여 오염을 제거하는 작업만 남았다.

둘이서 함께 거실로 들어갔다. 벽에는 도화지가 잔뜩 붙어 있었다.

"아이는 몇 살이었을까?"

"그림을 보면 초등학교는 안 간 것 같네요."

"잘 그린다고 하긴 어렵지만 그림 그리는 걸 좋아한 게 느껴져."

앞으로 몇 시간이 지나면 이 그림도 비닐봉투 속에 들어간다. 이 방에 살던 모녀의 흔적은 사라진다.

"그냥 둘까요? 집주인도 이분들하고 가까우셨던 것 같은데."

농담처럼 말했지만, 내 생각보다 절실한 말투가 되어버렸다. 사사가와는 아무 말 없이 벽에 붙은 그림을 바라보았다. 그의 눈 동자는 방에 감도는 빛을 모두 흡수할 만큼 티 없이 맑았다.

"그러면 아무도 마지막 인사를 못 하잖아. 남은 흔적을 지우면 서 며칠, 적어도 몇 시간이라도 기억하자. 이 방에 또렷하게 존재 했던 누군가의 삶을."

사사가와는 조심스럽게 방의 구석에 있는 블록 하나를 비닐 봉투에 넣었다. 어디에나 있을 법한 그리고 단 하나밖에 없는 삶 의 흔적이 사라지기 시작한다는 신호였다. 나도 말없이 벽에 붙 어 있는 그림에 손을 뻗었다. 태양 아래 세발자전거를 타고 있는 자신을 그린 그림이었다. 옆에 어머니처럼 보이는 사람도 그려져 있었다. 눈가에 웃음을 간직한 사람이었다.

익숙한 트럭 엔진 소리가 들렸을 때는 방 안에 부푼 비닐봉투 가 가득했다. 그림이 붙어 있던 벽에는 네모난 모양으로 변색된 흔적이 남았다.

트럭의 엔진 소리가 근처에서 멈추더니 잠시 뒤에 노크 소리가 났다.

"너 때문에 수면 부족이야."

눈 밑에 다크서클이 생긴 가에데가 나를 바라보고 있었다.

"아침엔 고마웠어……."

"그래서 화해했어?"

"어떻게 잘됐어."

"내가 뺨을 때린 덕분이네."

가에데가 집 안으로 들어서며 큰 소리로 말했다.

"사사가와 씨, 오늘은 욕실이었어?"

"맞아. 욕조에서 모녀 동반자살."

"그렇구나. 안됐다. 바로 옮길게."

가에데는 아무런 망설임 없이 부패액이 담긴 플라스틱 통을 들고 나갔다. 나도 몸에 걸치고 있던 장비를 벗고는 비닐봉투 네 개를 손에 들었다.

밖으로 나오니 끝없이 투명하고 푸르른 하늘이 머리 위에 펼쳐졌다. 나는 양손에 비닐봉투를 들고 그 푸르름을 바라보았다.

"너, 땡땡이치지 마."

가에데가 다시 집으로 향하면서 재촉하듯 말했다. 그래도 나는 머리 위에 펼쳐진 푸른 하늘에서 눈을 뗄 수 없었다. 시야의 가장자리에 희미한 빛의 윤곽이 보이고 맑은 공기가 콧속을 적신다.

"하늘 진짜 맑다."

"갑자기 무슨 소리야? 아직 유품 남았어."

"저기, 멋있는 척 좀 해도 돼?"

가에데가 걸음을 멈춘 듯했다. 나는 올려다보고 있던 탁 트인 푸른 하늘에서 눈을 뗐다.

"나 말이야, 언젠가부터 파도에 몸을 맡기듯 둥둥 떠다녔어. 그런 식으로 누군가와 진지하게 엮이는 걸 피하고 있었거든."

머리 위로 쏟아지는 빛이 나무 사이를 비추는 햇빛의 그림자를 땅바닥에 그리고 있었다. 바람이 불 때마다 그림자가 살며시 흔들렸다.

"하지만 앞으로는 슬픈 일이든, 쓸데없는 일이든 다 좋아. 내 목소리로 이야기하고 싶어. 상대의 눈을 응시하고 숨결을 느끼면서."

나는 계속 그 전자사전에 의지하고 있었다. 목구멍까지 올라오기만 했던 말들. 누군가와 진심으로 마주하는 것을 두려워했던 과거의 나는 이제 버릴 것이다. 그렇게 되면 내 시시한 삶이 소중한 나날로 변해갈 것 같다는 생각이 들었다.

"무슨 소리래, 됐으니까 유품이나 옮겨."

가에데는 내 어깨를 쿡 찌르더니 빠른 걸음으로 사라졌다. 확실히 유품을 들고 있는 팔이 저려오기 시작했다. 그래도 유품을 땅바닥에 내려놓을 수는 없었다.

"있잖아."

뒤쪽에서 가에데가 나를 부르는 소리가 들렸다.

"지금 말한 거."

가에데가 웃는 것 같았다. 내 차가운 뺨에 가에데의 양손에서 전해진 따스함이 퍼졌다.

"하늘 진짜 맑다."

내 시야에 다시 푸른 하늘이 펼쳐졌다. 가에데가 뒤에서 내 얼굴을 잡고 하늘을 향해 들어 올렸기 때문이었다.

"뭐야, 갑자기 왜 그래."

"나도 오늘 하늘이 진짜 맑다고 생각했거든."

가에데는 그렇게 말하더니 곧장 현장으로 달려갔다. 나는 다시 한번 머리 위를 올려다보았다. 푸른 하늘은 몇 번이나 본 적이 있었지만, 오늘의 푸른 하늘이 앞으로 쭉 생각날 것 같았다.

마지막으로 세발자전거를 들고 나가자 가에데는 벌써 트럭 운전석에 올라 시동을 걸고 있었다.

"이제 끝났지?"

"응, 맞아. 수고했어."

손바닥에는 세발자전거의 감촉이 아직도 남아 있었다. 왜인지 언제까지나 이 느낌을 잊고 싶지 않았다.

"맞다, 신종 해파리는 발견했어?"

가에데가 안전벨트를 매면서 별것 아니라는 듯이 말했다. 오늘 아침에 가에데에게 있는 힘껏 맞았던 뺨에 통증이 되살아났다.

"……아마 그럴 거야."

코웃음이 들린 뒤, 트럭은 경적을 한 번 울리고 출발했다.

방에 돌아오니 사사가와는 세제를 뿌리며 벽을 걸레로 닦고 있었다. 나도 고무장갑을 끼고 그 작업을 도왔다.

"벌써 꽤 깨끗해졌네."

사사가와는 손을 멈추고 방 안을 둘러보았다. 텅 빈 방의 얼룩은 제거됐지만, 작게 남은 자국들이나 햇볕에 그을린 벽이 눈에 띈다. 방바닥의 다다미도 군데군데 변색되고 보풀이 일었다. 그것은 지금까지 이 집에 살았던 사람들과 세월이 그려낸 것이었다.

"저는 특수청소를 하면 누군가가 남긴 흔적을 완벽하게 지울 수 있을 거라고 생각했어요. 하지만 아니네요."

"이 방에서 살았던 모녀가 남긴 흔적은 사라졌어."

열린 창문을 통해 살며시 바람이 들어왔다. 아무것도 없는 방 안에서는 그런 느낌이 피부에 직접 와 닿는다.

"남은 흔적은 지울 수 있죠. 하지만 누군가 살았던 나날은 지울 수 없어요."

사사가와는 대꾸하지 않았다. 나는 마무리로 소독액을 뿌리고 나서 오염된 부분이 없는지 확인했다. 이 방바닥을 핥으라고 하면 나는 핥을 수 있다. 그만큼 오늘 일을 자신 있게 해냈다.

문득 사사가와를 보니 도화지 자국이 남은 벽을 아까부터 몇 번이나 닦고 있었다.

"이제 거의 다 닦은 것 같아요."

창문을 통해 해 질 녘의 기운이 밀려 들어왔다. 어두워지기 전에 집주인에게 실내를 확인받아야 한다.

"사사가와 씨, 제 말 듣고 있어요?"

"응급구조사 일을 할 때는 24시간 근무였거든. 야간에 구급 요청이 들어오면 잠깐 눈을 붙일 수도 없었어."

등을 돌린 사사가와의 목소리는 아주 작게 떨리고 있었다. 바닥에 물방울 떨어지는 소리가 들린다.

"집에는 다음 날 아침에나 들어가니까 늘 피곤했어. 집에 들어가는 길에 보는 아침 햇살이 답답했어. 하지만 집에 도착해서 요코의 얼굴을 보면, 너무 예쁘게 나를 보고 웃어주는 거야. 아빠, 안녕. 오늘도 좋은 아침이야. 이렇게 말을 걸어주는 것처럼."

사사가와는 벽을 닦는 것을 멈추고, 그 자리에 털썩 주저앉았다. 등은 심하게 떨리고 몇 번인가 눈앞의 벽에 머리를 찧고 있었다.

"나는 그런 아침을 잊고 있었어. 계속…… 쭉……."

사사가와는 평소의 냉정함을 잃고 있었다. 눈물이 떨어져 내리는 소리가 들리지 않을 정도로 오열하는 소리가 점점 커져갔다.

"사사가와 씨……."

한 번도 현장에서 운 적이 없다던 말이 거짓인 것처럼 사사가와는 감정을 한껏 드러내며 울고 있었다. 자연스럽게 내 발은 사사가와의 뒷모습을 향해 나아갔다. 어느새 나는 사사가와의 손에서 걸레를 건네받았다.

"다다미 젖어요."

걸레로 다다미를 닦자 금방 눈물의 흔적이 사라졌다. 난 다다미를 닦는 동안 눈물을 흘리지 않으려고 안간힘을 썼다.

"내가 할게."

나는 가지고 있던 걸레를 다시 사사가와에게 건네고는 그가 자신의 눈물 자국을 지우는 모습을 말없이 바라보았다.

12.

집주인은 여러 생각에 잠긴 듯 텅 빈 방을 둘러보더니, 잠시 동안 아무 말도 하지 않았다. 마지막으로 모녀가 숨을 거둔 욕실을 보며 깊은 한숨을 내쉬었다.

"평소와 다름없는 욕실로 돌아갔네요."

사사가와가 집주인에게 물었다.

"청소 상태에 문제는 없죠?"

"네. 이제 이 집에는 아무도 살지 않을 테니까 이걸로 됐어요."

집주인은 주머니에서 사탕 세 개를 꺼내 욕실 타일 바닥에 조용히 내려놓았다.

"이 집은 이제 누구에게도 세를 줄 수 없어요. 그 아이들이 마지막 세입자예요."

"그래요? 리모델링도 안 하세요?"

"벌써 지은 지 50년이 됐으니까요. 저와 마찬가지로 이리저리 쑤실 거예요. 이제 시간이 되면 정리해야죠. 마지막으로 깨끗하게 해주셔서 고마워요."

집주인은 사사가와의 서류에 서명을 하고는 머리를 깊이 숙인 다음 밖으로 나갔다.

나는 마지막으로 여벌 열쇠를 받았다. 열쇠 구멍에 열쇠를 꽂자 잠기는 것을 거부하듯 잘 들어맞지 않았다.

"잘 있어."

난 그렇게 중얼거리고 나서 다시 열쇠를 돌렸다. 이번엔 뭔가 철컥 들어맞는 소리가 났다. 문손잡이를 당겨도 문은 열리지 않았다.

트럭에 모든 비품을 실었을 무렵엔 해가 완전히 지고 주변은
어둠에 휩싸여 있었다.

"피곤하네요. 설날에 하도 빈둥댔더니 몸이 먼저 안다니까요.
그래도 기분은 나쁘지 않아요."

"나도 녹초가 됐지만 기분은 나쁘지 않은데."

사사가와가 기지개를 한 번 켜고 운전석에 올라타려고 했다.

"오늘은 제가 운전할게요. 많이 피곤하실 텐데."

"아사이, 트럭 운전해본 적 있어?"

"네, 몇 번 해봤어요. 고향에는 이런 트럭이 여기저기 다니거
든요."

"정말? 그럼 부탁 좀 해볼까."

사사가와는 조수석에 올라타더니 팔짱을 끼고 스르르 눈을 감
았다.

핸들을 쥐고 액셀을 밟는다. 포효하는 듯한 엔진 소리가 울리
고, 트럭이 천천히 달리기 시작했다. 차 안에는 살짝 볼륨을 줄인
'블루 먼데이'가 흐르고 있다. 운전을 해보니 알겠다. '블루 먼데
이'의 비트가 도시의 일렁이는 불빛과 잘 어울린다는 것을.

"내가 이 일을 시작한 건 죽음을 이해하고 싶었기 때문이야."

곁눈질로 사사가와의 표정을 확인하자 아직 눈은 감겨 있었다.

"죽음을 이해하려고……?"

"그래, 맞아. 전에 일할 때는 오직 누군가를 구하는 것만 생각했어. 하지만 요코를 떠나보낸 뒤로는 죽음을 깊이 이해하고 싶어서 쉴 새 없이 현장을 돌았어."

사사가와는 천천히 눈을 뜨더니 조용한 목소리로 말을 이었다.

"그런데 말이야. 끝내 알 수 없었어. 딱 하나 알게 된 건 완전히 똑같은 죽음은 없다는 거야. 죽음을 맞이한 상황도 다르고, 유족의 반응도 모두 달라. 슬픔에 눈물을 흘리는 유족도 있고, 대놓고 좋아하는 유족도 있어. 앞에 있는 유품밖에 안 보는 사람들도 많이 봤고."

"그건 저도 느꼈어요."

"어째서 똑같은 죽음은 없을까?"

사사가와의 질문을 듣고 나도 모르게 목소리가 떨려왔다.

"똑같은 방식으로 살 수 없어서 그런 것 같아요. 모든 인생에는 각자의 고뇌가 있고, 고독이 있고, 슬픔이 있고, 또 행복이 있으니까요."

"나도 그렇게 생각해. 결국 죽음은 그냥 '점'인 거야. 반대로 이 세상에 탄생한 순간도 그냥 '점'인 거지. 중요한 건 그 '점'과 '점'을 묶은 '선'이야. 즉 살아 있는 순간을 하나하나 거듭했다는 사실이 중요한 거야. 하지만 나는 요코의 죽음에 뭔가 의미를 찾고 싶어서 그 작은 '점'을 계속 혼자 바라보고 있었어."

"……오늘 그게 변한 거예요?"

"응. 이제야 계속 쳐다보던 그 점에서 해방된 것 같아."

사사가와는 담배에 천천히 불을 붙였다.

"게다가 아사이가 암막 커튼을 떼어준 덕분에 상쾌한 아침이었고."

"정말 죄송했어요."

"농담이야."

마침 눈앞의 신호가 빨간불로 바뀌어 나는 브레이크를 천천히 밟았다.

"오늘 꽃병에 가면 할머니와의 추억을 얘기해도 될까요?"

"하고 싶은 만큼 얘기해. 내일까지 시간은 많으니까."

사사가와는 창문을 약간 열었다. 조용하게 바람이 들어온다.

"저만 얘기하는 건 좀 그러니까……. 조금이라도 좋으니까 요코 얘기도 들려주세요."

헤드라이트는 무언가를 찾아 헤매듯 밤의 어둠이 깔린 거리를 비추었다. 창문을 통해 들어온 거리의 불빛에 작게 고개를 끄덕이는 사사가와의 모습이 환하게 드러났다.

에필로그

'벚꽃의 계절은 잔혹하다. 여기저기 굿바이로 가득하다.'

마지막으로 전자사전에 입력하고 들은 말은 창가에서 창밖의 경치를 바라보다가 떠오른 말이었다. 그 말을 들은 다음, 나는 화면에 금이 간 전자사전을 벽장 깊숙이 집어넣었다.

집을 나서자 부드러운 햇살에 눈이 부셨다. 도로의 아스팔트에는 누군가에게 짓밟힌 벚꽃잎이 잔뜩 뭉개진 채 찰싹 달라붙어 있었다. 도로 한편의 배수구에도 떨어진 벚꽃잎이 잔뜩 쌓여 갈색으로 변하기 시작했다.

시간을 확인하니 사사가와와의 약속에 늦을 것 같았다. 나는 졸음을 유발하는 햇빛을 온몸으로 받으며 서둘러 데드모닝으로 향했다.

데드모닝 건물 앞에는 이젠 왠지 정이 가는 트럭이 주차돼 있었다. 평소에는 짐칸에 초록색 시트가 깔리고 청소 도구가 빽빽이 실려 있지만 오늘은 다르다. 바퀴 달린 의자와 화이트보드가 실려 있었다.

나는 빠른 걸음으로 사무실이 있는 2층까지 계단을 뛰어 올라갔다. 익숙한 문이 바로 눈에 들어온다. 한 가지 다른 점은 데드모닝이라고 적힌 박스테이프가 사라졌다는 점이다.

"벌써 다 뗐네."

나는 박스테이프가 붙어 있던 자리를 손으로 만져보았다. 살짝 끈적거리는 박스테이프의 여운을 느낄 수 있었다. 다음 세입자에게 넘기기 전에 한 번 더 물걸레질을 해야겠다.

"수고 많으십니다."

실내에 들어서니 예상했던 것보다 포장 작업이 많이 진행되어 있었다. 여러 개의 박스가 현관 쪽에 쌓여 있었다.

"안녕."

머리에 수건을 감고 담배를 문 사사가와가 얼굴을 내밀었다.

"벌써 시작했어요?"

"오늘 일찍 일어났거든. 혼자서 운반할 수 있는 것부터 모아놨어."

"혼자 마음이 너무 급한데요. 여기 엘리베이터도 없고 엄청 힘들지 않았어요?"

"가벼운 물건을 옮긴 거니까 괜찮았어. 그런데 포장하다가 바지에 캔커피를 쏟았어."

사사가와는 입고 있던 올리브색 작업복 바지를 원망스럽다는 듯이 쳐다보았다. 그의 허벅지 근처에 짙은 얼룩이 군데군데 자리하고 있었다. 사사가와가 입고 있는 데님 셔츠의 소매에도 캔커피의 얼룩이 조금 묻어 있었다.

"셔츠 소매에도 커피 얼룩이 묻어 있어요."

"응? 정말?"

예전처럼 상복을 입고 살았다면 이런 작은 커피 얼룩은 몰랐을 거라고 나는 생각했다.

사사가와의 복장이 약간 변화하기 시작한 것은 동반자살 현장을 청소하고 며칠이 지난 후부터였다. 먼저 늘 매고 있던 검은 넥타이가 줄무늬 넥타이로 바뀌었고, 상복 안의 흰 셔츠가 파란 셔츠로 바뀌었다. 그렇게 미묘한 변화가 며칠간 계속되어도 나는 아무 말도 하지 않았다. 그러던 어느 날, 평상시에 입던 상복 재킷에 청바지를 입고 출근했을 때는 나도 그만 웃음을 터트리고 말았다.

"사장님, 그 조합은 좀 이상한데요."

그 한마디 때문이었는지는 모르겠지만, 어느새 사사가와는 상복을 입지 않게 되었다. 이제 그는 항상 움직이기 편한 캐주얼한 옷차림으로 출근한다.

나는 담배 한 대를 다 피우고 나서 나머지 포장 작업을 시작했다.

"모치즈키 씨는 벌써 새 사무실로 간 거예요?"

"맞아. 가에데하고 집들이 준비를 한대."

"가에데도 오는구나."

"그리고 에츠코도 음식을 준비해준다고 했어."

평소와 다름없는 얼굴들이지만 새 출발을 함께 축하하고 싶은 사람들이기도 했다. 나는 서둘러 나머지 포장 작업을 진행했다.

모든 짐을 트럭에 싣자 셔츠 옆구리에 땀이 배어났다. 축축함을 느끼며 셔츠의 단추를 푼다. 어느새 따뜻한 바람이 솔솔 불어와 피부에 맺힌 땀이 마르기 시작했다.

"다 옮겼네요."

"그러네. 시작하면 금방 한다니까."

짐칸에 실은 짐 위에 벚꽃잎 몇 개가 흩날려 내려앉았다. 바람을 타고 여기까지 왔으려나. 배수구 한편에서 시들어가는 것보다는 여기가 나을지도 모른다.

둘이서 마지막으로 사무실 안을 점검했다. 역시나 햇볕이 잘 들지 않는 곳이다. 밖은 저렇게 햇빛이 눈부시지만 이곳은 형광등을 켜지 않으면 마치 늦은 밤 같았다.

"진짜 어두운 곳이었네요."

"그러게. 여기를 빌릴 때는 그게 좋았는데 말이야."

"이런 어두컴컴한 곳이 좋다고 빌리는 건 박쥐나 부엉이밖에 없을 거예요."

차단기를 내리는 소리가 들린다. 이제 이 공간의 시간이 잠시 정지한 것 같았다. 새로운 세입자를 만날 때까지 이 방은 계속 침묵을 지키고 있을 것이다.

새 사무실은 트럭으로 5분이면 가는 거리에 있었다. 사사가와는 마침 좋은 건물이 근처에 나왔다고 했지만, 아무래도 꽃병 때문에 가까운 곳에 사무실을 얻은 거라고 나는 멋대로 생각하고 있었다.

"이제 진짜 봄이다. 하품 한 번 하면 여름이겠어."

그 말에 맞장구를 치듯 트럭의 엔진이 웅웅 소리를 냈다.

"아직 여름은 멀었죠."

"그런가? 아사이는 여름 현장을 경험한 적이 없지? 살이 5킬로그램은 빠지니까 각오하라고."

"분부 받들어야죠. 도망치지 않을 거예요."

"든든하네. 정직원이 되고 나서 아주 남다르단 말이야."

4월에 생일을 맞이한 나는 아르바이트생에서 정직원이 됐다. 솔직히 아직 실감이 나진 않는다.

"근데 저, 여름은 별로 안 좋아한단 말이죠."

"어허, 바로 몇 초 전에 각오가 물씬 느껴지는 멋진 대답을 하더니만."

"그런 말을 했어요? 제 생일도 있고. 봄이 계속되면 좋을 텐데. 아, 그러면 온통 굿바이겠구나."

"그게 뭐야?"

"벚꽃의 계절은 잔인하잖아요. 주위를 둘러보면 여기저기 작별 인사로 가득하니까."

사사가와가 바지에 묻힌 커피 얼룩은 완전히 말라 있었다. 잘 안 지워지겠다. 여러 사람의 그림자와 같은 얼룩을 지워왔는데도 이런 작은 얼룩은 지울 수 없겠다는 생각이 드는 것이 신기했다.

"굿바이로 가득하면 말이야, 또 새로운 헬로를 찾으면 되지."

"새로운 헬로요?"

"응. 이별만큼 만남도 많을 테니까."

새로운 장소를 향해 트럭은 계속 달렸다. 창문을 통해 흐르는 봄의 경치를 바라보며 나는 작게 하품을 한 번 했다.

새 사무실은 큰길에 있었다. 2층짜리 빌딩의 1층 정면에는 커다란 창문이 두 개 있었다. 그 창문 너머로 안에서 즐겁게 웃는 세 사람이 보였다. 가에데는 모치즈키 씨와 큰 접시를 옮기고, 에츠코 씨는 스위트피를 꽂은 꽃병을 양손으로 들고 있었다. 그런 즐거운 분위기를 투명한 유리창이 하염없이 비추고 있었다.

"창문이 커서 좋네요."

주차를 하느라 우리는 반대편 거리에서 새로운 사무실을 바라보고 있었다. 큰 창문이 아주 밝게 쏟아지는 햇빛을 실내에 담아내고 있는 것을 여기서도 알 수 있었다.

"그렇지? 그래서 여기로 정했어. 아침 햇살이 잘 들어올 것 같아서."

"그러고 보니 카스텔라가 또 올까요?"

"새로운 사무실을 잘 알려줬으니까 반드시 와줄 거야."

"그 녀석이라면 아무렇지도 않은 얼굴로 훌쩍 찾아올 것 같기도 하네요."

우리는 잠시 동안 새 사무실을 바라보았다.

"어? 간판이 살짝 비스듬하지 않아요?"

"진짜? 어디?"

"전체적으로 그런데요. 여기에서 보면 한쪽으로 기운 것처럼 보여요."

"무슨 소리야. 나는 괜찮아 보이는데."

사사가와가 이리저리 다른 곳에 서서 사무실을 바라보기 시작했다. 그가 땅에 무릎을 꿇고 사무실을 바라보기 시작했을 때 나는 결국 웃음이 터지고 말았다.

"아사이는 여기 남아서 어디가 비스듬한지 가르쳐줘."

사사가와는 그렇게 말하고는 근처의 횡단보도를 건너 사무실로 서둘러 걸어갔다. 혼자가 된 나는 창문 위에 당당하게 설치된 간판을 바라보았다. 예전처럼 문에 붙인 박스테이프가 아니었다. 눈에 확 띄는 커다란 간판에선 갓 칠한 페인트 향이 여기까지 풍겨오는 것 같았다.

"특수청소 전문회사 굿모닝."

어느새 나는 새로운 회사명을 소리 내어 읽고 있었다. 사사가와는 단어가 딱 하나 다른 회사 이름으로 바꾸기까지 얼마나 긴 밤을 보냈을까.

"아사이!"

사사가와는 간판을 가리키며 나에게 무언가를 전하려 했다. 이 위치에서 보면 그는 굉장히 즐겁게 웃고 있는 것처럼 보인다. 어느새 사무실 안에 있던 세 사람도 밖으로 나와 똑같이 간판을 올려다보고 있었다.

"제가 잘못 봤나 봐요! 아주 좋은 간판이에요!"

사사가와를 향해 양손으로 커다랗게 동그라미를 만들었다. 아스팔트에 드리워진 내 그림자도 똑같이 동그라미를 만들고 있었다. 그 위로 바람에 흩날리는 벚꽃잎이 우수수 날아간다.

길 건너에서 작은 갈색 동물이 달려오는 모습이 보였다.

흔적을 지워드립니다

특수청소 전문회사 데드모닝

초판 1쇄 발행 2022년 10월 24일
초판 6쇄 발행 2024년 4월 26일

지은이 마에카와 호마레
옮긴이 이수은
펴낸이 최지연
마케팅 김나영, 김경민, 윤여준
경영지원 김민선
디자인 수오
표지 그림 나예
교정교열 윤정숙

펴낸곳 라곰
출판신고 2018년 7월 11일 제2018-000068호
주소 서울시 마포구 큰우물로 75 성지빌딩 1406호
전화 02-6949-6014 **팩스** 02-6919-9058
이메일 book@lagombook.co.kr

한국어판 출판권 ⓒ ㈜타인의취향, 2022

ISBN 979-11-89686-54-3 03830